CHRISTIAN JASCHINSKI

Wolfsspiel

ICH WERDE DICH TÖTEN! Ein perfider Killer mordet im beschaulichen Lipperland – und stellt Kriminalhauptkommissar Florian Dreier und sein Team vor ein Rätsel: Wer ist der Tote im Bad Salzufler Kurpark? Und was hat es mit den gelben Spielfiguren in Nase und Ohren des Opfers auf sich? Als eine zweite Leiche gefunden wird, dieses Mal mit grünen Spielfiguren drapiert, herrscht Gewissheit: Lippe wird von einem Serienkiller heimgesucht. Die Ermittler stehen unter massivem Zeitdruck, den Täter dingfest zu machen und weitere Morde zu verhindern. Die Strafrichterin Tara Wolf sucht hingegen seit Langem nach dem mysteriösen Rocker, der ihren Mann ermorden ließ. Doch jetzt wird sie in die Ermittlungen um den Lipper Serienkiller hineingezogen. Zusammen mit der Hackerin Lou Ritter und dem Paläontologen Peter Falke kommt sie der Sache auf die Spur …

Christian Jaschinski wurde 1965 in Lemgo geboren, überlebte die harten 1970er in Breitcordhosen und Nickipullovern, verschrieb sich als Pianist und Keyboarder dem 80er-Jahre-Rock und ist nach kleineren Umwegen seit über 20 Jahren wieder in Lippe zu Hause. Als Radfahrer und Wanderer ist er ein großer Fan der abwechslungsreichen lippischen Landschaft, verbringt aber auch regelmäßig kreative Schreibzeiten an der Nordsee. Er schreibt Krimis und Comedy-Literatur, die er gemeinsam mit Singer-Songwriter Jonas Pütz in »Text-Konzerten« auf die Bühnen bringt.
www.christianjaschinski.de

Bisherige Veröffentlichungen im Gmeiner-Verlag:
Mörderisches Lipperland (2017)

CHRISTIAN JASCHINSKI
Wolfsspiel

Kriminalroman

GMEINER SPANNUNG

Immer informiert

Spannung pur – mit unserem Newsletter informieren wir Sie regelmäßig über Wissenswertes aus unserer Bücherwelt.

Gefällt mir!

Facebook: @Gmeiner.Verlag
Instagram: @gmeinerverlag
Twitter: @GmeinerVerlag

Besuchen Sie uns im Internet:
www.gmeiner-verlag.de

Im Ehnried 5, 88605 Meßkirch
Telefon 07575/2095-0
info@gmeiner-verlag.de

1. Auflage 2019

Lektorat: Christine Braun
Herstellung: Mirjam Hecht
Umschlaggestaltung: U.O.R.G. Lutz Eberle, Stuttgart
unter Verwendung eines Fotos von: © Wolfgang Zwanzger / fotolia.com
Illustration der Spielfiguren im Text: © Christian Jaschinski
Druck: CPI books GmbH, Leck
Printed in Germany
ISBN 978-3-8392-2388-8

Während die Schauplätze dieser Geschichte zum überwiegenden Teil real sind, hat der Autor sowohl Handlung als auch die agierenden Personen frei erfunden. Ähnlichkeiten mit realen Geschehnissen, lebenden oder toten Personen sind rein zufällig und nicht beabsichtigt.

Wie bereits in »Mörderisches Lipperland« bestätigen einige Ausnahmen diese Regel: Ingo Sombray, der Wirt der »Weiten Welt« in Lemgo, war auch schon in »Mörderisches Lipperland« dabei | die Musiker David Lübke und Rüdiger Grob aus Lemgo | der Journalist Till Brand aus Lemgo | Detlev Niehaus von Spielwaren Niehaus | Bäcker Ingo Dickewied | Bestsellerautor Klaus-Peter Wolf sowie der Chefredakteur des Ostfriesland Magazins Holger Bloem aus Norden.

Hingegen sind die Malinka Magasin GmbH, das Fitnessstudio »KörperWerk« sowie der Standort der Hütte reine Fiktion.

Das Zitat aus dem Buch Nahum auf Seite 8 folgt der Lutherbibel, Ausgabe 1912.

Direkte und indirekte Hagakure-Zitate auf den Seiten 7, 183, 186, 233, 270: Yamamoto Tsunetomo: Hagakure – Der Weg des Samurai, übersetzt von Guido Keller, Angkor Verlag 2012, S. 5, 23, 31, 70, 71. Der Abdruck erfolgt mit freundlicher Genehmigung des Angkor Verlags.

Niemand wird deinen Schaden lindern,
und deine Wunde wird unheilbar sein.

Nahum 3, 19 (Die Bibel)

SCHMERZ

Wer jeden Morgen und jeden Abend sein Herz prüft,
sich auf den Tod vorbereitet und ihn jeden Augenblick erwartet,
findet seinen eigenen Weg.

Nach dem »Hagakure« (Ehrenkodex der Samurai)

Der einzige Grund, warum du noch am Leben bist, ist der, dass ich es dir erlaube.

Noch nicht abgedrückt habe.

Wenn ich will, dass du stirbst, bist du tot.

Bald. Bald ist es so weit.

Ach, hör auf rumzuzappeln. Ich will nicht nachspritzen.

Das sind gute Kabelbinder. Die kriegst du nicht kaputt. Jedenfalls nicht mit den Händen auf dem Rücken. Natürlich kenne ich all die Tricks, wie man sich von Kabelbindern befreien kann. Keiner davon wird dir helfen.

Ich glaube nicht, dass dich auch nur ein Mensch vermissen wird. Ich meine, wirklich vermissen. Klar, dein Chef wird genervt sein, dass sich jemand anderer in deine Aufgaben einarbeiten und er vielleicht sogar einen neuen Mitarbeiter einstellen muss. Und deine Mutter wird eine neue Bezugsperson brauchen, die sich um sie kümmert. Aber sonst? Wer wird wirklich traurig sein, weil er dich vermisst? Wessen Leben wird ärmer sein, weil du nicht mehr da bist?

Merkst du was? – Niemand! Du wirst nie-man-dem fehlen. Also macht es keinen Unterschied, ob du heute oder, vereinsamt in einem Altenheim, in 25 Jahren stirbst. Und in 100 Jahren ist ohnehin keiner mehr von uns da.

In deinen Augen sehe ich, dass du verstanden hast.

Warum du hier bist.

Und warum du sterben musst.

Es ist ganz einfach, oder?

Vor allem … logisch.

Du erinnerst dich an deinen Fehler, nicht wahr?

Das ist gut.

Dann verstehst du auch, warum dein Weg hier enden muss.

Ich nehme dir jetzt den Knebel ab. Du darfst ruhig schreien. Es wird dich niemand hören.

Und dann, dann kannst du dich entschuldigen. Solltest dich entschuldigen. Entschuldigen befreit. Glaub mir!

Gleich bist du frei!

MITTWOCH

Er lag auf dem Rücken. Die Arme im rechten Winkel vom Körper ausgestreckt. Präzise ausgerichtet mit dem Kopf gen Norden und den Füßen Richtung Süden. So wie man sich im Schnee hinlegt und mit dem Schwung der Arme einen Schneeengel formt. Oder sich im Frühling das erste Mal auf eine Wiese zwischen Schlüsselblumen und Gänseblümchen fallen lässt, um wärmende Sonnenstrahlen zu tanken.

Es war dunkel. Strömender Februarregen rann ihm über das Gesicht und hatte bereits die gesamte Kleidung durchweicht. Das Loch in seiner Stirn war von einem dunklen Rand umgeben. Wie in einem kleinen See sammelte sich das kalte Wasser darin, bevor es langsam die Schläfen hinabfloss.

Eine Amsel schlug an.

Tara Wolf wusste nicht genau, wie lange sie schon wach lag, durch die Dunkelheit hinauf Richtung Schlafzimmerdecke starrte und dem gleichmäßigen Rauschen des Regens lauschte, der draußen niederging. Tieftraurig hatte sie beide Hände auf ihren Bauch gelegt. Wie schon so oft, seit diesem verdammten Samstag im Mai vor nunmehr genau neun Monaten.

Der Tag, der ihre Liebe zu Angus Buchanan besiegeln und den Startpunkt für ein glückliches gemeinsames Eheleben bilden sollte. Die Schüsse. Das Blut. Der nicht enden wollende Schmerz. Nichts war mehr wie vorher. Alle Hoffnungen, Träume und Wünsche waren zerplatzt wie bunte Seifenblasen im Wind.

Wie mit einer Tätowiernadel waren die Geräusche, Bilder und Gerüche des alles verändernden Moments unauslöschlich in ihr Gedächtnis gestochen worden. Würde sie es jemals schaffen, die bösen Geister zu vertreiben?

Mit 35 war Tara weder zu alt für eine neue Beziehung noch für ein Kind, das aus dieser Verbindung hervorgehen könnte. Dennoch fühlte sie sich alt.

Vorsichtig richtete sie sich auf. Seit ihrem Autounfall waren schon zwei Monate vergangen und die gebrochenen Rippen inzwischen gut verheilt. Dennoch tat ihr der Brustkorb bei manchen Bewegungen immer noch weh. Tara drehte sich und setzte langsam erst den linken, dann den rechten Fuß auf den Boden und tapste barfuß auf den geölten Holzdielen in die Küche ihres Hauses im Weißen Weg 117. Von hier oben am Waldrand hatte man bei klarem Wetter einen traumhaften Blick über Lemgo bis zum Teutoburger Wald. Heute Morgen stachen jedoch nur die beiden ungleichen Türme der St.-Nicolai-Kirche durch das diesige Einerlei.

Das unlackierte Holz der Eichendielen fühlte sich immer warm, fast weich an. Tara liebte das Gefühl unter ihren Fußsohlen. Sie trug eines von Angus' T-Shirts und ahnte, dass das falsch war oder ihr zumindest nicht guttat. Es war ihr egal. Jeder trauert auf seine Weise, dachte sie trotzig. Später am Tag war immer noch Zeit dazu, stark zu sein. Oder wenigstens so zu tun.

Mechanisch stellte sie die Kaffeemaschine an.

Wer hat dich so sehr gehasst, dass er den unwiderruflichen Schritt getan hat? Wer hat die kurze, aber harte Distanz vom Plan zur Tat überwunden? Für wen war es nicht genug, sich tausendfach auszumalen, du wärst nicht mehr in seinem Leben? Und vor allem: warum?

Kriminalhauptkommissar Florian Dreier richtete die stummen Fragen an den Toten, der an prominenter Stelle auf dem durchweichten Rasen des Bad Salzufler Kurparks lag. Gleichzeitig beobachtete Florian die Spurensicherung dabei, wie sie ihrer akribischen Arbeit auf dem kleinen Rasenstück nachging. Es bildete den Uferbereich an der Nordseite des Kurparksees und wurde von dem Spazierweg umrundet, der als Übergang vom Kurpark zum Landschaftspark gestaltet war. Die Kollegen hatten keine andere Möglichkeit gehabt, als den Fundort weiträumig abzusperren, da der Spazierweg eine beliebte Strecke zum Joggen, Walken und Spazierengehen zu sein schien. Selbst bei diesem fiesen Wetter. Fußabdrücke wurden fotografisch gesichert, jede noch so unbedeutend scheinende Zigarettenkippe, durchweichte Taschentücher oder Kaugummis wurden eingesammelt. Über dem Toten war ein weißes Zelt aufgespannt, das vor neugierigen Blicken und weiteren Einflüssen durch das Wetter schützen sollte. Das rot-weiße Flatterband wirkte in der tristen Naturkulisse seltsam bunt und künstlich. Im matschigen Rasen steckten vereinzelt Tatort-Nummerntafeln, an denen hin und wieder der leichte Westwind zerrte. Zwei Taucher suchten im seichten Kurparksee nach Spuren. Bisher hatten sie allerdings nur eine verrostete Fahrradfelge und zwei algenbewachsene Backsteine zutage gefördert.

Bei einem Mord lag die Wahrscheinlichkeit bei 70 Prozent, dass sich Opfer und Täter gekannt haben. Nach Florians Erfahrung war es oft diese unheilvolle sozialpsychologische Verbindung zwischen zwei Menschen, aus der sich das Motiv ergab. Manchmal verband ein dickes Tau das Schicksal des Toten mit dem seines Mörders, ein anderes Mal ein fast unsichtbarer dünner Faden, dessen Ursprung der Ermittler erst mühsam suchen musste. Häufig genug hatte Florian Dreier viel Zeit und Arbeit in Ermittlungen und Nachforschungen investiert, um irgendwann frustriert feststellen zu müssen, dass das Ende der verhedderten Schnur nur lose im trüben Teich verwirrender Ermittlungsergebnisse hing. Dann musste er einem neuen Ansatz nachgehen.

Florian war kein Freund von voreiligen Schlüssen. Das Opfer eines eskalierten Streites wurde vom Täter meist so zurückgelassen, wie es nach der Tötung zusammengesackt war. Hier deutete jedoch alles auf eine sorgfältige Planung hin. Vielleicht sogar auf eine Hinrichtung. Selbstverständlich konnte ein Täter auch im Nachhinein das Setting so aussehen lassen, als sei der Mord von Anfang an geplant gewesen, um Spuren zu verwischen und die Ermittler zu verwirren. Das würde Florian im Hinterkopf behalten müssen.

Dennoch. Die Lage der Leiche, die akkurat rechtwinklige Ausrichtung der Arme zum Körper, die schon fast militärisch korrekt wirkende Parallelität der Beine und die beiden präzise platzierten Einschusslöcher mitten in die Stirn und linke Brustseite erzählten eine andere Geschichte. Eine Geschichte von konzentriertem Tötungswillen und -wissen. Florian würde es nicht verwundern, wenn der Pathologe feststellen sollte, dass jeder der beiden Schüsse tödlich gewesen war.

Das Team der Spurensicherung hatte im abgesperrten Bereich den obligatorischen Trampelpfad zur Leiche angelegt, damit das ohnehin matschige Umfeld nicht noch weiter kontaminiert wurde. Wenn Florian daran dachte, wie der New Yorker Serien-Sherlock-Holmes sich an frischen Tatorten bewegte, an Leichen schnüffelte oder gar undefinierte

Flüssigkeiten mit der Zunge probierte, schüttelte es ihn. Er hatte sich in den letzten zehn Minuten einen Überblick über das Umfeld des Fundortes verschafft. Etwas oberhalb des Kurparksees verlief die Parkstraße, in der einige der Villen den morbiden Charme vergangenen Glanzes verströmten, andere im Gegensatz dazu hervorragend renoviert waren. Hinter verschlossenen Toren legten die geparkten Luxuslimousinen und hochpreisigen Geländewagen Zeugnis heutigen Reichtums ab. Gegenüber dem Mehrfamilienhaus mit der Nummer 61 führte ein kurzer Weg hinab in den Kurpark. Ein Techniker untersuchte zwei Pfützen. Hatte der Täter diesen Abgang benutzt, um den Toten abzuladen? Reifenspuren waren auf dem festen Untergrund bis zum Rasen auf den ersten Blick nicht zu erkennen.

»Habt ihr schon was?« Florian Dreier stand in der Nähe des Abgangs einige Meter vom Fundort der Leiche entfernt.

»Das SVK war leider äußerst fleißig, aber das ist an dieser Stelle ja nicht unbedingt überraschend.« Bettina Lange kam langsam auf Florian zu. Der ergiebige lippische Landregen hatte in der vergangenen Nacht die Rasenfläche derart aufgeweicht, dass die Kriminaltechnikerin beim Gehen vorsichtig mit dem flachen Fuß aufsetzte, um nicht zu tief einzusinken.

»Nein«, sagte Florian nachdenklich, »ist es nicht.« Unter Ermittlern war SVK die bitter-ironische Abkürzung für *Spurenvernichtungskommando*, weil an nahezu jedem Tatort oder Fundort Fußgänger, Jogger, Hundehalter und Schaulustige mehr oder minder unwissentlich Spuren zerstörten, bis von der Polizei eine Sperrzone eingerichtet war.

Durch die Kapuze ihres weißen Einwegoveralls sah Florian es blau schimmern. Bettina machte aus ihrer Begeisterung für Fitnesstraining und Superhelden-Comics keinen Hehl. Vor allem Wonder Woman hatte es ihr angetan. Der

Name der Amazonen-Prinzessin war als Tattoo auf Bettinas Unterarm verewigt. Seitdem auch Mangas Einzug in ihr Hobby-Universum gehalten hatten, färbte sich die sportliche Enddreißigerin ihre Haare gerne sehr farbenfroh. Jeder von ihnen brauchte und schuf sich auf eigene Weise einen Gegenpol zu dem, was sie Tag für Tag sehen mussten.

»Wo ist denn dein Kollege?«, wollte Bettina wissen.

Gute Frage, dachte Florian, sagte aber nur: »Ist auf dem Weg.« Irgendetwas war immer bei seinem Kollegen Bernd Rohde. Vor allem, seit die Zwillinge da waren. Das Leben mit nunmehr vier kleinen Kindern war offensichtlich äußerst aufreibend für Rohde und seine Frau Sandra. Florian war mehr oder weniger Single, so genau wusste er das im Moment selber nicht bei dem ganzen Hin und Her mit Lisa. Es fühlte sich auf jeden Fall mehr nach Off denn nach On an. Insofern wollte er sich kein Urteil über das Familienleben seines Kollegen erlauben. Dennoch war er ein wenig genervt davon, weil es häufig Auswirkungen auf die Arbeit hatte. Florian deckte Rohde so gut er es vermochte, aber ewig konnte das so nicht weitergehen.

»Na ja«, meinte Bettina. »Du bist ja auch schon alleine groß, oder?«

»Wenn du das sagst.« Florian rang sich ein Lächeln ab, aber es fühlte sich verkrampft an.

»So. Wir bringen ihn jetzt weg, dann machen wir mit der Stelle weiter, wo er gelegen hat. Einige Fußabdrücke haben wir schon gesichert. Das ist vorerst alles, was nach dem Regen übrig ist. Es sieht ja so aus …«, Bettina Lange deutete auf die doppelte Schleifspur, die quer über den Rasen führte und sich aufgrund der Witterungsbedingungen sicherlich noch eine Weile abzeichnen würde, »… als ob er hier herübergezogen und dann dort abgelegt wurde.«

»Würde ich auch so deuten. Ich bin eben die Umgebung

schon einmal abgegangen. Schau mal. Die Spur endet kurz vor der Rasenkante quasi in der Verlängerung des kleinen Stichweges, der dort von der Parkstraße herunterkommt. Hast du dazu eine Interpretation?«

»Eine Arbeitshypothese?«

»Selbstverständlich.«

»Der Täter kommt mit dem Auto die Parkstraße entlang und setzt dann rückwärts hier runter. Kofferraum oder Tür auf, Leiche raus, auf die Rasenfläche zerren, ausrichten, wegfahren, fertig.«

Florian nickte. »Könnte so gewesen sein. Aber warum die Mühe? Warum das Risiko eingehen, entdeckt zu werden? Die Fenster der Häuser dort drüben gehen direkt auf den Kurpark, selbst wenn hier große Bäume stehen.«

»Das herauszufinden ist dein Job.«

»Hm.« Und noch einiges mehr. Florian deutete zur Straße. »Kollege Möller fotografiert gerade alle Kennzeichen der dort abgestellten Fahrzeuge zur Halterüberprüfung. Aber das ist eine Parkscheinzone, wo die Autos ja nur für eine begrenzte Zeit parken. Und Wackernagel hat mit der Befragung der Nachbarn begonnen.«

»Gut. Aber mach dir mal nicht zu viel Hoffnung. Das hier ist eine sehr aufgeräumte Situation, wie ich sie nur selten gesehen habe. Der Täter nimmt nicht alles mit, was den Toten identifizieren könnte und parkt dann sein Auto da drüben an der Straße. Oder ramentert herum, während er die Leiche entsorgt.«

»Da könntest du richtigliegen.«

»Nee. Ist mir hier zu matschig. Ich stehe lieber.«

Florian lächelte Bettina an. Er mochte ihre Schlagfertigkeit. »Kein Blut?«

Sie schüttelte den Kopf. »Sehr wenig. Und es gibt auch sonst kaum etwas, was ich dir bis jetzt sagen kann.«

»Wenig ist besser als nichts.«

»Da sagst du was. Also: Nach der Lebertemperatur müsste er seit ungefähr sieben Stunden tot sein, aber da er hier nicht erschossen wurde, ist das vorerst eine grobe Schätzung. Papiere, Schlüsselbund oder Handy hat er nicht bei sich. Seine Handgelenke sind wundgescheuert, das sieht nach breiten Kabelbindern aus. Dazu gibt es dann später sicherlich validere Infos aus der Rechtsmedizin.« Bettina machte eine kurze Pause.

»Okay. Und weiter?«

»Die Einschusswunden befinden sich an der Körpervorderseite. Hinterkopf und Oberkörperrückseite sehen dementsprechend übel aus.«

Florian überlegte kurz. »Und deine Einschätzung lautet …?«

»Genaueres wissen wir natürlich erst nach der Obduktion«, wiederholte sich die Technikerin, »aber ich würde auf Teilmantelgeschosse tippen, die beim Aufpilzen die Sauerei auf der Körperrückseite veranstaltet haben.«

»Scheiße!«

»Wart's ab!«

»Da wollte also jemand ganz sichergehen?«

»Auf jeden Fall.«

Florian Dreier sah Bettina aufmerksam an, die die Mundwinkel nach unten gezogen hatte: »Und … was gibt es noch?«

»Das hier!« Bettina Lange nickte und hielt Florian ein Beweismitteltütchen hin, in dem sich ein kleiner gelber Gegenstand befand. Die Kriminaltechnikerin holte tief Luft: »Hab ich aus dem rechten Nasenloch. Im linken und in beiden Ohren steckt auch jeweils noch eins. Hol ich gleich noch raus. Also erst einmal vier Stück.«

»Ist das eine Spielfigur? Sieht aus wie lackiertes Holz.«

»Ja. Vermutlich von einem Gesellschaftsspiel wie Halma oder ›Mensch ärgere dich nicht‹.«

Wenn man eins und eins zusammenzählte und dabei nicht unbedingt elf herausbekam, gab es nur eine Lösung: Tara Wolf musste sterben. Die Frau gab einfach keine Ruhe. Das war nervig und so überflüssig wie Prosecco beim Saufen mit Bikerkumpels. Und soweit der Gärtner das überblicken konnte, war sie an allem Ärger schuld, den er in der letzten Zeit gehabt hatte.

Er saß in dem alten Bürostuhl in seiner Werkstatt, die Füße auf einen Werkstattwagen gelegt und hielt sich an dem leeren Kaffeepott fest. Hinter ihm brachte Tiny eine Maschine wieder auf Vordermann und pfiff dabei schief »Ain't no sunshine«.

Sonst stand Tiny auf Speed Metal. Besonders DragonForce hatten es ihm angetan. Und Helene Fischer. Nun ja. Immerhin passte seine aktuelle Songauswahl perfekt zum Hamburger Schmuddelwetter. Tiny war ein begnadeter Schrauber, völlig unmusikalisch, dafür aber meistens fröhlich.

Vier Meter über ihnen war eben noch der Regen volles Rohr auf das Dach der Halle gepladdert, hatte aber inzwischen etwas nachgelassen. Der Gärtner schaute hinüber zu der alten Bahnhofsuhr. Gleich zehn.

Durch das halb geöffnete Rolltor sah er einen Geländewagen mit Hänger vorfahren.

Der Typ war pünktlich. – Gut.

Dazu eingebildet. Und reich. – Sehr gut.

Die individuellen Harley-Davidson-Umbauten des Gärtners genossen einen hervorragenden Ruf in der Biker-Szene weit über Hamburgs Grenzen hinaus. Trotzdem war er immer wieder erstaunt, wie viele Schnösel sich nicht scheuten, ihm ihre nagelneuen Maschinen anzuvertrauen. Schließlich hatte er keinen funkelnden Harley-Shop, sondern nur eine einfache Hinterhofwerkstatt.

Der Gärtner stand auf, gab Tiny ein Zeichen und ging auf das Rolltor zu, das er durch einen Zug am Seil neben der Eingangstür vollends hochfahren ließ.

Die Road King Classic stand gut gesichert auf dem Motorradanhänger, der von einem Bentley Bentayga gezogen wurde. Protziger ging es wohl kaum. Pick-ups waren eine Fahrzeuggattung, die der Gärtner überaus sinnvoll fand. Aber SUV? Und dann noch von Bentley. Es schüttelte ihn, er ließ sich aber nichts anmerken.

»Viertel Million«, raunte Tiny dem Gärtner auf dem Weg nach draußen noch schnell zu. Der Gärtner nickte nur und grinste. Tiny konnte nicht besonders gut rechnen, aber wenn es darum ging, den Wert eines Fahrzeugs zu bestimmen, machte ihm niemand etwas vor.

»Moin, Jungs«, kam ihnen der Anzugträger kumpelhaft und mit ausgestreckter Hand entgegen.

Der Gärtner hasste diese anbiedernde Art. Er nahm die manikürte Flosse des Schnösels und freute sich daran, wie der das Gesicht verzog, während der Gärtner den Schraubstock genüsslich zudrehte.

»Guten Morgen, Herr Beckhusen. Was können wir für Sie tun?« Wenn er wollte, konnte der Gärtner ganz der perfekte Geschäftsmann sein.

Jens Beckhusen atmete geräuschvoll aus. »Puh, ja«, sagte er und rieb sich kurz die gequetschte Rechte mit der linken Hand. »Wie wir das letzte Woche vorbesprochen haben. Customizing muss einfach sein.« Jetzt hatte der Schleimbeutel seine pomadige Stimme wiedergefunden. »Sonst habe ich ja nur, was alle haben, und wer will das schon?«

Tiny und der Gärtner nickten. »Dann schaffen wir Ihr Baby mal in die Werkstatt und Sie erzählen uns, was wir machen sollen.«

Jens Beckhusen schüttelte energisch den Kopf. Dabei bewegte sich nicht ein einziges Haar. »Nein! Auf keinen Fall.«

»Aber was …?«

»Auf keinen Fall sage ich Ihnen, was Sie machen sollen. Ich will richtiges Customizing. Einzigartigkeit. High End. Keine Anbauteile von der Stange oder irgend so einen Kinderkram. Sie schauen mich an und dann bauen Sie mir ein Bike, das es so kein zweites Mal auf der Welt gibt. Schließlich ist das ist der Grund, warum ich zu Ihnen gekommen bin.«

Der Gärtner nickte langsam. Darum kamen alle zu ihm. »Und …«

Wieder wurde er von Beckhusen unterbrochen. »Bis 30.000. Leistung *und* Design!«

»Das kriegen wir hin.«

»Davon gehe ich aus.«

»Können Sie! Sind vier Wochen okay?«

»Sicher. Solange Sie bis zum Season Opening fertig sind.«

Der Gärtner streckte Jens Beckhusen die Hand entgegen. »Sind wir.«

Beckhusen zögerte. Schlug dann aber trotzdem ein. »Deal!«

Diesmal drückte der Gärtner nicht übermäßig zu. Der hat mehr Mumm als gedacht. Laut sagte er: »Jo!«

Geiler Auftrag. Am liebsten hätte er dem überkandidelten Vogel das Koks zum Customizing gleich dazu verkauft.

Koks und Customizing. Toller neuer Slogan. Der Gärtner musste grinsen.

Aber natürlich nicht in seiner Werkstatt. Und schon gar nicht in seinem Viertel. Ein Fuchs jagt niemals vor dem eigenen Bau.

Es gab reichlich Kunden in Hamburg, die er regelmäßig versorgte. Diskret und professionell. Und seit einiger Zeit ging kein Deal mehr ohne eine von diesen kleinen Knopfkameras an der Jacke über die Bühne. Er klopfte sich innerlich auf die gewaltigen Schultern. Geile Idee! Bei juristischen Schwierigkeiten wusste der Gärtner sehr genau, von wem er im Hamburger Rechtssystem erfolgreich Gefallen einfordern konnte.

Sergej Kusainov lehnte sich in seinem Stuhl zurück, hob das Kinn etwas an und verschränkte die Arme vor der Brust. Er trug einen anthrazitfarbenen Maßanzug mit hellen Kreidestreifen und war mit sich und seiner Umwelt höchst zufrieden. Ganz so, als befände er sich auf sicherem Terrain in der Firma oder bei sich zu Hause. Und nicht in einem Gerichtssaal.

Er schaute die schöne Richterin an. Sah ihr aber nicht ins Gesicht. Sondern dorthin, wo sich unter der Robe ihre Brüste verbargen. Sein Blick verharrte einen Moment auf der Stelle. Bewusst ungebührlich und herausfordernd.

Ganz schön scharfes Gerät, hatte er sofort gedacht, als

die Richterin den Gerichtssaal betreten hatte. Genau meine Kragenweite. Mit roten Haaren, die sie in einer Hochsteckfrisur zu bändigen versuchte. Du bist bestimmt eine Wildkatze, die man zähmen muss. Sergej war überzeugt, dass ihr nicht viele Männer gewachsen waren. Wenn überhaupt, war er einer von ihnen.

Das Team von Strafverteidigern hatte ganze Arbeit geleistet. Er würde diesen Gerichtssaal als freier Mann verlassen. Offensichtlich war es der heißen Richterin nicht leichtgefallen, ihm und seinen hochbezahlten Rechtsverdrehern genau das mitzuteilen.

Das gefiel Sergej.

»Eins noch, Herr Kusainov.« Die Richterin sah ihn durch ihre Brille mit dem großen schwarzen Schmetterlingsgestell bohrend an.

Sergej riss sich zusammen, unterdrückte ein Grinsen, erwiderte aber den Blick. Du bist nicht halb so toll, wie du glaubst. Oder wie du wirken willst. Das muss dir wahrscheinlich mal jemand sagen. Oder besser noch: zeigen! »Ja, Frau Richterin!«, sagte er scheinbar brav, aber die Ironie troff aus der kurzen Antwort, was ihm einen ärgerlichen Blick von einem seiner Anwälte einbrachte.

»Denken Sie bitte nicht, Justitia sei blind, nur weil sie eine Augenbinde trägt. Sie hört gut zu. Und wenn es sein muss, kann sie im Dunkeln sehen.«

Die Schlampe droht mir? Was soll denn der Scheiß? Sergej Kusainov atmete tief ein, aber sein Anwalt legte ihm die Hand auf den Arm.

Was denkt sich der Arsch? Dass ich mich von so einer Luftpumpe beeindrucken lasse? Ich verliere nie die Kontrolle. Er senkte den Blick und sein rechter Mundwinkel zuckte. Soll die Ziege doch denken, sie habe das Blickduell gewonnen.

Ich kenne deinen Namen, Tara Wolf. Und falls es notwendig werden sollte, dir eine Nachricht zukommen zu lassen, weiß ich auch, wie ich dich finden kann. Es liegt an dir.

Das war Nummer eins.

Meine ganz persönliche Nummer eins.

Sie werden anders rechnen, wenn sie irgendwann alles durchschauen. Dann kommen sie Stand heute auf vier. Die anderen drei hatten den Tod genauso verdient, doch mit meiner Geschichte hatten sie nicht direkt zu tun. An ihnen habe ich geübt, schlussendlich war das nur zum Warmmachen. Trotzdem zum Wohl der Gemeinschaft.

Ich hoffe, sie entdecken den Zusammenhang. Der ist bedeutsam. Sonst bliebe ja verborgen, was längst hätte ans Licht kommen sollen. Dafür sorge ich nun.

Die Reihenfolge ist wichtig.

Ja! Er ist tot. Das ist gut. Mehr als gut. Das ist großartig. Spek-ta-ku-lär.

Ich habe geschafft, was ich mir vorgenommen habe. Mein Plan hat funktioniert. Ich bin immer noch frei. Und am Leben.

Dennoch – mit mir ist überhaupt nichts gut. Es wird auch nicht mehr gut werden. Egal, was die Psycho-Onkel erzählen. Oder Tanten. Irgendwann waren sie alle genervt, selbst wenn sie es natürlich nicht zeigen durften. Wurden ungeduldig, wenn ihre ach so ausgeklügelten Therapien nicht halfen. Ich war ihre Fragen so unendlich leid.

Aber in einem hatten sie recht: Ich, nur ich allein kann

in meinem Leben etwas ändern. Mir eine neue Perspektive verschaffen. Nach vorne schauen. Nicht mehr zurück.

Das tue ich nun. Oder, na ja, zumindest versuche ich es. Ich habe meinen Selbsthass kanalisiert. Umgelenkt. Auf euch fokussiert. Ein klares Ziel. Diesen Hass wird, kann und darf niemand stoppen.

Alles liegt so klar vor mir wie ein Bergsee bei Sonnenaufgang nach einer kühlen Sommernacht.

Ihr habt mein Leben zerstört. Ihr habt mir meine Jahre genommen.

Jetzt nehme ich euch eure Jahre. Euer Leben.

Hans-Ullrich war der Erste. Seine Hexe von Mutter wird ihn sicher bald vermissen. Vielleicht werden sie sein Auto finden. Bestimmt sogar. So gut sind sie. Sie dürfen feststellen, wer er ist und wie er in den Park kam. Eventuell gebe ich ihnen auch einen kleinen Hinweis. Mehr erlaube ich nicht.

Es folgt das große Rätselraten: Warum musste Hans-Ullrich sterben? Wer hatte ein Motiv?

Derweil muss ich weitermachen. Mich um den nächsten kümmern.

Jetzt ist meine Zeit.

Helene Löwen freute sich. Sie war gern alleine im Büro. Ohne ihren Chef gleich nebenan. Genoss ihren Kaffee und die Ruhe. Von draußen drangen die vertrauten Staplergeräusche gedämpft durch das geschlossene Fenster des Bürogebäudes der Malinka Magasin GmbH im Industriegebiet Westerfeldstraße in Detmold. Der LKW mit den russischen

Spezialitäten hätte schon am vergangenen Freitag ankommen sollen. Nicht die erste Verspätung in letzter Zeit.

Wo Hans-Ullrich steckte, wusste sie nicht. Normalerweise rief er kurz an, wenn er später ins Büro kam. Im Kalender war auch nichts vermerkt. Irgendwann würde er sich bestimmt melden oder hier auftauchen. Konnte man sich als Leiter der Logistik so ein Verhalten mitten in der Woche erlauben? Vor allem wenn der Geschäftsführer außer Haus war und es Probleme mit Lieferungen gab? An sein Handy ging Hans-Ullrich ebenfalls nicht, also musste wohl etwas Wichtiges sein. Sie hatte zwei Sprachnachrichten hinterlassen. Helene wusste zudem, dass er es nicht mochte, wenn sie bei ihm zu Hause anrief. Er meinte, das würde seine Mutter zu sehr aufregen. Jetzt konnte sie nichts anderes tun, als abzuwarten und zu versuchen, hier alles im Griff zu behalten.

Und Sergej musste ins Gericht. Obwohl er gestern siegessicher verkündet hatte, er käme heute nach der Verhandlung ins Büro, war sich Helene dessen überhaupt nicht so sicher. Sie wusste nur zu gut, dass hier irgendetwas nicht stimmte. Denn mit Buchführung kannte sie sich aus. Dafür war sie letztlich eingestellt worden.

Buchführungsdaten und Steuerunterlagen waren korrekt geführt. Allerdings wurden Steuern für Umsätze bezahlt, die nach Helenes Verständnis nie und nimmer getätigt worden waren. Sie hatte vielleicht nicht den kompletten Überblick, dennoch müsste für solche Umsätze der Warenumschlag deutlich höher sein. Aber warum bezahlte jemand freiwillig Steuern auf Erlöse, die es vermutlich gar nicht gab? Das erschien ihr unlogisch. Weil sie aber die Stelle behalten wollte, fragte sie nicht nach. Wer brav seine Steuern zahlte, handelte ja nicht vollständig illegal. Oder?

Ihr kam der Gedanke, dass Hans-Ullrich mit Sergej zur

Gerichtsverhandlung gefahren sein könnte. Immerhin nahmen beide wichtige Positionen im Unternehmen ein. Ja, so war es vermutlich. Und die hohen Herren hatten natürlich keine Veranlassung gehabt, Helene darüber in Kenntnis zu setzen.

Helene Löwen arbeitete jetzt seit fast zwei Jahren bei der Firma. Zu Beginn hatte sie sich zu Sergej sehr hingezogen gefühlt. Er war ein Alphatier, das mochte sie. Auch dass er sie zum Essen ausgeführt und Blumen nach Hause geschickt hatte, gefiel ihr. Helene hatte gedacht, das könnte etwas werden, auch wenn sie nicht glaubte, dass Sergej seine Frau sofort für sie verlassen würde. Das erste Mal Sex mit ihm war allerdings ein Schock gewesen. Noch nie in ihrem Leben war ein Mann derart brutal mit ihr umgegangen. Sie hatte sich nur noch wie ein Objekt gefühlt und gehofft, dass es endlich aufhören würde. Es hatte so wehgetan. Am liebsten wäre sie zur Polizei gegangen. Aber das ging natürlich nicht. Wer hätte ihr geglaubt, dass sie es auf diese Art nicht gewollt hatte?

Der ansonsten so aufbrausende und impulsive Sergej war noch nicht einmal beleidigt gewesen, als sie ihm nach zwei Tagen gesagt hatte, es wäre besser, sie würden sich nur noch bei der Arbeit sehen. Es war ihm egal. Er hatte es einfach so akzeptiert.

Helene Löwen vermutete, dass Sergej Kusainov sie bereits abgehakt hatte, nachdem er bekommen hatte, was er wollte.

Florian Dreier saß an seinem Schreibtisch in der Dienststelle der Polizeidirektion Detmold und schaute zu seinem Kollegen Kriminalhauptkommissar Bernd Rohde hoch, der atemlos und mit strubbeligen Haaren ins Büro gestürmt kam. Rohdes dunkelrotes Fleece-Shirt wies auf der Vorderseite und im Schulterbereich ein beachtliches Fleckenmuster auf. Florian vermutete eine Mischung aus diversen Baby-Brei-Sorten und Kotze. Die Zeiten, dass Rohde bei der Arbeit Hemd und Sakko zur Jeans trug, waren lange vorbei.

»Und? Was liegt an? Sorry, die Zwillinge«, sagte Rohde und ließ sich erschöpft auf seinen Schreibtischstuhl fallen. »Du kannst dir nicht vorstellen, was heute wieder los war. Haben alles vollgekotzt, und dann musste ich den Kleinen noch in den Kindergarten bringen. Anschließend bin ich zum Tatort gefahren, aber die Leiche war schon abtransportiert und du auch. Also, ich meine, du warst weg. Nicht abtransportiert.«

»Ja, sehe ich.« Florian ließ offen, ob er damit die fast halbtägige Verspätung des Kollegen oder dessen wenig professionell anmutende Kleiderwahl meinte.

»Oh. Ach das. Ja, Mist …« Rohde rieb über einen Fleck, aber die Bewegung hatte nur symbolischen Charakter.

»Fundort, Bernd. Fundort! Nicht Tatort.«

»Was? Ach so. Tja …«

»Hol dir erst mal einen Kaffee, dann erzähl ich dir alles.«

Manchmal, vor allem an Tagen wie diesen, vermisste Florian Dreier seinen Freund und Partner Angus Buchanan besonders schmerzlich. Angus war der Kopf ihres Teams gewesen. Er hatte immer blitzschnell kombiniert, quer gedacht und war auf Lösungen gekommen, die Florian im Nachhinein ebenfalls als logisch erkannte, ihm aber entweder gar nicht oder erst zu spät eingefallen wären. Nun war Angus tot und Florian wohl oder übel Kopf des Teams.

Florian plagte das schlechte Gewissen. Längst schon hatte er wieder einmal bei Tara Wolf vorbeischauen wollen. Wenigstens antwortete er stets zeitnah auf ihre Nachrichten. Das redete er sich zumindest ein.

Das Klingeln des Telefons riss ihn aus seinen Gedanken. Scheiße. Bischoff! Ausgerechnet jetzt. Florian ahnte bereits, was der Chef von ihm wollte: eine kurze Zusammenfassung des Sachverhalts und der aktuell noch sehr dünnen Ermittlungsergebnisse. Erster Kriminalhauptkommissar Kornelius Bischoff war als Leiter des KK 1 gerne auf dem Laufenden. Er trug die Verantwortung für das Kriminalkommissariat, das für Kapitalverbrechen im Kreis Lippe zuständig war. Da hatte er selbstredend das gute Recht, über alles informiert zu sein, was in seinen Aufgabenbereich fiel.

»Dreier.«

»In zehn Minuten Besprechung in meinem Büro.«

»Können es auch 15 sein? Dann würde ich mich bei Bettina noch auf den aktuellen Stand der kriminaltechnischen Untersuchung bringen. Vielleicht hat sie schon was Neues.«

»Plöger wird dabei sein.«

»Toll!« Staatsanwalt Dr. Henning Plöger. Teure Frisur. Arroganter Gesichtsausdruck. Modische Maßanzüge. Drückte immer auf's Tempo. Hauptsache, es gab schnell Ergebnisse. Mit einem Wort: eine Nervensäge.

»Hattest du was anderes erwartet?«

»Nein! 15 Minuten?« Florian wollte sich nicht unter Druck setzen lassen. Das ging immer zu Lasten der Qualität. Und er musste Rohde noch das Wichtigste erzählen.

»Gut.« Bischoff schwieg einen Moment. Räusperte sich, als wäre ihm das, was er nun sagen würde, selbst ein wenig unangenehm: »Und, ähm … Florian?«

»Ja?«

»Rohde ermittelt doch mit, oder?« Es war das erste Mal, dass das Thema von höherer Stelle zur Sprache kam.

»Ja, natürlich.« Rohde hatte zwar im Moment noch keinen richtigen Schimmer, worum es in dem Fall überhaupt ging, aber wenn Florian ehrlich war, ging es ihm ja nicht anders. Allerdings aus anderen Gründen. Es war fraglich, ob Florian seinen Kollegen noch länger würde decken können.

Und – ob er es überhaupt wollte.

Na endlich, dachte Lou Ritter, als sie auf ihrem Smartphone die Nachricht las, die Tara Wolf an sie und Peter Falke geschrieben hatte. Lou hieß eigentlich Luise, aber sie hasste diesen Namen. Daher stellte sie sich stets mit der Kurzform vor, mit der sie wesentlich besser leben konnte. Als Kompromiss sozusagen. Schließlich hatte sie nur diesen einen Namen.

Taras Autounfall letztes Jahr kurz vor Weihnachten war nun zwei Monate her, und Lou war froh, dass es Tara wieder besser ging. Sie sogar schon wieder arbeitete.

Und so würde dieses Treffen nach langer Zeit das erste zu dritt werden. Lou hatte Tara natürlich im Krankenhaus und in der Reha besucht, aber seit Tara wieder zu Hause war, hatten sie es noch nicht geschafft. Die toughe Richterin Tara Wolf und ihr Nachbar, der coole Paläontologe Peter Falke, waren über zehn Jahre älter als die Informatikstudentin Lou, und dadurch fühlte sie sich manchmal ein wenig wie das fünfte Rad am Wagen. Nicht, dass Tara oder Peter ihr das je zu spüren gaben. Nein, es war vermutlich ihr Problem.

Lou hatte Mist gebaut letztes Jahr. Großen Mist. In der Rückschau wusste sie manchmal nicht genau, ob sie sich über sich wundern oder ärgern sollte. Es war unfassbar, wie bescheuert sie gewesen war, welche Dummheit sie begangen hatte, um neben dem Studium ein bisschen Geld zu verdienen. Als alles aufgeflogen war, war sie in ein tiefes Loch gefallen, weil sie als Zeugin zwar gegen ihren ehemaligen Chef ausgesagt hatte, der aber trotzdem davongekommen war. Mit Taras und Peters Hilfe hatte sie es dann doch noch hinbekommen, dass der widerliche Professor Köcker eingebuchtet wurde.

So sehr hatte sie sich damals geschämt, dass sie als einzigen Ausweg aus ihrer Situation einen Sprung vom Dach des Hochhauses gesehen hatte, in dem sie wohnte. Zum Glück war da ihr Job als Kellnerin in der »Weiten Welt« gewesen, der ihr ein wenig Halt gegeben hatte. Und genau dort waren auch Tara und Peter aufgetaucht, um Lou um Hilfe zu bitten.

Wenngleich sie zum Semesterende mitten in der Prüfungsphase steckte, freute sich Lou heute sehr über Taras Einladung. Die nächste Klausur fand ohnehin erst übermorgen statt, und Lou hatte schon viel gelernt. Da konnte sie sich heute Abend mal für zwei Stündchen mit etwas völlig anderem beschäftigen.

Sie waren schon ein seltsames Trio, dachte Lou und musste lächeln.

»Dank dir auf jeden Fall. Dann warten wir mal den Tox-Bericht ab«, sagte Florian Dreier zu Bettina Lange, um das

Telefonat zu beenden. Sie hatte am Hals des Toten knapp oberhalb des Hemdkragens eine Einstichstelle gefunden. Die Vermutung lag nahe, dass er eine gewisse Zeit vor dem Todeszeitpunkt betäubt worden war, aber das war eben nur eine Vermutung. Florian würde sich alle gedanklichen Optionen offenhalten. Möglicherweise war die mutmaßliche Injektion die Todesursache und die beiden Schüsse ein Overkill. Weitere Spuren waren rund um den Fundort bisher nicht aufgetaucht. Nun befand sich der unbekannte Tote auf dem Weg zur Obduktion nach Münster.

»Ach, eins noch. Mir kommt der Typ irgendwie bekannt vor. Ich kann ihn nur grad noch nicht zuordnen. Ich bin mir nicht sicher, ob ich ihn von früher oder aus der Presse kenne. Vielleicht ein Politiker oder so.«

»Hm. Das würde uns natürlich weiterhelfen. Er ist jedenfalls nicht in unserer Datenbank.« Florian wusste nur zu gut, dass es bei Ermittlungen keine Abkürzungen gab. Man musste schon immer den ganzen Weg gehen.

»Wird mir irgendwann schon einfallen.«

»Besser früher als später.«

»Danke, Herr Kollege. Druck hilft in so einer Situation ungemein weiter.« Bettina lachte und legte auf.

Die Bürotür flog auf, und Rohde stürmte herein. »Dieser bescheuerte Kaffeeautomat. Ich will nur 'nen Kaffee. Einen ganz schlichten schwarzen Wachhalte-Kaffee. Kein Turbo-Latte-haste-nich-gesehn-Dings mit Zimt oder so 'nem Yuppie-Quatsch. Nennt man die überhaupt noch Yuppies? Nerds? Hipster? Egal! Nur einen verdammten Kaffee. Und jetzt guck dir mal diese Plörre hier an.«

Florian schüttelte den Kopf. Er versuchte erst gar nicht, mitfühlend zu gucken. »Warum gehst du dann nicht in die Küche und holst dir von da einen? Irgendjemand setzt immer Filterkaffee auf.«

Rohde machte ein zerknirschtes Gesicht. »Hm. Richtig. Hatte ich nicht auf dem Schirm. Und ich hab auch schon ewig nichts mehr in die Kaffeekasse eingezahlt.«

Krieg mal dein Leben in den Griff, hätte Florian am liebsten gesagt. Er verkniff es sich und stand auf. »Besprechung bei Bischoff.«

»Und mein Kaffee?«

»Wir müssen also davon ausgehen, dass wir einen Täter haben, der sein Opfer kaltblütig hingerichtet hat. Ob mit Fangschussmunition oder einer anderen aufpilzenden Variante, muss noch geklärt werden.« Kornelius Bischoff sah Florian Dreier aufmerksam an. Sie saßen zu dritt um den Besprechungstisch in Bischoffs Büro. Florian, Rohde und Bischoff. Die vierte Seite des Tisches war nicht besetzt.

»Hässlich. Sehr hässlich.« Staatsanwalt Henning Plöger war ebenfalls anwesend, stelzte aber lieber vor der Fensterfront auf und ab. Florian hatte es noch nie erlebt, dass sich der Staatsanwalt in einer Besprechung still auf einen Stuhl setzte. Er war immer in Bewegung. »Wir brauchen schnell Ergebnisse.«

Die letzte Aussage ignorierte Florian. Es war typisch für Plöger, dass er einerseits Tempo machte und für den aktuellen Ermittlungsstand unrealistische Ergebnisse forderte. Andererseits war ihm die Zeit nicht zu schade, sich, nur um einen nervigen Allgemeinplatz abzusondern, auf den Weg von der Staatsanwaltschaft in die nur knapp zwei Kilometer entfernte Polizeidirektion zu machen. »Wir warten derzeit auf die Obduktionsergebnisse. Das Kaliber ist ohne Geschoss natürlich nicht zu bestimmen. Aber nach Frau Langes erster Einschätzung handelt es sich vermutlich um ein Teilmantelgeschoss. In welcher Variante, ist noch offen, weil das Verletzungsmuster verschiedene Ursachen haben kann. Privatpersonen haben üblicherweise keinen Zugriff auf mannstoppende Munition, also könnte der Täter Fangschussmunition eingesetzt haben, die ausschließlich in der Jagd verwendet werden darf, damit durch das Aufpilzen des Geschosses der Tod des Tieres sicher herbeigeführt wird.«

»Ja«, sagte Bischoff mehr zu sich selbst als zu den Anwesenden, »beim Militär dürfen nach der Genfer Konvention keine Teilmantelgeschosse eingesetzt werden. Bei der Jagd schon. Üble Sache.«

»Wir ermitteln also im Jägermilieu?« Der Staatsanwalt blieb kurz mit verschränkten Armen und hochgezogenen Augenbrauen stehen. »Ich kenne da ein paar Leute. Sie wissen schon, weil ich ja …«

»Wir ermitteln grundsätzlich in alle Richtungen, Herr Staatsanwalt.«

»Ja, aber diese Art von Munition lässt doch den eindeutigen Schluss zu …«

»Wir haben weder Hülse noch Projektil. Von daher gibt es keine eindeutigen Schlüsse. Natürlich kann es sein, dass es sich um Fangschussmunition handelt. Aber der Täter könnte sich ja auch mannstoppende Munition beschafft haben, wie wir sie verwenden. Den Aufpilz-Effekt erreichen Sie ja außerdem, wenn Sie die Geschossspitze vor dem Einsatz einfach einmal kräftig über den Asphalt reiben. Es gibt also durchaus weitere Erklärungsansätze.« Florian sah Plöger an.

Der wedelte mit der rechten Hand und schnaubte: »Jaja. Weiß ich doch alles. Sie wollen doch nicht etwa andeuten, dass einer Ihrer Kollegen involviert ist?«

»Ich will gar nichts andeuten«, erwiderte Florian. »Nur bekräftigen, dass es verschiedene Ermittlungsansätze gibt.«

»Was haben wir sonst noch?«

»Der Fundort ist definitiv nicht der Tatort«, fuhr Florian Dreier fort. »Wir können nur darüber spekulieren, wie die

Leiche an das Ufer des Kurparksees gelangt ist. Bisher gibt es keine Zeugen, die etwas beobachtet haben. Wir wissen auch nicht, wer das Opfer ist. Frau Lange meint zwar, dass der Tote ihr irgendwie bekannt vorkommt, wie sie sagte. Aber das kann ja alles Mögliche bedeuten.«

»Oder gar nichts.« Rohde wollte auch etwas beitragen.

»Ja, oder gar nichts.« Plöger machte eine kurze Pause, hob das Kinn etwas an und wartete, bis alle ihn anschauten. »Wir warten bis morgen Mittag. Wenn wir dann nicht wissen, wer der Tote ist, geht das Foto online und an die Presse.«

Florian nickte. »Gut. So machen wir das.« In diesem Fall war eine Veröffentlichung des Fotos tatsächlich verhältnismäßig unproblematisch, weil Kollegin Breuer mit der Bildbearbeitungssoftware nur das Einschussloch retuschieren musste. Da hatte es in der Vergangenheit ganz andere Probleme mit nicht identifizierten, aber völlig entstellten Leichen gegeben. Manchmal blieb als einzige Möglichkeit, ein Phantombild zu erstellen.

»Unbestritten ist das gut«, plusterte sich Plöger auf. »Schließlich ist das meine Idee. Und selbstverständlich machen Sie das. Schließlich habe ich das angeordnet.«

Florian war sauer. Dieser Idiot hatte oft genug Anweisungen gegeben, die den Ermittlungsfortschritt behinderten oder vollständig beendeten. Das war dann weder sachorientiert noch sinnvoll gewesen.

Bischoff räusperte sich und schaute Florian an. »Und was sagen uns die Spielfiguren?«

Florian sah kurz zu Rohde hinüber, der jedoch scheinbar nicht mitbekommen hatte, dass Bischoff ihn nicht mitangesprochen hatte.

»Ganz ehrlich? Die Tat wurde absolut präzise ausgeführt und die vier Spielfiguren sehr bewusst platziert. Das macht mir schon ein wenig Angst.«

»Warum?«

»Das sieht alles absolut professionell aus.« Florian unterbrach sich kurz. »Hoffentlich haben wir es nicht mit einem Serientäter zu tun.«

»Da gebe ich dir Recht. Jemand, der so eine Inszenierung veranstaltet, macht das wahrscheinlich nicht zum ersten Mal.«

»Nein, macht er nicht.«

Gleich war Feierabend. Bis jetzt hatten sich weder ihr Chef noch Hans-Ullrich blicken lassen. Helene Löwen stand mit einem Kaffee am Bürofenster und schaute hinunter auf die Verladerampe, wo die Lagerarbeiter den letzten Kühl-Lkw für heute abgefertigt hatten und noch einige Paletten aufräumten.

In diesem Augenblick sah Helene Sergejs schwarzen Audi A7 auf den Hof brausen. Ihr Nettogehalt lag nur unwesentlich höher als jener Betrag, der Monat für Monat als Leasingrate für diese Angeberkarre überwiesen wurde. Dabei war sie als kleine Bürokauffrau für die gesamte Buchhaltung verantwortlich. Sie buchte die Belege, die Sergej ihr hinlegte. Natürlich. Was auch sonst? Bisher hatte sie das immer getan, ohne die Beträge zu hinterfragen. Wegen einiger dieser Buchungen war Sergej heute vor Gericht gewesen. Komisch nur, dass sie bislang nicht als Zeugin hatte aussagen müssen. Und was war mit Hans-Ullrich? War er Zeuge? Oder ebenfalls Angeklagter? Irgendetwas stimmte hier ganz und gar nicht.

Helene Löwen entschied, sich am Wochenende in der Lippischen Landeszeitung den Stellenmarkt ganz genau anzuschauen.

Sie strich ihren Rock glatt, zupfte an ihrem Pony, nahm einen Ordner vom Schreibtisch und ging langsam zum Rollschrank hinüber. Aus dem Augenwinkel nahm sie wahr, wie Sergej in sein Büro nebenan fegte und seinen dunkelgrauen Kaschmirmantel auf den Besucherstuhl warf. Die Büros waren lediglich durch Wände in Leichtbauweise getrennt, die ab Hüfthöhe aus Glasfenstern bestanden und es so der Geschäftsleitung erlaubten, ihre Angestellten ständig im Blick zu behalten.

Helene sah, dass Sergej kurz stutzte, weil Hans-Ullrichs Büro leer war. Im nächsten Moment stand er in der geöffneten Tür ihres Büros.

»Hättet ihr nicht schon aufräumen können? Und wo ist Ulli, der Arsch? Wie sah das denn aus vor Gericht, dass mein wichtigster Angestellter nicht da war? Und was soll das Chaos da draußen?«

Sergej Kusainov dünstete Schweiß und Alkohol aus. Helene roch die Fahne, als er sie anblaffte, obwohl er fast zwei Meter von ihr entfernt stand. Er hatte extra einen Kühlschrank mit Gefrierfach in die Küche gestellt, sodass immer eiskalter Wodka zur Hand war. Sie wusste zudem, dass Sergej gern auf einen Single Malt in die Cosmo Lounge ging, die sich am Rand der Detmolder Fußgängerzone Ecke Wallgraben und Bruchstraße befand. Und vom Gerichtskomplex in Detmold an der Paulinenstraße bis in die Cosmo Lounge war es nicht weit. Er hätte es gerngehabt, wenn alle ihn Cosmo genannt hätten. Das fand er cool, auch wenn er keine Cocktails mochte. Aber ein Spitzname ließ sich nicht erzwingen.

»Hans-Ullrich war heute noch nicht im Büro. Ich dachte …«

»Für's Denken bezahlt dich niemand. Dämliche Schlampe. Sieh zu, dass … ach, egal. Den Scheiß mach ich lieber selbst.«

Als Sergej aus Helenes Büro stampfte, knallte er so heftig die Tür zu, dass die Scheibe im Rahmen schepperte.

Nein. Das herabwürdigende Verhalten ihres Chefs würde sie sich nicht länger bieten lassen. Es wurde dringend Zeit für einen neuen Arbeitgeber.

»Komm rein«, sagte Tara Wolf, nachdem sie Peter Falke die Haustür geöffnet hatte. Ihr Nachbar hatte einen Sechserträger Bier in der Hand und ging langsam hinter Tara her in die Küche. Dabei achtete er darauf, dass er nicht auf die Fugen zwischen den Flurfliesen trat.

»Wie war dein Tag?«, wollte Peter wissen. Wie meistens in seiner Freizeit trug der eingefleischte Johnny-Cash-Fan zur schwarzen Jeans ein schwarzes Jeans-Hemd und schwarze Cowboystiefel. Dazu hatte er heute aus seinem scheinbar unerschöpflichen Arsenal von Gürtelschnallen eine silberne in Form eines Adlerkopfes ausgewählt. Peter nannte die Gürtelschnallen Buckles.

»Ging so. Ich habe dich und Lou aber nicht eingeladen, um gemütlich über unsere Jobs, das Studium und das Leben zu plauschen. Es ist an der Zeit weiterzumachen. Wir können so viel tun. Gutes. Richtiges. Zu viele Menschen schauen einfach nur zu, wenn Ungerechtigkeiten passieren. Wir nicht! Kurz und knapp: Unsere Ermittlungspause ist vorbei.«

»Etwas in der Richtung hab ich mir schon gedacht.«

»So? Hast du?«

Peter nickte nur und stellte das Bier auf die Arbeitsplatte neben den Kühlschrank.

»Du hast recht.« Taras grüne Augen blitzten. »Manchmal klappt's mit dem Nachdenken bei dir.«

Peter legte demonstrativ die Stirn in Falten: »So nicht, Frau Richterin.«

Tara lachte und boxte ihn freundschaftlich gegen den Oberarm.

»Darf ich?«, fragte Peter und zeigte auf eine Schublade.

»Immer«, sagte Tara. »Du kennst dich ja aus.«

Er nahm einen Flaschenöffner aus der Schublade. Als Peter die Kronkorken von zwei Bierflaschen entfernte, zischte es vielversprechend. »Was machen die Rippen?«

»Morgen gehe ich das erste Mal zum Fitnesstraining.«

»In so eine Muckibude?«

»In so eine Muckibude.«

»Na, wenn's hilft. Aber übertreib's nicht.«

Tara schaute Peter entrüstet an. »Übertreiben? Ich? Also wirklich …«

Peter nahm einen Schluck aus der Flasche, lehnte sich an die Arbeitsplatte und schaute Tara ernst an. »Also, bevor Lou hier ist …«, begann er, nachdem er das Bier auf den Küchentisch gestellt hatte. »Willst du wirklich so weitermachen?«

»Ja, natürlich. Sie gehört mit dazu.«

»Machen wir jetzt einen auf ›drei Freunde‹, oder was?«

»Wieso *jetzt*? Zählt letztes Jahr nicht? Außerdem: Sind wir ein Team oder sind wir ein Team?«

»Hm«, gab Peter zu. »Waren wir. Letztes Jahr. Seit deinem Unfall allerdings … die Sache mit Florian …«

»Fängst du schon wieder damit an? Das ändert gar nichts.« Tara hatte im letzten Jahr eine Entscheidung getroffen, als sie es nicht mehr aushielt. Sie wollte gegen Ungerechtigkeiten vorgehen. Hatte es sich selbst zur Aufgabe gemacht, Verbrecher, die – aus welchen Gründen auch immer – vor

Gericht freigesprochen worden waren, dennoch für ihre Taten zur Verantwortung zu ziehen. Aber vor allem wollte sie den Mord an ihrem Mann aufklären. Die Hintermänner finden und die Frage nach dem »Warum« beantwortet haben. Es war eine schwerwiegende Entscheidung. Eine, die nicht nur ihr Leben betraf und grundlegend verändert hatte, sondern zunächst auch das von Peter und kurz darauf ebenfalls Lous Leben. Natürlich hätte sie ihre Ermittlungen alleine durchziehen können. Aber sie brauchte die beiden. Und wenn man es genau nahm, brauchte sie Florian ebenfalls. Nur dass Flo ihrem Engagement zu Anfang äußerst kritisch gegenübergestanden hatte, während Peter vom ersten Moment an zu ihr hielt und sie unterstützte. Peter hatte ihre Schritte hinterfragt. Das schon. Aber das war ja auch gut und einer der Gründe dafür, dass Tara ihn um Hilfe gebeten hatte. Ihre Gedanken an seinem wachen Geist zu spiegeln, war stets hilfreich gewesen.

Peter schaute Tara ernst an. »Ja, ich fange wieder damit an. Denn ich finde nach wie vor, dass das alles ändert.«

»Ich habe die Verfolgungsjagd mit dem Gärtner überlebt. Das war alles echt übel, da hast du recht. Aber jetzt ist jetzt und wir müssen weitermachen. Wir haben gar keine andere Wahl.«

»Ach, Tara.« Peter schüttelte den Kopf und blickte Tara traurig an. »Man hat immer eine Wahl.«

Florian Dreier hatte im letzten Herbst nur mit großem Glück einen Anschlag des Gärtners überlebt, von dem inzwischen bekannt war, dass dieser normalerweise nicht danebenschoss. Mit der Tat hatte der Gärtner auf Florians Recherchen reagiert, weil Flo Tara Background-Informationen aus Hamburg über die Motorrad-Gang Wheely Devils beschafft hatte. Informationen, die eigentlich von der hanseatischen Staatsanwaltschaft unter Verschluss gehalten wurden. Auch der Senat war involviert. Wie alles zusammenhing, war bis heute unklar. Klar war nur, dass Taras Mann Angus Buchanan ermordet worden war, nachdem er als verdeckter Ermittler die Wheely Devils hatte auffliegen lassen, und dass irgendjemand ganz weit oben das rachsüchtige Treiben des Gärtners deckte.

»Mag sein, dass man immer eine Wahl hat. Darum heißt das Wort ja auch Entscheidung. Wenn man keine zwei Alternativen hätte, könnte man keine Entscheidung treffen. Und ich habe mich fürs Weitermachen entschieden. Komm mal mit ins Wohnzimmer. Ich zeige dir was.«

Es klingelte und Peter drehte sich langsam und vorsichtig auf den Spitzen seiner schwarzen Cowboystiefel einmal um sich selbst. Peters Fugenphobie, wie Tara das heimlich nannte, galt gleichermaßen für Straßenpflaster wie für Parkett und Fliesen. »Ich geh schon.«

Rahlstedt war seine Hood. Für die meisten Hamburger gehörte dieser Stadtteil in Hamburgs Nord-Osten überhaupt nicht zur Hansestadt. Zumindest taten viele hochnäsig so, als würden sie ihn nicht kennen. Vor allem diese reichen Overdressed-and-underfucked-Typen aus Eppendorf, Blankenese und Rotherbaum, deren Komplexe trotz der fetten Konten die fünf Meter hohen Stuckdecken ihrer protzigen Villen im Tudorstil um einiges überstiegen. Pah! Sollten sie doch über Rahlstedt ihre Rechtsanwaltsnasen rümpfen, durch die sie letzten Endes seinen Stoff zogen, damit sie abends ihre keifenden Weiber zu Hause ertragen konnten. Distinguiertes Hanseatisch-Blau war eine verlogene Illusion. Wer sein frustriertes Hirn auf dem Echtholzparkett verteilen wollte, bekam von ihm zum Shit die Knarre gleich dazu.

Hier in Rahlstedt machte der Gärtner keine Geschäfte. Denn hier war er zu Hause. Man kannte ihn als den harten, aber netten Biker, der in seiner Werkstatt an den Harleys schraubte. Seinen Stadtteil hielt er sauber. Selbst seine geliebten Wheely Devils hatten hier Hausverbot.

Hier dealte er nicht, hier verkaufte er keine Waffen.

Das war nicht nur Ehrensache, sondern auch klug, wie er fand. Man kackte schließlich auch nicht in den eigenen Vorgarten.

Heute war er den ganzen Tag unterwegs gewesen, um von säumigen Kunden Geld einzusammeln. Es half immer, tagsüber in einer snobistischen Anwaltskanzlei oder bei einem Immobilienmakler aufzutauchen – das riskierte keiner ein zweites Mal, um der Belegschaft oder dem Chef nicht erklären zu müssen, was dieser Biker mit den Muskelbergen wollte.

Also hatte er sich ein vernünftiges Abendessen mehr als verdient. Der Gärtner saß im Café Olé in der Schweriner Straße, wartete auf seine Kumpels Tiny und Catweazle und freute sich auf sein gegrilltes Riesensteak. Er nahm einen ordentlichen Schluck aus dem Halbliterglas Duckstein vom Fass. Dann rülpste er genüsslich und wischte sich mit dem Handrücken den Mund ab.

Wie immer trug er eine ärmellose Jeansweste, sodass seine gewaltigen Oberarme bestens zur Geltung kamen. Der Gärtner liebte Kraftsport fast so sehr wie seine Harley Davidson, die vor der Kneipe auf dem Seitenständer ruhte. Und er war stolz auf die Tattoos, die auf den Außenseiten seiner furchteinflößenden Bizepse prangten. Links das Superman-Logo, rechts die Buchstabenfolge A.C.A.B. Oh yes, all cops are bastards.

Es war die Aufgabe eines guten Gärtners, überflüssige Triebe zu entfernen, damit die Haupttriebe Frucht bringen und sich entfalten konnten. Manchmal war eben ein nerviger Bulle ein überflüssiger Seitentrieb, der abgeschnitten werden musste. Wenn schmieren oder drohen nicht mehr half, konnte es nur noch eine Kugel aus der SIG Sauer Super Target des Gärtners richten. Tja, wenn der dämliche Bulle vor dem Traualtar stand, handelte sich die Braut eben ein paar Blutspritzer ein und die spießige Hochzeitsgesellschaft bekam eine Show geboten, die sie nie wieder vergaß. Kollateralschaden. Aber den hatte Angus Buchanan sich selbst zuzuschreiben. Verräter mussten sterben. Und so war der scheinheilige Satz »Bis dass der Tod euch scheidet!« schneller wahr geworden, als es sich das Brautpaar vermutlich gewünscht hatte.

Tiny und Catweazle trampelten mit ihren schweren Biker-Stiefeln herein und ließen sich dem Gärtner gegenüber auf zwei dunkelbraune Holzstühle fallen.

»Eddie lässt schön grüßen«, sagte Catweazle.

Fuck. Was war hier plötzlich los? »Seit wann besuchst du denn Eddie?«

»Geiler Scheiß!«, platzte es aus Lou Ritter heraus, als sie Taras Wohnzimmer betrat. Sie blieb zunächst fasziniert auf der Türschwelle stehen. Nach einer Schrecksekunde eilte sie auf die beiden riesigen Plexiglaswände zu, die auf matten Alu-Ständern im Raum standen. Lou bremste knapp vor der linken ab. »Das ist ja mega-amtlich. Wo hast du die denn her? Damit können wir super arbeiten. Hier sieht's ja aus wie … ähm …« Lou holte tief Luft und wiederholte: »Geiler Scheiß!«

»Und, Miss Knight? Was macht das Studium?« Es war mittlerweile zu einem Ritual geworden, dass Lou von Peter mit diesem Spruch begrüßt wurde.

Lou hatte bereits bei ihrem allerersten Treffen festgestellt, dass Peter Falke – mit Ausnahme des letzten Buchstabens in seinem Namen – genauso hieß wie der amerikanische Seriendarsteller. »Läuft, Mister Columbo. Läuft.«

»Sehe ich«, sagte Peter freundlich und deutete mit der Bierflasche auf Lous T-Shirt, das großzügig Auskunft über die Lebenssituation der Trägerin gab: »Läuft! Rückwärts und bergab. Aber läuft!« Wenn Lou nicht gerade Batikshirts zu ihren Pluder-Cargohosen und Chucks trug, bevorzugte sie Mottoshirts unter Baumfällerhemden, die garantiert farblich nicht zueinanderpassten.

Tara Wolf liebte die Plänkeleien zwischen den beiden, wusste sie doch, dass sich Peter Sorgen um Lou machte und sie deshalb lieber aus ihren Fällen, wenn man das überhaupt so nennen wollte, heraushalten würde. Sie hatten sich im letzten Jahr kennengelernt, als sie gemeinsam am Ghostwriter-Fall gearbeitet hatten. Lou war die Kronzeugin gewesen, aber Staatswalt Plöger hatte Beweise vorgelegt, die dem Verwertungsverbot unterlagen. So war Tara als Strafrichterin nichts anderes übrig geblieben, als Professor Köcker laufenzulassen. Um den Leiter des sogenannten Wissenschaftsservices dennoch dranzukriegen, hatte sich Tara einer List bedient, für die sie die Spezialkenntnisse Lous benötigt hatte. Anfänglich war die Informatikstudentin sehr skeptisch gewesen, aber je mehr sie zusammen erlebt und gemeinsam durchgestanden hatten, umso begeisterter war sie bei der Sache gewesen. Manchmal hatte man sie sogar ein wenig bremsen müssen. Diese Aufgabe hatte Peter nur allzu gern übernommen.

Mit ausgestreckten Armen drehte sich Tara einmal im Kreis. »Ich hab ein bisschen umgeräumt, wie ihr seht.«

»Ja«, brummte Peter. »Offensichtlich.« Er deutete auf »Rooms by the sea« von Edward Hopper. Der fast ein Quadratmeter große Kunstdruck auf Leinwand hatte einst prominent die Wohnzimmerwand geschmückt und nun einer ordinären Weißwandtafel Platz machen müssen.

Vorletzte Weihnachten hatte Tara eine Woche um die Feiertage mit Angus in New York verbracht. Davon zwei volle Tage im Whitney Museum of American Art, um so lange, wie es irgend ging, die Gemälde von Edward Hopper zu genießen. Sie wollte Farben und Formen auf ihre Netzhaut bannen. Zwei Tage waren viel zu wenig für über 3.000 Kunstwerke. Aber Tara war glücklich gewesen, auch wenn sich ihr Lieblingsbild in einem anderen Museum befand. Nun lehnte Taras Lieblingsbild von ihrem Lieblingsmaler achtlos in der Zimmerecke.

Sie ließ sich von Peter nicht beirren. »Prioritäten verschieben sich, und wir brauchen Platz zum Arbeiten und Visualisieren. Wie ihr seht …«, Tara stellte sich zwischen die Plexiglaswände, »… habe ich das hier zweigeteilt. Links kommt alles dran, was mit Angus zu tun hat. Kann sein, dass der Platz auf Dauer nicht ausreicht und wir noch mehr Fläche benötigen. Ist ja jetzt schon ziemlich voll.« Sie machte eine kurze Pause, damit Lou und Peter die vielen Ausdrucke, Klebezettel, Zeitungsausschnitte, Bilder und mit Filzstift gezogenen Verbindungslinien auf sich wirken lassen konnten. »Und auf der rechten Wand geht es immer um unseren jeweils aktuellen Fall. Notizen und Brainstorming heften wir vorübergehend an die Weißwandtafel.«

Peter schaute skeptisch.

Lou hingegen war vor Begeisterung völlig aus dem Häuschen. »Was sind wir? Die drei Fragezeichen? Drei Musketiere?«

Tara lachte. »Klar.«

Peter Falke brummelte: »Peter, Paul and Mary.«

Wovon sich Lou in keiner Weise irritieren ließ: »Und wer ist dann Peter?«

Peter schüttelte den Kopf.

»Okay, Kinder. Seid ihr dabei?« Tara Wolf.

»Natürlich.« Peter Falke.

»Aber sowas von.« Lou Ritter.

»Wunderbar. Und danke«, sagte Tara. »Ich weiß, dass das nicht selbstverständlich für euch ist, und ihr wisst hoffentlich, dass ich nichts von euch erwarte, was ihr nicht wollt. Jeder kann an jeder Stelle der Fahrt aussteigen.«

»Aber nur, wenn du Schritttempo mit uns fährst.«

Tara schaute Lou an. »Du bist echt gut drauf heute. Das find ich wirklich klasse. Vor allem, weil ich nicht wüsste, wie ich die Fälle allein ohne euch lösen sollte. Dennoch: Es ist kein Spiel.«

»Ich weiß.«

»Peter?«

»Do what you do, do well.« Etwas weniger brummelig als eben. Dafür mit einer Zeile aus einem Johnny-Cash-Song. So war er. Klug und vorsichtig. Wenn es drauf ankam, völlig zuverlässig. Und immer da, wenn Tara ihn brauchte.

»Gut.« Tara holte tief Luft und zeigte auf die rechte Plexiglaswand. »Dann erzähl ich euch mal ein bisschen was zu diesem Sachverhalt.«

»Was ist mit der anderen Wand? Wie geht's mit den Ermittlungen um Angus' Tod weiter?«, fragte Lou hibbelig und deutete nach links.

»Dazu kommen wir später.«

Lou atmete aus. »Na gut.«

»Also …«, Tara wandte sich der rechten Tafel zu und zeigte auf ein Foto, »… das hier ist Sergej Kusainov, der Geschäftsführer der Malinka Magasin GmbH in Detmold. Den Leiter der Logistik seht ihr hier – Hans-Ullrich Behrendt. Sie importieren, wie es auf ihrer Homepage so schön heißt, ›russische und osteuropäische Spezialitäten‹ und beliefern damit 43 Lebensmitteleinzelhändler in ganz Deutschland.«

»Kenn ich«, sagte Lou. »So einen hab ich auch in der Nachbarschaft. Wenn ihr mich fragt, sind diese Geschäfte irgendwie Ausdruck einer gewissen Parallelwelt und damit – wenn man es politisch unkorrekt formulieren will – auch einer gescheiterten Integration. Dazu müsst ihr gar nicht bis in irgendwelche Pariser Satellitenstädte oder Berliner Randbezirke gehen. Das könnt ihr euch live und in Farbe bei mir am Biesterberg begucken.«

»Ist es nicht verständlich, wenn man in ein anderes Land auswandert, dass man weiterhin liebgewonnene Spezialitäten der Heimat essen möchte?«, widersprach Peter.

»Ja, klar. Aber erstens könnte man das sicherlich auch anders organisieren und zweitens«, Lou legte den Kopf auf die Seite und schaute Peter herausfordernd an, »müssten wir klären, von wo nach wo Russlanddeutsche überhaupt emigriert sind.«

»Ich fürchte, damit haben wir weitere Fragen, die wir heute Abend nicht beantworten werden«, sagte Peter beschwichtigend.

»Zumindest nicht ohne Superkräfte.« Lou holte tief Luft und schaute zu Tara, die sich an der Diskussion nicht beteiligt hatte und auch nicht vorhatte, dies zu tun. »Also«, sagte Lou auffordernd zu Tara. »Nun zum klischeebeladenen Teil mit der russischen Mafia und Ex-KGB-Killern.«

Peter zog die Stirn in Falten und murmelte: »Das heißt jetzt FSB.«

Tara schüttelte kurz den Kopf. »Liegt alles sehr nahe. Killer – vermutlich nein. Bisher zumindest nicht. Mafia – könnte dahinterstecken. Es geht nämlich um Geldwäsche. Und zwar in ganz großem Stil.«

»Jetzt bin ich aber gespannt.« Lou trat etwas näher an das Plexiglasboard, das Tara mit zahlreichen Zeichen und Pfeilen versehen hatte. »Auch wenn ihr das jetzt nicht von mir erwartet, aber ich habe tatsächlich keine Ahnung, wie Geldwäsche funktioniert.«

»Kommt jetzt. Das Besondere in diesem Fall liegt darin …«, Tara unterbrach sich und schaute Peter an: »Was hast du?«

Peter Falke rieb sich das Kinn mit Zeigefinger und Daumen der rechten Hand. »Ich glaub, ich kenne die beiden.«

48 … 49 … 50 … 51

Bettina Lange konnte nicht mehr. Dennoch ließ sie sich nur sehr langsam von der Klimmzugstange herab. Eine letzte negative Wiederholung. Die Anstrengung und der Schmerz brannten in jeder Muskelfaser ihrer Arme und im Rücken. Es fühlte sich unendlich gut an.

Ihr Atem ging tief und regelmäßig. Nicht zu schnell. Jetzt würde es erst richtig hart werden.

Gemächlich ging sie zu dem Traktorreifen hinüber. 110 Kilo. 1,50 Meter hoch, wenn er aufgerichtet war. Noch lag er auf der Kunstrasenfläche, die einmal quer durch die Halle führte. Bettina Lange genoss das Training auf der

CrossFit-Fläche. Es war wichtig für sie, stark zu sein. Kraft und Ausdauer zu haben. Möglichst mehr als andere. Sie wollte besser sein. Stärker. Ausdauernder.

Zum Glück waren hier keine dumpfen Pumper unterwegs, die nach den ersten Übungen längst geplatzt wären. Nein, auf der CrossFit-Fläche trainierten nur die richtig harten Jungs und Mädels. Und sie gehörte dazu.

Natürlich wusste sie, dass Stolz kein gutes, kein gesundes Gefühl war. Aber wer legte eigentlich die Norm fest, was gesund und gut war? Es gab Zeiten im Leben, da verschoben sich alle Maßstäbe. So wie bei ihr. Wie viele Frauen hatten überlebt, was sie überlebt hatte? Durfte sie nicht ein wenig stolz darauf sein, dass und wie sie sich aus dem dunklen, nahezu verschütteten Loch tiefsten Schmerzes und zerstörerischer Verzweiflung emporgekämpft und ihr Leben wieder in die Hand genommen hatte? Vielleicht war Stolz auch das falsche Wort. Dankbarkeit traf es vermutlich eher. Glück war sicherlich auch ein wenig dabei gewesen. Es war die Summe vieler Faktoren, auch Menschen zählten dazu, die sie getroffen und die sie im positiven wie negativen Sinne motiviert hatten.

Das »Kopf hoch, wenn der Hals auch dreckig ist!« von Onkel Roland hatte sie zunächst wahnsinnig geärgert. Später war es Ansporn gewesen, der dämlichen Oberflächlichkeit emotionale Tiefe entgegenzusetzen.

Sicher. Es hätte anders ausgehen können. War es aber nicht.

Sie wuchtete den fast mannshohen Traktorreifen über die Querseite. Ein ums andere Mal, bis ihr Brustkorb pumpte wie bei einem Maikäfer, der auf dem Rücken lag. Als sie am Ende der Halle angekommen war, ging sie in die Hocke, um kurz auszuruhen.

»In einer Welt gewöhnlicher Sterblicher bist du ein echtes Wunder.« Bettina mochte Steffi Johannmeiers sanfte Stimme. Mindestens ebenso sehr wie das Zitat, das von Königin Hippolyta stammte, der Königin eines Amazonenvolkes auf der Insel Themyscira. Sie war die Mutter der Kriegerprinzessin Diana, die als Wonder Woman zur Justice League gehörte. Bettina liebte alles, was mit Wonder Woman zusammenhing.

Steffi war Trainerin im »KörperWerk« und beugte sich leicht zu Bettina hinunter. Dann streichelte sie sanft über den verschnörkelten Schriftzug »Princess Diana of Themyscira«, der sich, von einem leichten Schweißfilm bedeckt, als Tattoo um Bettinas Unterarm wand.

Bettina lächelte Steffi dankbar an. »Danke, du Liebe.« Die Zärtlichkeit kam überraschend, tat aber gut.

»Du wirst jedes Mal besser. Das sieht inzwischen richtig leicht aus bei dir.«

Bettina drückte sich aus der Hocke hoch. »Findest du?«

»Ja, finde ich. Und darum wollte ich dich fragen«, Steffi richtete sich ebenfalls auf und sah Bettina an, »ob du nicht Lust hättest, deinen Trainerschein zu machen.«

»Neben dem Job?« Bettina arbeitete gerne als Kriminaltechnikerin und konnte sich nicht vorstellen, das jemals aufzugeben. Die klare Struktur in der Vorgehensweise. Die akribische Dokumentation der Beweiskette. Die Anwendung wissenschaftlicher Methoden und neuester forensischer Techniken. Das hatte etwas von mathematischer Logik. Selbst dann, wenn die Situation am Tatort, Fundort oder an der Unfallstelle zunächst unübersichtlich war. Oder wirkte.

»Klar, so hab ich doch auch angefangen.«

»Klingt irgendwie verlockend.« Jeder Tatort oder Fundort und jede Unfallstelle ließen unauslöschbare Bilder zurück, die gleichzeitig ein Stück Seele fraßen. Ein Ausgleich tat gut. Darum versenkte sich Bettina so gern in ihre Comic-Welt.

Steffi sah Bettina lange an und sagte dann: »Überleg's dir. Ich fänd das großartig. Wenn du magst, können wir jederzeit drüber reden.«

Bettina erwiderte den Blick, ohne zu blinzeln. Und mit einem Lächeln sagte sie: »Okay. Ich überleg es mir.«

Der Gärtner riss sich zusammen, nickte konzentriert und spülte einen Bissen mit einem ordentlichen Schluck Ducksteiner hinunter. »Eddie lässt schön grüßen« – das klang nicht nach einem netten Gruß.

Catweazle war bei den Wheely Devils zwar für alles zuständig, was mit Computern zu tun hatte, aber Eddie Harts rechte Hand, das war immer noch er: der Gärtner. Auch seit Eddie, ihr Boss, gesiebte Luft atmen musste und von der Gang nicht mehr viel übrig war.

»Tja, Mann.« Catweazle reckte theatralisch die Arme gen Himmel. »Wenn der Boss mich sehen will, sag ich doch nicht nein.«

Fuck! Irgendetwas lief hier gehörig aus dem Ruder. Das würde er sich nicht bieten lassen. Nicht mit mir, dachte der Gärtner und entgegnete knapp: »Mittwochs ist keine Besuchszeit.«

Catweazle verzog den Mund, der von einem struppigen braunen Bart umwuchert wurde. Seinen Spitznamen trug er mit vollem Recht. Wenn man ihn sah, könnte man meinen, der Magier aus der alten Serie sei aus dem Röhrenfernseher gestiegen. »Ich war auch nicht heute, sondern schon am Sonntag da.«

Tiny schaute zwischen den beiden hin und her, und der Gärtner merkte, dass sich der gutmütige Riese unwohl fühlte. Spürte, dass etwas zwischen seinen Freunden nicht stimmte.

»Und was will Eddie?«

»Du sollst die Alte vom Maulwurf in Ruhe lassen.«

»Was soll ich?«

»Die Alte vom Maulwurf in Ruhe lassen. Diese neugierige Richterin. Du weißt schon …«

»Ich hab dich gehört.«

Catweazle nahm einen Schluck Bier. »Jedenfalls – er ist deine Alleingänge leid. Ich bin mir nicht sicher, ob er davon überzeugt ist, dass du mit der Razzia nichts zu tun hattest. Immerhin laufen wir drei unbehelligt frei herum, während fünf Brüder tot sind und die anderen Wellnessurlaub in Santa Fu machen. Du sollst ihm nichts beweisen.«

Scheiße. Mit wem redete Eddie sonst noch?

Der Gärtner legte seine Pranke um das Bierglas. Alle Wut und der gesamte Frust sammelten sich in seiner Faust.

Das Glas zersprang. Bier und Blut liefen auf den Tisch.

»Du kennst Sergej Kusainov und Hans-Ullrich Behrendt?« Tara sah Peter aufmerksam an.

»Ganz sicher bin ich mir nicht. Ist ja schon 20 Jahre her. Aber doch, ja, wir sind wohl zusammen zur Schule gegangen. Bei den Namen bin ich mir sicher. Und wenn ich mir überlege, wie sie damals ausgesehen haben, tja … dann könnten sie es sein.«

»So unterschiedlich verlaufen Karrieren«, meldete sich Lou zu Wort.

Tara starrte unverwandt auf die Fotos, die den Geschäftsführer und seinen Logistikleiter zeigten. »Kriminalstatistisch gesehen ist es gar nicht so unwahrscheinlich, dass man jemanden kennt, der kriminell ist.«

Lou räusperte sich. »Genau. Ihr kennt zum Beispiel mich.«

Abrupt drehte sich Tara zu Lou um und breitete beide Arme aus, um sie zu umarmen. »Oh nein, so hatte ich das nicht gemeint.«

Lou lächelte und erwiderte die Umarmung. »Schon gut, Tara. Ich hab's dank euch inzwischen veratmet. Außerdem bist du als Strafrichterin ja diejenige mit den meisten kriminellen Kontakten. Ist schließlich dein Job.«

»Auch wieder wahr.«

»Es ist trotzdem eigenartig. Nicht unbedingt ungewöhnlich, weil sich ja jeder irgendwann für seinen eigenen Weg entscheidet. Darüber denkt man in der Schulzeit nicht nach, wie sich das Leben der anderen entwickeln könnte«, sagte Peter nachdenklich. »Aber jetzt lasst uns erst mal weitermachen. Wir schauen dann später, ob uns das irgendwie weiterhilft.«

Tara nickte. »Gut. Meine Dame und mein Herr, wenn ich dann mit meinem Geldwäschereferat fortfahren dürfte.«

»Wir wären entzückt.« Lou verneigte sich.

Peter atmete nur geräuschvoll aus. »Etwas mehr Ernst, bitte.«

»Bei der Geldwäsche geht es seit Al Capone nur um zwei Punkte: Erstens soll die Herkunft von Bargeld verschleiert werden, das aus illegalen Geschäften und kriminellen Aktivitäten wie Drogenhandel, Prostitution oder Waffenhandel stammt. Zweitens muss man es dann hinkriegen, dass es dem legalen Wirtschaftskreislauf zufließt. Durch entsprechende EU-Verordnungen und das deutsche Geldwäschegesetz sollen insbesondere Bargeldtransfers und größere Vermögensverschiebungen kontrolliert und gemeldet werden, allerdings funktioniert das, salopp gesagt, nur in wenigen Fällen. Eigentlich müssten Autohändler und Immobilienhändler entsprechende Geschäfte melden, tun sie aber oft nicht. Selbst die Bankenaufsicht ist nicht immer erfolgreich. Ein trauriges Beispiel ist die Stadt Baden-Baden, in der mittlerweile ein Großteil der alten Villen von schwerreichen Russen gekauft und renoviert worden ist – bei einer so großen Zahl an hochpreisigen Transaktionen müsste irgendwann einmal wenigstens ein Immobilienhändler oder eine Bank Anzeige erstattet oder zumindest einen Hinweis auf verdächtige Transaktionen geliefert haben. Aber: Fehlanzeige.«

»Und was hat das mit unseren Lebensmittelimporteuren zu tun?«, wollte Lou wissen.

»Viel. Das ist nämlich eine sehr kluge Idee. Zur Geldwäsche verwendet man bevorzugt Ladengeschäfte, in denen bar bezahlt wird, aber weder die Menge der Waren noch die Menge des Geldes im Nachhinein zu 100 Prozent nachvollziehbar sind. Also zum Beispiel Spielhallen mit vorwiegend Automaten oder Kneipen. Spielhallen, die kaum Kundenverkehr haben, aber trotzdem hohe Einsätze einzahlen, könnte man als Klassiker bezeichnen. Darum sind Lebensmittelgeschäfte auch deutlich unauffälliger. Das Grundprinzip besteht nun darin, dass wesentlich höhere Umsätze gemacht werden als tatsächlich verkauft wird. Das scheinbar eingenommene verdeckt also das ›schmutzige‹ Geld. Aber Bargeld ist Bargeld, und das wird ganz offiziell auf Geschäftskonten eingezahlt. Außerdem werden alle realen und Scheinumsätze in Summe beim Finanzamt angegeben und die hieraus resultierenden Gewinne vollständig versteuert. Damit ist das Geld sauber und legal.« Tara machte eine kurze Pause.

Peter schaute erst sie und anschließend die Plexiglaswand mit den Zeichnungen an: »Wie genau haben meine ehemaligen Schulkollegen das angestellt?«

»Ziemlich schlau, wie ich zugeben muss.« Tara ging zur Wand und zeigte auf ein etwas krakeliges Piktogramm. »Denn die betreiben das Geschäft schon seit zehn Jahren, und vorher ist niemand auf sie gekommen. Ich versuch's mal mit 'nem Beispiel.«

»Da wär ich dir sehr verbunden.« Lou schaute angestrengt, den Kopf leicht geneigt.

»Die Malinka Magasin GmbH kauft in Russland eine Krakauer Wurst für vier Euro. Diese Wurst wird nach Detmold geliefert und verzollt, alles ganz normal. So, und jetzt geht es los. Diese eine Wurst wird nun an einen Lebensmittelhändler in Lage verkauft. Auf der Rechnung steht nun aber so etwas wie ›Wurst nach Krakauer Art vom Ring‹ und irgendeine Gewichtseinheit. Der Preis beträgt acht Euro. Wenn du dir an der Wursttheke fünf Scheiben abschneiden lassen willst, wird der Preis pro Kilo jetzt mit zwölf Euro angegeben.«

»Ist doch nicht schlimm, wenn jeder Gewinn macht.« Lou blickte verwirrt drein.

Tara nickte. »Genau. Gewinn machen darf jeder in der Handelskette. Das ist auch nicht das Problem. Im Normalfall verkaufst du ja einfach nur dasselbe Produkt teurer weiter, als du es eingekauft hast.«

»Aber?«, hakte Lou nach.

»Der Witz bei der Geldwäsche ist«, fuhr Tara fort, »dass mehr Ware abgerechnet wird, als tatsächlich im Umlauf ist.«

»Hm. Aber dann müssen die doch auch Steuern auf Umsätze bezahlen, die es gar nicht gab.«

»Das stimmt. Und genau das ist ja der Trick: Du versteuerst auf diese Weise schmutziges Geld, das du mit Drogenhandel, Prostitution oder Waffenschmuggel gemacht hast. Nachdem auf die Beträge Umsatzsteuer an das Finanzamt abgeführt wurde und auch die Gewinne offiziell versteuert sind, ist für das Finanzamt alles gut und das Geld ist nun sauber. Finanzämter interessieren sich nämlich nur für hohe Verluste, die sich gewinnmindernd auswirken und somit die Steuerlast senken würden. Wenn du branchenübliche Umsätze und Gewinne generierst, fällt keinem auf, dass etwas mit den eingekauften und verkauften Mengen nicht stimmt. Zudem werden noch Dienstleistungen wie Buffets angeboten, wo ein Teil des Geldes gar nichts mit den Produkten, sondern mit dem Service zu tun hat. Außerdem liegen die Läden so weit auseinander, dass alle unterschiedlichen Finanzämtern zugeordnet sind.«

»Aber das ist noch nicht alles, oder?«, fragte Peter.

»Nein, um schmutziges Geld aus Russland nach Deutschland zu bekommen, haben deine ehemaligen Schulfreunde einfach Beratungsleistungen nach Russland verkauft. Eine Beratung hat natürlich nie stattgefunden, dafür aber der Transfer der Honorare.«

»Die Betonung liegt auf ehemalig! Sie waren nur in derselben Stufe, wir hatten noch nicht einmal Kurse zusammen.«

Lou legte Peter verständnisvoll die Hand auf die Schulter, was bei seinen 1,90 und ihren 1,62 allerdings ein wenig angestrengt wirkte. »Musst dich nicht entschuldigen.«

»Tu ich gar nicht.« Peter wandte sich Tara zu. »Und wie sind die Behörden auf sie gekommen?«

»Kommissar Zufall. Ein Finanzbeamter aus Dortmund ist der Liebe wegen nach Bad Salzuflen gezogen, hat logischerweise den Dienstort gewechselt und wieder, wie in Dortmund, eins von Kusainovs und Behrendts Geschäften auf dem Zettel gehabt. Steuerlich war scheinbar alles sauber, aber er ist misstrauisch geworden.«

»Warum das?«, wollte Peter wissen.

»Namen und Beteiligte wiederholten sich. Die Abläufe waren nahezu gleich. Also hat er sich das gesamte Unternehmen angeschaut und wurde fündig.«

»Klasse«, fand Lou.

»Lass mich raten: Staatsanwalt Plöger? Oder warum sind wir heute hier?«, wollte Peter wissen.

Tara stöhnte. »Staatanwalt *Doktor* Plöger. So viel Zeit muss sein.«

Wo der Junge nur blieb? Es war schon lange dunkel. Lieselotte Behrendt mochte es nicht, wenn es dunkel wurde und der Junge nicht da war. Er musste sich doch um sie kümmern. Sie wollte, dass er nach Hause kam. Sie schlug auf den Wohnzimmertisch und rief nach ihm.

Keine Antwort.

Sie spürte, dass ihr der Hals ein wenig wehtat. Irgendetwas gab es doch, das man bei Halsschmerzen machen konnte. Ach ja. Tee kochen, jetzt erinnerte sie sich.

Hatte sie schon häufiger nach ihm gerufen?

Sie ging vom Wohnzimmer in die Küche. Als sie in der Küche vor dem offenen Kühlschrank stand, wusste sie schon nicht mehr, was sie dort wollte.

Lieselotte Behrendt vergaß oft etwas. Manchmal sogar, auf die Toilette zu gehen.

Hoffentlich kam Hans-Ullrich bald nach Hause.

Denselben Fehler mache ich nicht noch einmal, hatte sich Florian Dreier im letzten Jahr geschworen. Noch einmal warte ich nicht so lange, bis ich sie wieder besuche.

Das war nun fast sechs Monate her. Seitdem war viel passiert. Er war angeschossen worden. Tara hatte den schweren Unfall gehabt.

Nun saß Florian alleine in seiner Küche, das Rotweinglas in der Hand. Es war leer. Die Flasche Merlot stand vor ihm. Bereits entkorkt, damit die blutrote Flüssigkeit atmen konnte.

Wenn ich jetzt was trinke, kann ich nicht mehr fahren.

Florian nahm es mit seiner Null-Promille-Regel sehr genau. Wenn er fahren musste, trank er nichts.

Er schaute auf die Uhr. Fast halb zehn. Heute Abend war es schon zu spät, um noch zu Tara zu fahren. Aber morgen, morgen würde er es endlich schaffen.

Langsam atmete er aus, weil er sich diese Lüge schon über zwei Monate an jedem verdammten Tag und jedem verdammten Abend immer und immer wieder selbst erzählt hatte.

Und kein »morgen« war je zu dem Tag geworden, an dem er den Hintern hochbekommen, den Mut gehabt hätte, sie endlich zu besuchen.

Sein Blick ging zum Handy, das vor ihm auf dem Küchentisch lag. Er könnte sie anrufen. Fragen, ob sie überhaupt zu Hause wäre.

Er nahm es hoch und scrollte durch die Fotos aus glücklichen Zeiten. Ihm wurde schwer ums Herz. Dann goss er sich das erste Glas ein.

»Gehe ich recht in der Annahme, dass wir nicht hier wären, wenn der eitle Staatsanwalt es nicht vergeigt hätte?«

Tara Wolf zog die Stirn kraus und nickte bedächtig. »Du gehst recht, lieber Peter, du gehst recht. Ich hatte Kusainov bereits im Gerichtssaal. Im Vorfeld sah auch alles gut aus, sonst hätte ich den Prozess ja gar nicht zugelassen. Aber am Ende ist es dann wieder Plöger-mäßig schiefgegangen. Kusainovs hochbezahlte Strafverteidigermannschaft hat ihn wie einen dilettantischen Grünschnabel vorgeführt. Und Kusainov hat das Gericht als freier Mann verlassen. Ihr kennt mich: Das werde ich so nicht akzeptieren. Ich will ihn drankriegen.«

»Scheibenkleister.« Einen ordinäreren Fluch würde man von Peter Falke nicht zu hören kriegen.

»Scheint seine Spezialität zu sein«, sagte Lou Ritter.

Den bitteren Unterton konnte Tara nur zu gut nachvollziehen. Hatte Lou doch selbst im vergangenen Jahr unter Plögers Inkompetenz zu leiden gehabt. Lou war als Kronzeugin im Fall Köcker beteiligt, den Plöger allerdings wie ein Anfänger vergeigt hatte. Er hatte im Verfahren Beweise vorgelegt, die er gar nicht hätte verwenden dürfen. Somit konnte Köcker zunächst nicht verurteilt werden. Wäre Plöger also nicht Plöger, dachte Tara, wären wir vermutlich kein Team. Sie war froh, dass Lou den Vorschlag nicht abgelehnt hatte, nachdem Tara und Peter einfach in der »Weiten Welt« kurz vor Zapfenstreich aufgetaucht waren, um die Studentin um Hilfe zu bitten.

»Kann den nicht mal jemand neu booten, damit der nicht immer so einen Scheiß baut?«

»Neu booten reicht vermutlich nicht«, sagte Tara düster.

»Stimmt.« Lou kicherte. »Komplett neues Betriebssystem mit restrukturierter Datenbank wäre wohl eher angesagt.«

»So was in der Art«, brummte Peter. »Und wie lautet der Plan?«

»Wir basteln einen Köder.«

»Und legen sie rein?« Lou klang hochmotiviert.

Peter eher ein wenig skeptisch. »Da bin ich aber gespannt.«

Tara wandte sich zunächst Peter zu. »Kannst du ein Artefakt produzieren, das echt aussieht und dazu eine entsprechende Dokumentation über Herkunft, Alter und was sonst noch wichtig ist, … nun, sagen wir mal … herstellen?«

»Ich soll eine Versteinerung fälschen und die Provenienz gleich dazu?«

»So lautet die Idee.«

Peter arbeitete als Paläontologe beim Lippischen Landesmuseum in Detmold. Er war viel in der Welt herumgekommen und hatte für verschiedene Universitäten unzählige Ausgrabungen begleitet oder selbst vorgenommen.

»Nun …« Peter zögerte. »Ich könnte schon.«

»Aber du willst nicht?«

»Hm.« Er kratzte sich am Kinn. »Wenn was schiefgeht, ist eine Fälschung im Umlauf, und wenn rauskommt, dass die von mir stammt …«

»Wir können ja schlecht ein Original nehmen.«

»Natürlich nicht.«

Lou wurde ungeduldig. »Und was brauchst du von mir?«

Tara schaute sie an. »Dein Spezialgebiet.«

»Ist klar.« Lou stöhnte dramatisch, aber Tara wusste, dass die Informatikstudentin den Kitzel genoss. »Ich soll mich irgendwo reinhacken?«

»Na ja, diesmal ist es schon etwas kreativer.«

»Ach ja?«

»Wir brauchen für den Deal ein Konto, das so aussieht, als sei es durch eine Kryptowährung, wie zum Beispiel Bitcoins, gedeckt. Am besten mit dem vierfachen Betrag, den das«, Tara malte Anführungszeichen in die Luft, »*Museumsstück* auf dem Schwarzmarkt wert ist.«

Die Nacht war wolkenverhangen und mondlos. Scheinbar friedlich lag das Haus in der stillen Finsternis.

Ein dunkler Schatten löste sich zielstrebig aus den Sträuchern neben der Einfahrt zur Doppelgarage und bewegte sich langsam auf die Haustür zu. Der Bewegungsmelder reagierte erst spät. Die Aluminiumleuchten an der Hauswand tauchten den Eingangsbereich in strahlend helles Licht.

Davon völlig unbeeindruckt setzte der dicke rote Kater seinen Weg fort und legte die zerbissene Maus auf dem Fußabstreifer vor der Haustür ab.

Nur wenige Meter entfernt hockte eine dunkle Gestalt, die in diesem Moment etwas Wichtiges gelernt hatte: Die Nebeneingangstür zur Garage konnte man erreichen, ohne von der Lichtflut erfasst zu werden.

DONNERSTAG

Sie kam stets, wenn sie sie am wenigsten erwartete. Traf sie wie ein dumpfer Schlag in den Bauch. Zog tief in die Eingeweide und schmerzte höllisch. Oft kurz vor dem Einschlafen. Fast immer direkt nach dem Aufwachen.

Die Einsamkeit.

Ein Gefühl, gegen das sich Tara Wolf nicht wehren konnte. Kam zu Besuch, wann immer es wollte. Ging nur sehr zögerlich wieder.

Zu oft in letzter Zeit. Viel zu oft.

Und es war ungerecht.

Denn wenn sie gefragt wurde, sagte Tara meist, sie sei nicht einsam. Zwar sei sie manchmal alleine, aber alles wäre gut. Sie hatte ja ihre Freunde. Und, auch wenn die Beziehung schwierig war, ihre Mutter.

Vor allem aber gab es Peter Falke. Ihr Nachbar war so viel mehr als nur der Mann, der gegenüber wohnte. Ein großartiger Freund, der immer da war, wenn sie ihn brauchte.

Sie merkte selbst, wie merkwürdig es war, dass sie nicht als Erstes an ihre Familie dachte, wenn sie Schwierigkeiten hatte. Oder jemanden zum Reden brauchte.

Tara stand am Fenster und schaute auf die Stadt.

Sie biss in die Hälfte einer Lemgoer Strohsemmel, die sie sich eben mit Rapshonig geschmiert hatte. Gestern hatte sie noch schnell den Umweg über Wahmbeckerheide gemacht. Vom Gericht in Detmold aus über den Apenberg. Um sich bei Ingo Dickewied mit ihrem bevorzugten Brötchen einzudecken. Eigentlich ihr Lieblingsfrühstück, wenngleich sie wusste, dass ein Müsli aus eingeweichten Chia-Samen, Joghurt und frischem Obst gesünder war. Aber heute Morgen war da diese schlimme Traurigkeit. Das tiefe Gefühl des Verlassenseins.

Vielleicht, weil es gestern Abend mit Lou und Peter so schön gewesen war. Tara hatte es sehr genossen, mit den beiden zusammen zu sein, zu lachen und ernsthaft am Fall zu arbeiten. Zu dem, was Tara an der linken Wand zusammengetragen hatte, waren sie nicht mehr gekommen.

Es ging um Angus. Natürlich! Was war damals in Hamburg wirklich passiert? Um was war es bei dem Job wirklich gegangen? Hatte er gewusst, worauf er sich einließ? Wie hatte sein Name durchsickern können? Warum war der Gärtner so mächtig, dass er entkommen konnte und sein Boss nun im Gefängnis saß? Wer schützte den Biker, der versucht hatte, auch Florian Dreier und sie zu stoppen? Der nicht davor zurückgeschreckt war, Angus Buchanan bei seiner eigenen Trauung öffentlich hinzurichten? Und dem es auch ein Jahr nach dem furchtbaren Anschlag gelang, in offiziellen Ermittlungsstrukturen nahezu unsichtbar zu sein?

Das waren nur einige der Fragen, denen Tara auf den Grund gehen wollte. Fand sie die Antworten darauf, hoffte sie, die Tragödie besser verstehen, vielleicht auch besser verarbeiten zu können. Aber das war schlussendlich nur ein Wunsch. Eine vage Hoffnung. Nicht mehr.

Sie musste weitere Puzzleteile finden. Bisher waren die vorliegenden Informationen viel zu bruchstückhaft und zu wenig konkret. Als wollte man Meerwasser mit den Händen in den Graben tragen, den man rings um die Sandburg gezogen hatte. Kaum hob man die Hände aus den Wellen, begann das Wasser auch schon, zwischen den Fingern hindurchzurinnen. Und das Wenige, das übrig geblieben war, versickerte im weichen Sand des Burggrabens. Tara erinnerte sich daran, dass es ihr als Kind nichts ausgemacht hatte, immer und immer wieder auf dem Spülsaum hin und her zu laufen. Damals hatte sie zwar einen kleinen roten Eimer gehabt, aber sie wollte es lieber mit ihren Händen machen. Das war heute nicht anders, allerdings war sie mittlerweile viel ungeduldiger.

Ein wenig graute Tara schon davor, Peter von ihrem Plan zu erzählen, und vor seiner Reaktion darauf. Sie schaute nach Westen in den dunklen Himmel. Eigentlich hätte es längst heller sein müssen. Die regenschweren Wolken hingen aber so tief, dass es die aufgehende Sonne nicht durch das diesige Grau schaffte. Wieder einmal. Wieder ein grauer, feuchter Tag im Februar. Was hervorragend zu Taras düsterer Stimmung passte.

Würde sie Antwort aus Hamburg bekommen?

Würde man ihrem Antrag stattgeben?

Sollte sie sich wirklich in die Höhle des Löwen wagen?

Und – würde sie das überleben?

Nichts. Sie hatten nichts.

Genauer: fast nichts.

Kein Ausweis. Kein Handy. Kein Autoschlüssel. Fingerabdrücke gab es, aber die waren nicht in der Datenbank. Ob und wann der Zahnabgleich etwas ergeben würde, war mehr als fraglich. Vielleicht kam der Tote gar nicht aus der Gegend und die Abfrage der hiesigen Zahnärzte und Kieferchirurgen verlief ergebnislos.

Er hatte einen grauen Anzug von C&A getragen. Stangenware. Mittleres Preissegment. Kriminalhauptkommissar Florian Dreier hatte immerhin schon herausgefunden, dass es sich um ein Modell aus dem letzten Frühjahrssortiment handelte. In der Preislage zahlte man nicht unbedingt bar. Also gab es zumindest eine kleine Chance, aus den umliegenden Filialen Detmold, Paderborn und Bielefeld die Information zu bekommen, wer sich im letzten Jahr diesen Anzug in Größe 54 gekauft hatte. Falls der Tote überhaupt hier aus der

Gegend stammte und auch hier eingekauft hatte. Die Anfrage war gestern noch rausgegangen, aber es lag noch keine Antwort vor. Er würde später nachhaken müssen. Wenn der Tote den Anzug online bestellt hatte … Florian stöhnte. In den Taschen von Sakko und Hose hatten sich weder Visitenkarten noch Taschentücher oder ein Kugelschreiber befunden. Die Lederschuhe der Marke Lloyd waren zwar hochwertiger als der Anzug aus einem Polyester-Woll-Gemisch, aber auch schon deutlich älter.

Zudem gab es bisher kaum verwertbare Spuren an der Kleidung oder den freiliegenden Hautpartien der Leiche. Die Druckstellen auf dem Nasenrücken und an den Ohren ließen den Schluss zu, dass der Tote seit Jahren eine Brille getragen hatte, die ein wenig zu klein oder deren Gläser sehr schwer waren. Es stand lediglich fest, dass der Tote nur im Bad Salzufler Kurpark abgelegt worden war. Gestorben war er vorgestern Nacht woanders. Der Fundort gab Florian einige Rätsel auf. Einerseits war die Stelle äußerst prominent gewählt, sodass der Täter mit Abladen und Präsentieren der Leiche ein hohes Risiko eingegangen war. Andererseits gab es bisher keine Hinweise von Anwohnern. Die Befragung war ergebnislos verlaufen. Niemand hatte in der Nacht etwas gesehen oder gehört.

Florian rieb sich die Schläfen. Er hasste diese kurzen Tage im Februar, an denen es bei schlechtem Wetter noch nicht einmal richtig hell wurde. Überall war es grau, dunkel und feucht. Am Ende war die Flasche Wein leer gewesen. Das merkte Florian heute Morgen. Er hatte sich alte Fotos auf dem Handy angesehen. Gemeinsame Unternehmungen mit Tara und Angus. Lachende Gesichter. Motorradtouren. Feiern. Weder der Wein noch das Schwelgen in Erinnerungen waren eine gute Idee gewesen. Vergangen war vergangen. Wenn überhaupt, gab es Glück nur im Jetzt. Aber der lange dürre Arm des tiefen Schmerzes von gestern war stark und hielt ihn auch heute noch fest. Florian hatte kaum geschlafen. Die kurzen Momente des Wegsackens und oberflächlichen Dösens waren nicht erholsam gewesen.

Er riss sich zusammen und kehrte gedanklich zum Fall zurück. Am Anzug des Toten waren drei unterschiedliche Haarspuren gefunden worden. Katzenhaare, deren Herkunft unklar war. Gehörte dem Toten eine Katze oder stammten die Haare einfach nur von einem Streuner? Mittellanges graues Menschenhaar, das weder zur Haarfarbe noch zur Frisur des unbekannten Toten passte. Da es sich vermutlich um ausgefallene Haare einer anderen Person handelte, war fraglich, welche Untersuchungsergebnisse überhaupt zu erwarten waren, wenn kaum Haarwurzelzellen vorhanden waren. Handelte es sich dabei um Haare des Täters oder einer anderen Person im Umkreis des Toten? Außerdem gab es kurze braune Haare, die höchstwahrscheinlich vom Opfer selbst stammten. Auch das würde in den Untersuchungsergebnissen stehen. Allerdings war damit heute noch nicht zu rechnen.

Florian stand vor der Weißwandtafel und starrte auf die Fotos von der Leiche und dem Fundort, bis sie vor seinen Augen verschwammen. Fast so, als wolle er die Fotos durch Hypnose beschwören, den Namen des Opfers preiszugeben.

Er brauchte noch einen Kaffee.

»Nanu! Du schon hier?« Florian blieb abrupt in der Bürotür stehen und schaute seinen Kollegen Bernd Rohde irritiert an.

»Was soll das denn heißen?« Echte Entrüstung klang anders.

»Ist erst halb acht. Hast du keinen Kinderdienst?«

»Hör bloß auf.« Rohde atmete laut aus.

»Willst du drüber reden?« Wenn Florian ehrlich war, hatte er heute Morgen keine Lust auf Familienprobleme anderer

Leute. Er hätte gerne selber Frau und Kinder gehabt. Dieses Jahr wurde er schon 33. Schnapszahl. Irgendetwas war immer dazwischengekommen. Falsch. Nicht irgendetwas. Sein Job, den er sehr ernst nahm und der immer an erster Stelle stand. Lisa. Er hatte gedacht, dass sie die Eine sein könnte. Seitdem waren schon wieder zwei Jahre vergangen und das ständige Hin und Her, On und Off tat ihm nicht gut. Andererseits wurde es zunehmend schwieriger, Frauen kennenzulernen, die weder verzweifelt noch durch langes Single-Dasein irgendwie – Florian nannte das heimlich für sich selbst – kruselig im Kopf waren. Vielleicht sollte er es noch einmal mit Lisa versuchen.

Zum Glück sagte Rohde: »Später vielleicht. Gibt es neue Entwicklungen im Fall der Salzufler Leiche?«

Er hatte dieselben Sachen an wie gestern. Wenigstens ein sauberes Oberteil hätte er sich anziehen können, dachte Florian. Wenn sie zu einer Vernehmung rausmussten, würde das so jedenfalls nicht gehen. Er stellte den Kaffeepott auf seinem Schreibtisch ab. Direkt gegenüber von Rohdes Arbeitsplatz. Die verstellbaren Monitore hatten beide auf die niedrigste Stufe eingestellt, sodass sie sich sehen konnten, wenn sie sich unterhielten.

»Nein«, sagte Florian. »Noch nichts Neues. Ich wollte gleich in Münster wegen des Tox-Berichts anrufen und fragen, wie weit sie mit der Autopsie sind. Lass uns noch einmal gemeinsam alles durchgehen. Ich hab Sorge, dass ich etwas übersehe.«

»Hast du aktuelle Vermisstenfälle gecheckt?«, fragte Rohde.

Florian nickte. Selbstverständlich hatte er das, aber er war froh, dass sein Kollege wenigstens mitdachte. »Ja, bisher keine Treffer. Aber alle haben das auf dem Schirm und melden sich, wenn was reinkommt.«

Rohde stand auf und stellte sich vor die Tafel, auf der sie seit gestern zusammentrugen, was sie wussten. »Vergleichbares Muster in anderen Orten?«

»Auch noch nichts«, sagte Florian, verschränkte seine Arme hinter dem Kopf und sah Rohde an. »Aber da müssen wir uns auf jeden Fall stärker reinhängen. Diese Leiche war nicht das erste Opfer des Täters. Dazu war das alles viel zu abgebrüht und perfekt.«

»Hm.« Rohde war ratlos. »Soll ich mich darum kümmern?«

»Ja, wäre gut. Ich hake in der Zeit in Münster nach, ob es weitere Erkenntnisse gibt. Vor allem wäre es interessant zu wissen, ob der Körper weitere Verletzungen aufweist oder sich noch mehr von den Spielfiguren gefunden haben.«

»Okay. Ich setz mich dran«, sagte Rohde.

Florians Handy summte auf der Schreibtischplatte. Bettina Lange, die Kriminaltechnikerin. »Morgen, Bettina. Wie schaut's aus?«

Im selben Moment klingelte auch das Diensttelefon. Florian deutete auf das Telefon und machte Rohde ein Zeichen, den Anruf auf seinem Apparat entgegenzunehmen.

»Morgen«, sagte Bettina. »Super, wie immer, würd ich sagen. Mir ist übrigens eingefallen, warum mir der Tote so bekannt vorkam.« Bettina machte eine Pause.

»Kannst du es gleich erzählen, oder brauchst du einen Trommelwirbel?«

»Ich wusste nicht, dass du beatboxen kannst.«

»Kann ich auch nicht.«

Auf der anderen Seite des Schreibtischs gestikulierte Rohde wild mit den Armen und zeigte mit dem Zeigefinger auf das Telefon. »Wir haben was!«

»Okay, dann ohne Trommelwirbel«, tat Bettina beleidigt. »Es könnte ein ehemaliger Mitschüler von mir sein. Hans-Ullrich Behrendt.«

»Oh, tut mir leid«, sagte Florian.

»Danke. Aber, na ja. Ich weiß selbstverständlich, dass man nicht schlecht über Tote spricht – ich fand den eher … hm, ich kann jetzt noch nicht einmal sagen ›doof‹. Weißt du, das war so ein Mitschüler, den man irgendwie gar nicht richtig wahrgenommen hat. Er war zwar da, aber auch irgendwie wieder nicht. Verstehst du, was ich meine? Trotzdem ist das jetzt natürlich ein komisches Gefühl, wenn einer aus deiner Klasse unter diesen Umständen stirbt. Das ist schon gruselig.«

Rohde machte ein Zeichen. Er zog sich die Hand über den Hals, womit er Florian vermutlich sagen wollte, dass dieser aufhören solle zu telefonieren. Florian nickte ihm zwar zu, ließ sich aber bei seinem Gespräch mit Bettina nicht beirren.

»Verstehe ich gut.« Was sich nach Bettinas Redefluss tatsächlich auf alle ihre Aussagen bezog. »Kannst du mir vielleicht irgendetwas über ihn sagen, was für uns bedeutsam sein könnte?«

»Ich hatte echt nichts mit dem zu tun, aber soweit ich mich erinnere, hat er mit ein paar Leuten aus der Schule rumgehangen. Dabei war immer jemand anderer der Mastermind. Warte mal, ach ja, dieser Typ, den alle nur ›den Russen‹ nannten. Sergej, glaub ich.«

»Und wie hieß der weiter?«

»Was Russisches eben. Lass mich kurz nachdenken … nee, fällt mir grad nicht ein. Ich sag dir aber so schnell wie möglich Bescheid.«

»Vielleicht hast du eine alte Klassenliste oder sowas?«

»Ich gucke heut Abend mal nach. Es hat auch Gruppenfotos von Klassenfahrten gegeben. Aber ob ich die finde …«

»Gut. Sonst noch was?«

»Möglich. Wir Mädels haben untereinander immer gesagt, der Ulli, also Hans-Ullrich, wäre schwul, er wüsste es nur noch nicht. Ist wahrscheinlich nicht wichtig, aber ich weiß ja, dass oft eins zum anderen führt.«

»Das ist wahr. Danke soweit. Dann schauen wir, was wir sonst noch über ihn rausfinden können. Meld dich, ja?«

»Sicher. Mache ich. Bis später dann mal.«

»Ja, bis später.«

»Die Nachbarn einer Eleonore Behrendt aus Lage-Pottenhausen haben sich gemeldet, weil der Sohn der alten Dame schon den zweiten Abend in Folge nicht nach Hause gekommen ist.« Bernd Rohde war froh, dass er Florian endlich über sein Telefonat informieren konnte.

»Die Leiche ist um die 40.«

»Manche leben halt länger bei Mama.«

»Schon … hast du ›Behrendt‹ gesagt?« Florian sah Rohde hellwach an.

»Genau.«

»Gut. Das könnte mit den Infos zusammenpassen, die ich gerade von Bettina bekommen habe. Sie glaubt, dass es sich bei dem Toten um einen ehemaligen Mitschüler handeln könnte, der Hans-Ullrich Behrendt heißt. Die Nachnamen passen und vom Alter her kommt es auch hin. Haben die Nachbarn was zu dem Vornamen gesagt?«

»Nein, die waren so aufgeregt, weil die Dame dement ist. Sie haben sie heute Morgen verwirrt durch die Nachbarschaft laufen sehen. Der Pflegedienst ist informiert und vermutlich müssen wir jetzt in die Kurzzeitpflege fahren, um sie zu vernehmen.«

»Na, dann mal los«, sagte Florian Dreier, nahm seine Dienstmarke aus der oberen Schreibtischschublade und stand auf.

Langsam und sorgfältig legte Helene Löwen den Hörer auf. Schon seit einer Stunde rief sie abwechselnd auf der Festnetznummer und dem Handy von Hans-Ullrich Behrendt an. Nichts. Das war schon ein wenig merkwürdig. Wo war er?

Helene erinnerte sich daran, dass Hans-Ullrich erwähnt hatte, seiner Mutter ginge es nicht so gut. Er befürchtete eine Demenz. Noch bekam er es ganz gut hin, sich um seine Mutter zu kümmern und den Job gut zu machen. Irgendwann, so hatte er Helene erzählt, bräuchten sie wahrscheinlich Hilfe von einem Pflegedienst oder einen Heimplatz.

Ob sie vielleicht zu ihm nach Hause fahren sollte, um nach dem Rechten zu schauen? Möglicherweise brauchte er ihre Hilfe. Andererseits … Gab es nicht eher Nachbarn, Freunde oder Verwandte, die sich verantwortlich fühlten und halfen?

In diesem Moment kam Sergej Kusainov in Helenes Büro gepoltert und unterbrach abrupt ihre Überlegungen. Sie war so in Gedanken versunken gewesen, dass sie ihn nicht kommen gesehen hatte. »Hast du Ulli schon gesehen? Hat der sich krank gemeldet oder was ist da los?«

»Nein«, sagte Helene. »Krank hat er sich nicht gemeldet. Ich erreiche ihn auch nicht, weder auf dem Handy noch zu Hause.«

»Wo hat der Arsch sich hinverpisst? Wir brauchen ihn hier. Die Arbeit macht sich doch nicht von selbst. Was denkt der Vollidiot sich dabei, nun schon den zweiten Tag einfach wegzubleiben?« Sergej machte eine kurze Pause und beantwortete sich die Frage dann selbst. »Nichts denkt der sich, der egoistische Blödmann.«

»Ich versuche es gleich noch mal, und wenn ich ihn dann nicht erreiche, fahre ich bei ihm zu Hause vorbei. Seine Mutter …«

»Kannst du machen. Aber das ist dann keine Arbeitszeit. Ist ja wohl klar, oder?«

Helene wartete, bis Sergej ihre Bürotür hinter sich zugeworfen hatte und wählte erneut. Sie war überrascht, dass sich diesmal jemand meldete. Eine Frauenstimme. »Hallo?«

»Ja, guten Morgen. Hier ist Helene Löwen von der Malinka Magasin GmbH. Ich hätte gerne Hans-Ullrich Behrendt gesprochen.«

»Tut mir leid. Das ist nicht möglich. Was ist der Grund Ihres Anrufes?«

Die Frauenstimme klang jung. Nicht wie die einer älteren Dame. Eigenartig. Hatte Hans-Ullrich eine Schwester? Oder doch eine Freundin? Vielleicht jemand vom Pflegedienst? Helene fragte: »Wer sind Sie denn?«

»Kriminalpolizei. Warum möchten Sie Herrn Behrendt sprechen?«

»Kriminalpolizei? Oh nein! Was ist denn passiert? Herr Behrendt ist heute und auch schon gestern nicht zur Arbeit gekommen. Wie geht es seiner Mutter?«

»Danke, dass Sie fragen. Seiner Mutter geht es soweit ganz gut. Mehr können wir im Moment nicht sagen. Geben Sie mir bitte Ihre Kontaktdaten.«

Das tat Helene Löwen. Aber ab dem Moment konnte sie sich nicht mehr auf ihre Arbeit konzentrieren. Zu viele Fragen schwirrten ihr durch den Kopf.

Nach zehn Minuten hielt sie es nicht mehr aus und machte sich auf die Suche nach Sergej Kusainov.

Ihrem Chef. Und dem von Hans-Ullrich Behrendt.

Ich bin kein Killer. Ich morde nicht, obwohl ich töte.

Indem ich töte, bestrafe ich lediglich Täter, die davongekommen sind. Wenn man genau hinschaut, gibt es davon wesentlich mehr, als es in unserer Gesellschaft vertretbar sein dürfte.

Der eine mag es als übertrieben spitzfindig bezeichnen, weil ich zwischen Morden und Töten einen Unterschied mache. Ein anderer hält es vielleicht für Wortklauberei.

Am Ende ist es das, was es ist: folgerichtig und notwendig. Aktion gebiert Reaktion.

Frage: Was also unterscheidet Serienkiller von erfolgreichen Managern und Politikern?

Antwort: Nichts! So das frustrierende Ergebnis einer Untersuchung.

Mörder leben ihre psychopathischen Neigungen und krankhafte Soziopathie aus, indem sie Menschen töten, ihnen körperliche Schmerzen zufügen. Passiert das, ist das Geschrei in der Bevölkerung groß, die Politik müsse handeln, die Polizei ihren Aufgaben nachkommen, blablablabla. Über kurz oder lang wird der Killer erwischt, landet hinter Gittern, und das Volk ist zufrieden. Wie dumm sind wir eigentlich? Wenn egozentrische Politiker oder machtgeile Manager zahllose Menschen und Familien ausbeuten, eine ganze Region oder ein Land zugrunde richten, gibt es allerhöchstens einen kurzen Aufschrei in der Presse. Und dann?

So oder so. Es kommen Menschen zu Schaden. Wenn man sich in der Welt umschaut, muss man zu dem Schluss kommen, dass die Serienmörder wesentlich weniger Existenzen auf dem Gewissen haben als der ein oder andere Konzernlenker oder Staatsmann.

Wie dem auch sei. Egal ob Serienkiller, Politiker oder Geschäftsmann – alle wollen Macht ausüben. Macht über Menschen. Macht über Geld. Sie wollen sich erheben über andere Menschen. Sie unterdrücken. Häufig spielen sexuelle Motive eine zentrale Rolle.

Darum gibt es wesentlich mehr Männer in Führungsetagen, und kein Gleichstellungsgesetz dieser Welt wird das ändern. Auch Serienkiller sind zumeist männlichen Geschlechts. Soweit ich mich erinnere, gab es in letzter Zeit keine Genderdiskussion dahingehend, dass die Gesellschaft mehr weibliche Serienmörder wünschte.

Aber ich, ich bin kein Killer. Meine Aufgabe ist es, böse Menschen zu bestrafen, die bisher davongekommen sind.

Und Sergej ist der Nächste.

Er muss sterben.

»Wo bleibt die Scheißlieferung mit den bescheuerten Keksen und den blöden Bonbons?« Sergej Kusainov stand auf der Laderampe der Malinka Magasin GmbH und trat wütend gegen den Container. »Bljat!« Dieser Tage lief überhaupt nichts mehr nach Plan. Dann half nicht einmal ein derber russischer Fluch.

»Ist für Montag avisiert, Chef.«

»Montag? Wieso Montag erst?« Die Gelassenheit seines Mitarbeiters machte ihn nur noch rasender. »Heute ist schon Donnerstag, und ich wollte den Kram am Samstag in den Läden haben, damit alle am Wochenende ihren Süßkram fressen können.«

Yüksel Cabuk zuckte mit den Achseln. »Steht so im System.«

»Steht so im System. Steht so im System. Das ist doch kein Grund.«

In diesem Moment sah Sergej Kusainov einen silbergrauen Passat auf das Gelände fahren. »Idioten«, zischte er fast unhörbar. Typisches Zivilfahrzeug, das erkennt doch jeder Vollpfosten drei Meilen gegen den Wind.

»Polizei?«, fragte Yüksel Cabuk. »Ich dachte …«

»Was weiß denn ich, was die schon wieder wollen.« Das hatte jetzt gerade noch gefehlt.

Helene Löwen konnte sich nicht auf ihre Arbeit konzentrieren. Seit fünf Minuten saß Sergej Kusainov nebenan in seinem gewaltigen Bürodrehstuhl hinter dem protzigen Monstrum von Schreibtisch aus Glas und Stahl. Auf den Besucherstühlen davor hatten die zwei sehr unterschiedlichen Männer Platz genommen. Beide hatten sich gegenüber Sergej als Kommissare von der Kriminalpolizei ausgewiesen. Helene hatte erst vor Kurzem das erste Mal in ihrem Leben eine echte Polizeimarke gesehen, als die Beamten kistenweise Ordner aus den Büros geschleppt hatten. Nun waren wieder welche im Haus. Hatte das damit zu tun, dass Sergej davongekommen war? Oder weil sie Hans-Ullrich nicht erreichen konnte? Hing vielleicht sogar das eine mit dem anderen zusammen? Wo war sie hier nur hineingeraten?

Sie würde nicht erst am Wochenende mit der Stellensuche beginnen. Heute Abend war dazu auch Zeit. Und sie würde sich gleich dransetzen, einen Text für ein Arbeitszeugnis zu entwerfen. Ein sehr gutes Arbeitszeugnis.

»Sie meinen, ob Ulli, also Herr Behrendt, Feinde hatte?«

»Ja«, sagte der Polizist, der sich als Florian Dreier vorgestellt hatte. »Das meinte ich.«

Sergej Kusainov lehnte sich in seinem Bürostuhl zurück und entspannte sich ein wenig. Dann schüttelte er den Kopf.

»Dazu kann ich wenig sagen. So gut kannte ich ihn ja nicht. Er hat halt hier gearbeitet.«

Wenigstens waren sie nicht gekommen, um die andere Sache wieder aufzurollen. Aber Ulli war tot, verdammte Scheiße. Das kam jetzt völlig ungelegen. Er brauchte Ulli für diverse Jobs, und den blau-weißen Karnevalsverein musste er auch so schnell wie möglich wieder loswerden. Das war ja langsam geschäftsschädigend, dass die Bullen ihn schon wieder von der Arbeit abhielten. Auch wenn sie in Zivil angerückt waren. Allerdings, so vermutete Sergej, würde es schneller gehen, wenn er sich kooperativ ihnen gegenüber verhielt.

»Und in welcher Funktion war er hier tätig?«, wollte jetzt der andere mit der billigen grünen Regenjacke wissen, die bei jeder Bewegung knisterte. Darunter trug er ein rotes Fleeceshirt. Verdiente man bei der Polizei so schlecht?

»Er war mein Logistikleiter.«

»Und das heißt?«

Musste man denen alles erklären? Wie blöd waren die eigentlich? »Das heißt, dass er für alles zuständig war, was mit der Organisation zu hatte, um die Waren von unseren Lieferanten zu unseren Kunden zu bekommen.«

Die knisternde Regenjacke nickte und schaute zu ihrem Kollegen hinüber. Dieser Dreier schien der Chef des merkwürdigen Gespanns zu sein.

»Da kann es ja trotzdem zum Streit kommen. Mit einem Ihrer Mitarbeiter zum Beispiel. Vielleicht hat er dafür gesorgt, dass jemand entlassen wird. Oder mit einem Lkw-Fahrer, der nicht sofort abgefertigt wurde. Mit einem Kunden, der die Ware nicht pünktlich bekommen hat …?«

Tja. Der Chef-Bulle war tatsächlich deutlich weniger blöd als zunächst gedacht. Auch wenn es merkwürdig war, dass er offensichtlich keine Ahnung davon hatte, dass gerade eine Ermittlung gegen ihn eingestellt worden war. Aber man hörte ja immer wieder, die Cops wären untereinander nicht so toll vernetzt. Sergej Kusainov hatte damit kein Problem. Im Gegenteil. »Meine Sekretärin kann Ihnen sagen, ob wir in letzter Zeit Reklamationen hatten.«

»Und ob es Kündigungen gab.«

»Haben Sie einen Durchsuchungsbeschluss?«

»Wir können in einer halben Stunde mit einem zurück sein. Aber – brauchen wir einen?«

Gute Frage. Im Übrigen war Sergej unklar, ob das mit der halben Stunde stimmen konnte. Wie auch immer. Die Bude war sauber. Das letzte Mal hatten sie nichts Verwertbares gefunden, das würde heute nicht anders sein. Also konnte er einen auf braven Bürger machen. »Auch ich habe ein Interesse daran, dass Sie herausfinden, was mit meinem Mitarbeiter passiert ist. Frau Löwen stellt Ihnen die Personalakten gleich zusammen.«

»Frau Löwen?«

»Meine Sekretärin.«

»Mit der wir selbstverständlich ebenfalls sprechen wollen.«

»Selbstverständlich. Ach, entschuldigen Sie. Möchten Sie vielleicht einen Kaffee? Oder etwas anderes?«

»Ach, na ja …«, fing die Regenjacke an.

»Nein, danke. Wir haben nur noch wenige Fragen an Sie«, sagte der Kommissar.

»Ja?« Was wollten die denn noch? Langsam ging Sergej Kusainov das Gequatsche auf den Sack.

»Wo haben Sie sich vorgestern aufgehalten?«

»Sie verdächtigen mich?«

»Wir verdächtigen grundsätzlich erst einmal alle im Umfeld eines Toten.«

»Was meinen Sie mit vorgestern? Können Sie das nicht eingrenzen?«

»Antworten Sie bitte auf meine Frage«, sagte der Kommissar mit Nachdruck.

»Kleinen Moment, bitte. Es war so viel in dieser Woche …« Sergej Kusainov scrollte sich durch den Kalender in seinem Handy.

Der Typ in der Regenjacke rutschte auf seinem Stuhl hin und her, als ob er dringend mal müsste. Kommissar Dreier sah Kusainov ruhig an und wartete mit einem Kuli in der Hand und einem kleinen Block auf dem rechten Oberschenkel. Beide Polizisten schwiegen.

»Also, jetzt hab ich's. Dienstag war ich morgens und nachmittags hier. Das müssten meine Angestellten bestätigen können. Und abends war ich zu Hause. Da können Sie meine Frau fragen.«

»Sie wissen schon, dass Ihre Mitarbeiter sozial von Ihnen abhängig sind und Ihre Frau als Zeugin nicht unproblematisch ist?«

»Ich kann's nicht ändern. So war das halt an dem Tag.«

»Was war in der Mittagszeit?«

»Finden Sie das jetzt nicht etwas kleinlich?«

»Auf jeden Fall!« Dreier nickte. »Gute Ermittlungsarbeit ist immer kleinlich. Sie haben einen wichtigen Mitarbeiter verloren, und wir müssen einen Mord aufklären. Also …«

»Okay. Mittags war ich einen kleinen Happen essen bei Georgios …«

»In Hiddesen?«

»Ja, genau.«

»Alleine?«

»In Begleitung.«

»Herr Kusainov!«

»Eine Freundin. Sie wissen schon.«

»Nein. Wissen wir nicht, wenn Sie es uns nicht erklären.«

»Was soll das? Wollen Sie mich schikanieren?«

»Kommt drauf an.«

Langsam reichte es ihm. Noch ein bisschen und der Vulkan würde ausbrechen. Was definitiv nicht passieren durfte. Also ruhig bleiben. »Na ja, wie das so ist … sie ist verheiratet, ich bin verheiratet … nichts Ernstes. Nur ein bisschen Spaß.«

»Und ein öffentliches Essen.«

Sergej Kusainov zuckte mit den Schultern. »Warum nicht? Wenn man 'nen Platz im hinteren Bereich kriegt. Bestimmt kann Ihnen einer der Kellner bestätigen, dass ich dort war.«

»Bestimmt.«

Sergej sah, dass der Kommissar noch nicht zufrieden war. »Mona Brinkmann.«

»Adresse?«

»Sie ist die Frau des Paderborner Bürgermeisters.«

»Wow«, sagte die Regenjacke und knisterte ein wenig.

»Gut.« Der andere Bulle blieb unbeeindruckt und schrieb in aller Seelenruhe etwas auf seinen Block. Dann blickte er hoch. »Ach, eins noch, Herr Kusainov.«

»Ja?« So hatte die hübsche Richterin gestern auch ihren letzten Satz an ihn begonnen. Fiel diesen Justizvögeln nichts anderes ein? Na, egal!

»Wir wissen noch nicht, worum es hier geht. Also seien Sie besser vorsichtig.«

»Brauche ich Polizeischutz?«

»Sagen Sie es mir.«

»Ich habe Freunde.«

»Davon gehe ich aus.«

Sergej Kusainov meinte in den Augen des Kommissars zu sehen, was dieser von ihm dachte. Und der Bulle hatte recht. Dass Kusainov seine »Freunde« bezahlte, damit sie den ein oder anderen mehr oder weniger schmutzigen Job für ihn erledigten, machte sie nicht weniger wertvoll für ihn.

Die beiden Kommissare standen auf und die Regenjacke

meldete sich wieder zu Wort: »Und jetzt würden wir gern noch mit Ihren Mitarbeitern sprechen.«

Das passte Sergej überhaupt nicht, aber da konnte er wohl nichts machen. Er gab sich kooperativ. »Natürlich, das verstehe ich.«

Dann brüllte er »Heeeeleeeeene!«

»Was für ein Riesenarschloch.« Sie waren kaum wieder auf der Straße, als Rohde heftig kopfschüttelnd seinen Gedanken freien Lauf ließ.

»Ich fand den Yüksel eigentlich ganz nett.« Florian Dreier versuchte ernst zu bleiben.

»Den meine ich doch nicht. Kusainov. Den will man nicht als Chef, nicht als Mann und nicht als Freund haben.«

»Ja, weiß ich doch. Stimmt, der Kusainov ist ein richtiger Sympathieträger.«

»Fahren wir nach Paderborn?«

»Heute nicht mehr.«

»Gut, es passt mir auch nicht so …«

»Hm.« Florian schluckte den Kommentar hinunter, den er schon auf der Zunge gehabt hatte. Irgendwann würde er mit Rohde reden müssen. Irgendwann.

Wenn es in einer Beziehung problematisch wurde und es seine Aufgabe war, Tacheles zu reden, kniff er. Aber war das überhaupt seine Aufgabe? Ja, war es vermutlich. Man kümmerte sich um Freunde und Kollegen. Wenn man sah, dass es jemandem nicht gut ging, müsste man etwas tun.

»Was meinst du mit ›hm‹?«

Man müsste. Was für eine blöde Formulierung. Er hatte einfach kein Talent dafür, sich mit anderen Menschen auseinanderzusetzen. Dabei war es gar nicht so schwer. Er müsste Tara einfach mal besuchen. Vielleicht heute. Bestimmt heute. Das nahm er sich jetzt fest vor.

Oder Rohde sagen, dass es so nicht weiterging. Aber das musste warten. Er konnte nicht alles auf einmal klären. Erst war Tara dran. Dann Rohde.

»Florian?«

»Ja?«

»Träumst du?«

»Nee, sorry, hab über was nachgedacht.«

»Lässt du mich dran teilhaben?«

»Ja. Vielleicht. Aber nicht jetzt.«

»Wie geheimnisvoll.«

»Ach was.« Florian winkte ab. »Gar nicht.«

»Egal. Wie gehen wir nun weiter vor?«

»Kusainovs Ehefrau befragen. Schauen, ob es irgendwelche Überschneidungen oder Übereinstimmungen bei Arbeitskollegen und Nachbarn von Behrendt gibt. Dass wir von der Mutter etwas erfahren, ist unwahrscheinlich, aber vielleicht hat sie irgendwann einen hellen Moment. Wir müssen mehr über das Umfeld herauskriegen. Freunde. Verwandte. Ob Behrendt eine Freundin hatte … oder einen Freund. Vielleicht ist ja was dran an Bettinas Vermutung.«

Rohde stöhnte. »Viel Arbeit.«

»Überraschung!«

»Fraglich, ob Kusainovs Angestellte die Wahrheit sagen. Bei dem Chef.«

»Ja, und was die Ehefrau sagt, wird auch mit Vorsicht zu genießen sein. Ich seh auch noch kein Motiv. Da wäre es schon logischer gewesen, wenn es diesen Kusainov erwischt hätte. Sicherlich gibt es noch weitere gehörnte Ehemänner.«

»Ich muss nach Hause. Meine Frau … du weißt schon.«

Interessant, dass Rohde ausgerechnet beim Stichwort »gehörnte Ehemänner« an seine Frau dachte. »Nein, weiß ich nicht«, sagte Florian. »Was denn?«

»Sie will heute Abend noch zum Sport.«

»Aha.«

»Was soll das denn heißen?«

»Nichts. Aber zieh dir morgen was Frisches an, bitte!«

»Ach so, das ... na ja. Okay.«

»Was ist passiert?«

»Ach. Ich hatte kurz vor Weihnachten einen Unfall, und mein Arzt sagt, es wäre hilfreich, wenn ich an meinen Stützmuskeln arbeiten würde«, sagte Tara Wolf zu ihrer neuen Trainerin Steffi Johannmeier. Tara mochte Fitnessstudios nicht so besonders. Sie bewegte sich lieber in der Natur. Aber der schwere Unfall hatte Spuren hinterlassen. Seelisch und körperlich. Also sah Tara ein, dass nun der richtige Moment für gezieltes Muskelaufbautraining gekommen war. Sie hatte sich für einen allgemeinen Fitness-Check und ein Probetraining angemeldet. Nach dem Umziehen saß sie nun mit Steffi für ein Vorgespräch im Lounge-Bereich des Studios zusammen.

»Superidee von deinem Arzt. Das empfiehlt längst nicht jeder. Magst du mir ein bisschen mehr erzählen? Damit ich besser einschätzen kann, was gut für dich ist und was wir besser erst einmal lassen.« Steffi hatte ein iPad in der Hand, in das sie nun nach und nach einige Daten von Tara eintrug.

Als ob jemand einschätzen könnte, was gut für mich ist, dachte Tara und schämte sich im selben Moment für den ätzenden Gedanken. Sie wollte nicht ungerecht sein. Wusste, dass sie dankbar dafür sein sollte, dass sich Menschen um sie sorgten und um sie kümmerten. Für sie da waren. Allen voran ihr Nachbar Peter Falke. Aber manchmal war es ihr zu viel. Sie wollte lieber unabhängig sein. Und stark.

War es ein Zeichen von Schwäche, Hilfe von anderen anzunehmen? Ihr Verstand sagte: Nein. Ihr Gefühl sagte: Ja.

»Ja, klar. Danke, dass du fragst. Dafür, dass es ein ziemlich schlimmer Autounfall war, bin ich noch glimpflich davongekommen. Ich hatte nur eine Gehirnerschütterung, ein paar Prellungen und Quetschungen und zwei gebrochene Rippen.«

»Das klingt für mich nicht nach ›nur‹.«

Tara nickte. »Mit meinem Kopf ist wieder alles in Ordnung …«

»Das sagen alle«, versuchte Steffi es zunächst mit ernster Miene, musste dann aber doch lachen.

Die offene und fröhliche Art tat Tara gut. Genau mein Humor, dachte sie und lachte mit.

»Was hast du vorher für einen Sport gemacht?«

»Ich liebe Waldläufe. Außerdem zum Ausgleich und Dehnen ein bisschen Yoga und Pilates.«

»Hey! Das ist doch schon mal klasse. Dann bist du bestimmt beweglich und hast eine gute Grundkondition. Die checken wir gleich.«

»Na, mal schauen, was davon nach einem Vierteljahr noch übrig ist.« Tara klang sehr skeptisch und ärgerte sich erneut über sich selbst, dass sie hier das bockige Kind gab, anstatt voll motiviert bei der Sache zu sein. Was war nur mit ihr los? Sie wollte doch wieder fit werden.

Steffi schien sich davon überhaupt nicht beeindrucken zu lassen. Vermutlich kam das häufiger vor, dass sich jemand vornahm, Sport zu machen, und wenn es dann so weit war,

Angst vor der eigenen Courage bekam. »Ich zeige dir erst mal alles, und dann machen wir den Fitness-Check. Klingt das okay für dich?«

Tara nickte und stand auf. »Sehr okay. Dann mal los.«

Steffi Johannmeier ging mit federnden Schritten voran und führte Tara Wolf durch die Räumlichkeiten des Fitnessstudios. Tara war auf zweierlei Weise beeindruckt.

Zum einen überlegte sie, was wohl Paläontologen wie Peter Falke in 1.000 Jahren über die heutige Zivilisation denken würden, wenn sie ein Fitnessstudio mit all seinen Geräten, Gewichten, Seilen und sogar Traktorreifen und Vorschlaghammern ausgraben würden. Hielten sie es vielleicht für eine Folterkammer?

Zum anderen war Tara selbstverständlich klar gewesen, dass sie nicht gerade von einem Couch-Potato betreut werden würde. Aber Steffis durchtrainierter Körper war ohne jede Übertreibung eine Erscheinung. Offensichtlich hatte sie bei der Auswahl der wenigen Kleidungsstücke nichts dem Zufall überlassen. Sowohl ihre kräftigen Oberarme und Schultern als auch der flache Bauch kamen in dem knappen Oberteil hervorragend zur Geltung. Die Leggins im Army-Style betonte ihre athletischen Beine. Tara fragte sich, ob Steffi wohl auch einen dieser Fitnessblogs betrieb und wie viele Follower sie auf Instagram hatte. Auf jeden Fall schienen sich nicht nur die männlichen Trainierenden ein wenig mehr anzustrengen oder die Übung etwas intensiver auszuführen, sobald sie bemerkten, dass Steffi vorbeiging.

Tara hatte sich bewusst für lockere Trainingskleidung bei ihrem ersten Besuch im Gym entschieden. In körperbetonter Kleidung hätte sie sich hier unwohl gefühlt. Steffi hingegen schienen die Blicke nichts auszumachen. Im Gegenteil. Stolz präsentierte sie die Tattoos auf den auch im Winter gebräunten muskulösen Schulterblättern. Auf der linken Seite prangte in geschwungenen Lettern »GRL« und direkt darunter »PWR«, von dem Tara nicht wusste, ob das als politisch-feministisches Statement zu interpretieren war, oder ob Steffi einfach ihre eigene »Girl Power« meinte. Denn davon hatte sie offensichtlich reichlich.

Was es allerdings mit dem »KLL« und dem »THM« auf Steffis rechter Schulter für eine Bewandtnis haben könnte, war schon wesentlich schwieriger zu entschlüsseln. Könnte das vielleicht »kill them« bedeuten? Ob Tara damit richtiglag und beide Tattoos gemeinsam gelesen werden mussten, würde sie Steffi zu einem späteren Zeitpunkt fragen. Wenn es sich denn ergab.

Tara Wolf hatte schon davon gehört, dass unter Bodybuildern und Fitnessbegeisterten martialische Wörter wie »Killer« durchaus gebräuchlich waren und ein trainierter, knackiger Frauenpo »Killer Booty«, ein großer Bizeps »Geschoss« genannt wurde. Beides war als Kompliment zu verstehen. Nun ja, jede Welt hatte ihre eigene Sprache.

»Yo, Steff, alles fit?«, rief ihnen ein riesiger Bodybuilder mit hellblond gefärbtem Undercut zu, als sie vorübergingen. Er wartete keine Antwort ab, sondern riss direkt zwei Kurzhanteln aus der Halterung, um seinen Bizeps zu trainieren, als gäbe es kein Morgen.

Angeber, dachte Tara.

»Immer, Karl«, sagte Steffi, ohne eine Miene zu verziehen. »Immer.«

Kriminalhauptkommissar Harry Hellmann war der Spezialist im Haus, wenn es um Wirtschaftskriminalität ging. Den fröhlichen Mittfünfziger mit dichtem grauem Haar und der Vorliebe für extravagante Brillengestelle konnte nur eine Sache aus der Ruhe bringen. Wenn jemand meinte, den alten Derrick-Witz machen und Harry auffordern zu müssen, den Wagen zu holen. Dann rastete Hellmann sofort und ohne Vorwarnung aus. »Erstens«, schrie er und zeigte den linken Mittelfinger, »hat das Derrick niemals gesagt. Niemals. Hörst du?« Dann holte der bullige Zweimetermann tief Luft und fuhr den rechten Mittelfinger aus: »Und zweitens: Wer bist du, dass du denkst, ich wäre dein Chauffeur?« Anschließend drehte sich Hellmann um und ging aus dem Raum, als wäre nichts gewesen. Eine bühnenreife Show, fand Florian Dreier. Manchmal machten sie sich einen Scherz und erzählten Frischlingen, Harry wäre großer Derrick-Fan. Nicht jeder tappte in die Falle. Aber viele. Eine Art Initiationsritus im KK 2.

»Florian. Was kann ich für dich tun?«

»'n Abend, Harry. Alles klar bei dir?«

»Mal wieder Feierabend machen, wenn es draußen noch hell ist, das wäre klasse.«

»Da sagst du was.«

»Setz dich. Keks? Oder Tee?« Harry Hellmann liebte alles, was nach Minze schmeckte. Kekse, Schokotäfelchen, Drops und natürlich Pfefferminztee. Er brühte ihn sich am liebsten mit frischen Blättern auf, aber die gab es zu dieser Jahreszeit nicht.

Florian erinnerte Pfefferminztee zu sehr an Krankheiten in seiner Kindheit. Er schüttelte den Kopf. »Danke.« Erschöpft ließ er sich auf den Schreibtischstuhl fallen, der zu dem unbesetzten Schreibtisch gegenüber Hellmanns Arbeitsplatz gehörte. »Ich hab eine Frage.«

Hellmann grinste verschmitzt und zeigte, ohne hinzuschauen, mit dem Daumen auf die Wand hinter sich. »Klar, aber denk an die Preisliste.«

Dort hing ein Computerausdruck, der in gradliniger Schrift Auskunft über die gestaffelte Gebührenordnung des Büros für in Anspruch genommene Dienstleistungen gab: Ein Schulterzucken war kostenlos, ein dummes Gesicht bekam man für einen Euro, Antworten auf leichte Fragen sollten drei Euro kosten, während für Antworten, bei denen man nachdenken musste, bereits zehn Euro fällig wurden.

»Wie könnte ich das vergessen? Aber ich brauch 'ne Quittung für die Haushaltsstelle. Du weißt schon …«

»Schieß los!«

»Was kannst du mir zur Malinka Magasin GmbH und ihrem charmanten Geschäftsführer sagen?«

»Du sprichst von Sergej Kusainov? Dem König der westfälischen Geldwäsche?« Harry Hellmann verzog angewidert das Gesicht.

»Genau den meine ich.«

»Wir haben ausführlich gegen seinen Laden ermittelt. Dicke Akte, von daher ist es gut, dass du fragst, bevor du dich da durchwühlst.« Es gab Kollegen, die es kritisch sahen, wenn man sich nicht selbst durch die Akten arbeitete. Harry Hellmann gehörte nicht dazu. Er vertrat die Auffassung, dass man sich am besten von dem Kollegen briefen lassen sollte, der den Fall gut kannte. Später hatte man ja trotzdem noch die Möglichkeit, sich durch die Einzelheiten zu graben. »Pfiffiges Kerlchen mit mächtigen Freunden, wenn du mich fragst. Stellt sich schlau an und hat mit seinem Lebensmittelgeschäft eine clevere Marktnische für die Geldwäsche besetzt. Nicht der übliche Kram wie Spielhallen im Kleinen oder Immobiliengeschäfte im Großen. Hat etwas gedauert, bis wir ihm draufgekommen sind, und noch etwas länger, um es zu durchschauen.«

»Aber?«

»Korrekt, mein Lieber. Es gibt ein großes Aber. In aller Bescheidenheit würde ich sagen, dass wir gut gearbeitet haben. Ansonsten hätte das Gericht das Verfahren ja auch gar nicht zugelassen. Unser reizender Herr Dr. Plöger«, Hellmann richtete umständlich eine imaginäre Krawatte, »wurde schon am zweiten Verhandlungstag ungeduldig und wollte mal wieder viel zu früh den Sack zumachen. Und nun rate mal, wer aus dem Sack gleich wieder rausgehüpft ist?«

»Mist. Und nun?«

»Suche ich nach einem neuen Ansatzpunkt, allerdings ohne dass der Quacksalber davon weiß. Will ja nicht, dass der das noch einmal vergeigt.« Mit Quacksalber spielte Hellmann darauf an, dass Staatsanwalt Dr. Henning Plöger keine Gelegenheit ausließ, auf seinen Doktortitel hinzuweisen. Bei einem der ersten Zusammentreffen hatte Hellmann noch gedacht, das wäre von Plöger nicht ganz ernst gemeint. Harry war gebeugt durch den Raum gehumpelt, eine Hand auf dem Rücken und hatte gestöhnt: »Herr Doktor, Herr Doktor, ich hab das Reißen.« Das fanden alle lustig. Bis auf einen. Über die Jahre war das frostige Verhältnis zwischen Plöger und Hellmann nicht auch nur um ein Grad angetaut.

»Sagt dir der Name Hans-Ullrich Behrendt in diesem Zusammenhang was?«

»Klar. Der Leiter der Logistik. Warum? Was ist mit dem?«

»Haben wir gestern Morgen mit jeweils einem Loch in Stirn und Brust in Bad Salzuflen im Kurpark gefunden.«

»Und jetzt suchst du ein Motiv?«

»Genau. Wir haben bisher nämlich überhaupt nichts. Und Kusainov mauert.«

»Kennen wir nicht anders von ihm.«

»Hast du Infos, wie Behrendt in das System eingebunden war?«

»Ja und nein, das war das Merkwürdige. Wir hatten einen

Belastungszeugen gegen ihn, denn ohne einen Logistikspezialisten mit Insiderwissen hätte Kusainovs System nicht funktioniert. Und dieser Spezialist war Behrendt. Unser Zeuge war bereit auszusagen, du kannst dir ja vorstellen, wie schwierig es war, ihn dazu zu bringen. Der hatte nämlich eine Heidenangst und wollte erst gar nicht auspacken.«

»Und dann?«

»… war es ein peinlicher Indizienprozess und das Ding nach nicht mal zwei Verhandlungstagen durch. Kusainov hat ausgesagt. Sein Banker. Und natürlich ich, als leitender Ermittler in dem Fall. Mann. So kann man doch keinen Prozess führen. Ein gefundenes Fressen für die Verteidigung. Weißt du, was Frau Wolf sogar gemacht hat?«

Auch das noch. »Tara Wolf hatte den Vorsitz?«

»Ja. Sie hat Plöger sogar zweimal gefragt, warum er die Beweisführung schon abschließen wolle.«

»Au Scheiße. Das war grenzgängig.«

»Weit darüber hinaus. Aber Plöger hat nicht reagiert, obwohl der Abdrücke vom Zaunpfahl auf seinem Hinterkopf haben muss. Mann. Ein halbes Jahr Arbeit für die Katz. Irgendjemand muss Plöger wirklich mal das dämliche Handwerk legen. Der verschwendet unsere kostbare Zeit, und wenn du dann endlich mal 'nen Gerichtstermin hast …«

Ja, Florian kannte das Problem überlasteter Gerichte nur zu gut. Ein halbes Jahr auf eine Verhandlung zu warten, war ja inzwischen normal.

»Was kannst du mir über Behrendt sagen?«

»Nichts. Morgens fährt er zur Arbeit, abends zurück zu seiner dementen Mutter. Unauffälliger Typ. Zuverlässig. Langweilig. Grau. Kennst du ja. Während du so einen überwachst, fallen dir die Zähne aus und du wirst fett.«

»Hat Kusainov Beziehungen nach Russland? Oder sonst in den Osten?«

»Natürlich, da kommt die Ware ja her.«

»Das meinte ich nicht.«

»Ich weiß, Florian. Ich weiß. Das sind Verflechtungen. Alter Schwede. Der Kopf sitzt in Moskau und heißt Arkadi Nefodow. Ex-KGBler. Gehört als leitender Mitarbeiter der Präsidialadministration mit zu den mächtigsten Männern des Landes. Er verantwortet unter anderem – wer hätte das gedacht? – die Verwaltung für außenwirtschaftliche Beziehungen der russischen Föderation. Quasi unantastbar.« Harry Hellmann nahm sich genüsslich ein Schokotäfelchen mit Minze. Es knackte, als er die Schokoladenhülle zerbiss. Während er kaute, hing er seinen Gedanken nach. »Willst du wirklich keins? Die sind so köstlich.«

»Danke, nein.« Florian löste die Kippautomatik des Bürodrehstuhls und lehnte sich ganz nach hinten.

»Und der Oberfuzzi für das Deutschlandgeschäft ist noch so ein Spezialist: Jevgenij Wojtschak. Ex-Speznaz. Als ehemaliger Mitarbeiter des militärischen russischen Nachrichtendienstes kennt der garantiert mehr als 20 verschiedene Arten, wie er dich mit bloßen Händen um die Ecke bringt. Lautlos.«

»Nenn mich romantisch, aber so gesehen war die sizilianische Mafia seinerzeit ein Haufen überdrehter Schuljungs.«

Hellmann nickte so energisch, dass sich sein gesamter Oberkörper mitbewegte. »Oh ja. Das ist wirklich romantisch, denn es gibt Beziehungen zwischen den Organisationen. Allein in Europa entspricht der geschätzte Umsatz der Russenmafia dem Bruttoinlandsprodukt von Österreich. Tendenz steigend. Also nicht das BIP von Österreich. Was meinst du wohl, warum der Zeuge die Hose voll hatte.«

»Aber wenn wir das alles wissen …«

»… sind wir immer noch in Deutschland und brauchen entsprechende Beweise vor Gericht. So einfach ist das.«

»Okay, ich hau jetzt mal einen raus. Ist aber nur für die Tüte, ja?«

»Schieß los.«

»Wenn Plöger solche Aktionen immer wieder durch Duseligkeit verdaddelt …«

»Oh, Florian. Dünnes Eis. Gaaaaaaaaanz dünnes Eis. Das dürfen wir denken und tun es auch. Im Hintergrund ermitteln. Wer weiß? Aber darüber reden. Never!«

»Okay. Hast ja recht.« Florian nickte. »Habt ihr, also, ich meine … nee, ich fange anders an. Nach den vorläufigen Erkenntnissen der Obduzentin wurde Behrendt mit einem Teilmantelgeschoss getötet. Vermutlich neun Millimeter. Aber das wissen wir nicht sicher.«

»Fangschussmunition. Oder mannstoppende.«

»Richtig. Und jetzt …«

»… möchtest du wissen, ob wir neben den Verflechtungen in höchste politische Kreise etwas gefunden haben, was ganz trivial auf eine Beziehung zu Jägern oder Förstern oder einen korrupten Cop hindeutet.«

»Hm.«

»Tut mir leid. Haben wir nicht. Obwohl wir müssten. Aber wir sind natürlich dran.« Hellmann hielt einen Moment inne. »Mal abgesehen davon, dass russische Oligarchen an sich, im Allgemeinen und Besonderen, zum Zeitvertreib gern auf die Jagd gehen, Beamtenbestechung zu ihrem Tagesgeschäft gehört und sie über ein Arsenal von Waffenspezialisten verfügen.«

»Oder auf die Jagd gehen lassen?«

Hellmann nickte. »Oder auf die Jagd gehen lassen! Allerdings nicht auf Schwarz- oder Rotwild.«

Das Haus lag im Dunkeln. Es wirkte verlassen. Wenig einladend. Sogar etwas kühl. Obwohl man die Temperatur von außen nicht spüren konnte. Es war nur ein Gefühl.

Der Bewegungsmelder hatte bei ihrem Eintreffen wenigstens die Außenleuchten eingeschaltet.

Tara Wolf drehte den Schlüssel um, öffnete die Haustür und betätigte den Lichtschalter. Der Eindruck hatte getrogen. Wohlige Wärme hieß sie willkommen.

Warum auch nicht? Die Zeitschaltuhr steuerte die Heizung zuverlässig.

Vielleicht sollte sie sich eine Katze anschaffen, die ihr um die Beine strich, wenn sie nach Hause kam. Sie vorwurfsvoll anschnurrte, dass sie halb verhungert auf Tara gewartet hatte. Wie Katzen das hochdramatisch so machten. Früher als Kind hatte Tara eine Katze gehabt. Für einen Hund hatte sie nicht genug Zeit. Aber eine Katze, das wäre möglich.

Es war still im Haus. Dennoch spürte Tara, dass sie nicht allein war.

Zielstrebig ging sie ins Wohnzimmer. Seine Silhouette hätte sie unter Tausenden erkannt. Unter Millionen. Einer von 80 Millionen, dachte sie. Ein Songtext, aber sie erinnerte sich nicht an den Sänger oder die Band. Das konnte sie nie. Melodien vermochte sie sich zu merken. Aber wie der Song hieß oder die Band, das wusste sie nicht.

Er stand an den bodentiefen Fenstern und schaute über Lemgo. »Du hast umgeräumt.«

»Ja.« Mehr bekam sie nicht heraus. Sie hätte ihn gern umschlungen. Seinen Duft geatmet, aber das war nicht möglich. Nicht mehr.

»Früher war es gemütlicher.«

»Früher war früher. Jetzt ist jetzt.« Sie wollte nicht wütend klingen. Denn sie war mindestens so traurig wie wütend. »Warum tust du mir das an?«

»Was meinst du?«
»Hier auftauchen.«
»Ich mache mir Sorgen um dich.«
»Du fehlst mir so sehr.«
»Ich bin da.«
»Nein, bist du nicht.«

Die Malinka Magasin GmbH. Ein toter Logistikleiter mit einer dementen Mutter. Ein windiger Chef. Die Kollegen vom KK 2 hatten schon wegen Geldwäscherei gegen den Laden ermittelt, der höchst lebendige Beziehungen zu den finstersten Abgründen mafiöser Strukturen hatte.

Florian Dreier saß in seinem Auto vor der Polizeidirektion, aber er fuhr nicht los. Um es vorsichtig zu sagen: Er war irritiert. Warum hatte Staatsanwalt Plöger den toten Hans-Ullrich Behrendt auf den Tatortfotos nicht erkannt? Sicher, im Tod verändert der Mensch sein Aussehen. Trotz allem war Plöger in solchen Dingen erfahren. Harry Hellmann hatte gewusst, wer Behrendt war. Okay, er war auch der Ermittler. Aber hätte der Staatsanwalt nicht genauso gut Bescheid wissen müssen? Oder sogar noch besser? Als Anklagevertreter?!

Entweder war Plöger wirklich so bescheuert, wie er immer wirkte, oder da steckte etwas Großes, etwas Böses dahinter. Konnte das sein? Hier? Mitten im beschaulichen Lipperland? Verdammt!

Wenn er diesen Gedanken weiterspann, landete er zwangsläufig auch bei der Richterin, die Kusainov hatte laufen lassen: Tara Wolf. Der Frau seines besten Freundes. Dieser Verdacht war eine logische Schlussfolgerung.

Florian schüttelte den Kopf. Trügerische Logik.

Denn Tara war eine gute Freundin, der er vertraute. Vielleicht war Vertrauen unlogisch. Aber ohne Vertrauen, ohne Freunde … war das Leben arm. Selbst wenn sie einen manchmal enttäuschten oder auf nervige Art herausforderten. Florian schämte sich, dass er diesen Gedanken gehabt hatte, so logisch er auch gewesen sein mochte.

Was den Todesfall anging, hatten sie zwar schon einiges an Informationen, aber Florian Dreier wusste noch lange nicht, ob es sich dabei um Puzzleteile aus der Mitte oder eher vom Rand des großen Ganzen handelte. DNA-Proben von Lieselotte Behrendt waren gleich heute Mittag noch ins Labor gegangen, um die an ihrem toten Sohn gefundenen Spuren damit abzugleichen. So konnte man später Personen ein- oder ausschließen.

Florian Dreier war unzufrieden. Er schlug auf das Lenkrad. Sein Kopf war müde, und er traute seinen eigenen Gedanken nicht mehr.

Aber er war nicht nur mit dem Fall unzufrieden. Nein, da gab es noch etwas, das er dringend in Ordnung bringen musste, auch wenn dafür nicht der richtige Abend war. Sollte er nun Blumen mitbringen, oder sah das zu sehr nach einem Date aus? Er konnte doch nicht ohne ein Geschenk auftauchen, auch wenn sie sagte, er sei jederzeit willkommen.

Florian startete den Motor, aktivierte den Scheibenwischer und setzte langsam aus der Parklücke zurück.

»Kusainov.« Er hasste es, wenn Leute mit unterdrückter Nummer auf seiner privaten Festnetznummer anriefen, die aus gutem Grund in keinem offiziellen Verzeichnis zu finden war. Aber manchmal ging es ums Geschäft. Und Geschäft war Geschäft. Schmutziges Geld gab es für ihn nicht. Andere sahen das anders, aber für diejenigen machte er aus schwarzem Geld weißes. Seine Rendite lag bei mindestens 40 Prozent. Meistens bei 50. Am alten Geldwäscheprinzip hatte sich seit Al Capone nichts geändert. Wenn du sauberes Geld aus schmutzigen Geschäften haben willst, kostet dich das 50 Cent vom Euro.

»Hi Sergej. Ich bin's.«

Die Frauenstimme sagte ihm … überhaupt nichts. »Wer sind Sie? Und woher haben Sie diese Nummer?«

»Na, hör mal. Hast du mich vergessen?«

Sergej Kusainov war müde und hatte keine Lust auf Spielchen. Schon gar nicht mit einer Verflossenen. Vorbei war vorbei. Außerdem hatte er einen Scheißtag gehabt. »Hören Sie, ich weiß nicht, wer Sie sind. Sie rufen hier spätabends mit unterdrückter Nummer an und melden sich nicht einmal mit Ihrem Namen. Ich lege jetzt auf.« Was er nicht tat. Sieg der Neugier.

»Ich sage nur: Kleeblatt.«

Sein Pulsschlag beschleunigte sich. Der Atem ging schneller. Sergej sagte nichts. Überlegte fieberhaft.

»Du warst bei keinem Abi-Treffen, oder?«

Jemand von früher. Die Stimme. Könnte es sein …? »Doch, beim ersten nach zehn Jahren. Aber ich kann mich nicht erinnern, dass du dabei gewesen wärst.«

»War ich nicht.«

»Was willst du?« Er wollte sich nicht an ihre letzte Begegnung erinnern. Das war lange her. Eine alte Geschichte. Gras war darüber gewachsen. Irgendwie geil. Aber eben lange her.

»Ich habe morgen beruflich in Detmold zu tun. Lust auf ’nen Kaffee?«

»Klar. Gerne.« Es passte ihm überhaupt nicht. Zu viele Dinge passierten gleichzeitig. Scheinbar zufällig. Die Gerichtsverhandlung. Ullis Verschwinden. Jetzt der Anruf. War das die Verbindung? Er musste sich darum kümmern.

»Cosmo Lounge. 17 Uhr?«

»Klasse.« Noch ein scheinbarer Zufall, überlegte Sergej. Seine Lieblingsbar. Irgendetwas stimmte hier nicht. Die anderen würde er noch nicht informieren. Das hatte Zeit. Erst musste er Gewissheit haben. Schließlich wollte er sich nicht lächerlich machen.

»Dann bis morgen. Ich freu mich.«

Das glaubte er nicht. »Ja, bis morgen.« Jetzt legte er auf. Und atmete laut aus.

»Alles in Ordnung, Schatz?«, rief seine Frau aus dem Schlafzimmer. »Wer war das denn?«

»Niemand«, sagte Sergej Kusainov.

Sie war müde und hatte keine Lust, noch etwas zu kochen. Daher machte sich Tara Wolf einfach ein Brot und goss sich ein großes Glas Milch ein. Nach dem ersten Training war sie wesentlich erschöpfter, als sie sich das vorgestellt hatte. Das war etwas völlig anderes als die immerhin schon zügigen Spaziergänge durch den nahegelegenen Stadtwald, die sie seit dem Unfall wenigstens am Wochenende unternahm. Sie war ein wenig frustriert. Denn nun war wahr geworden, was sie längst befürchtet hatte. Auch wenn die Wunden äußerlich verheilt waren, dauerte der Genesungsprozess an. Und es war noch ein langer Weg.

Tara setzte sich an den Küchentisch und schlug die Lippische Landeszeitung auf. Sie nahm das Brot vom Teller und starrte die Schlagzeilen und Fotos an, sah sie aber nicht. Die Buchstaben tanzten vor ihren Augen, die Gesichter verschwammen zu Farbklecksen. Wie gern hätte sie jetzt den Brief geöffnet, auf den sie so sehnsüchtig wartete. Der Gang zum Briefkasten war wieder vergeblich gewesen. Sie hatte nur eine unpersönliche Werbewurfsendung eines Möbelhauses in Detmold gefunden. Briefe waren ohnehin selten geworden in Zeiten von Mails und Handynachrichten. Der Brief, auf den sie wartete, hatte auch heute nicht im Kasten gelegen. Vielleicht morgen.

Tara Wolf schrak aus ihren Gedanken hoch, als es klingelte. Es klang ein wenig zaghaft, also konnten es weder Peter Falke noch Lou Ritter sein. Peter klopfte meistens, weil er Tara nicht mit Klingeln erschrecken wollte. Ihre Haustür war aus Holz, und Peter fand, dass ein Klopfgeräusch organischer war als ein elektrisch ausgelöster Klingelton. Und Lou drückte meist dreimal schnell hintereinander auf die Klingel.

Damit war die Auswahl an Personen, von denen Tara unangekündigt Besuch bekam, auch schon erschöpft. Wer also wollte jetzt noch etwas von ihr? Die Zeugen Jehovas kamen tagsüber. Die Erfahrung hatte Tara in den letzten Monaten zweimal gemacht, als sie krankgeschrieben den ganzen Tag zu Hause verbracht hatte. Vorher hatte sie davon nichts mitbekommen, abgesehen von dem einen oder anderen Traktat in ihrem Briefkasten. Beim ersten Besuch hatte Tara zwar nicht mit den beiden Frauen an der Haustür über Gott sprechen wollen, es dann aber doch getan mit dem Ergebnis, dass sie sich den ganzen Tag Gedanken darüber gemacht hatte.

»Flo! Hi! Du?«

»Ja. Hallo, Tara. Also … ich …«

»Schön, dich zu sehen. Komm doch rein.«

Tara war überrascht und erfreut zugleich, dass Florian Dreier vor ihrer Haustür stand. Sie hatten sich in den letzten acht Wochen nicht gesehen, nur manchmal waren ein paar Nachrichten über das Handy hin und her gegangen. Ihre Umarmung erwiderte er nur zögerlich.

»Gerne. Du … ich … Es tut mir leid, dass ich nicht schon früher nach dir gesehen habe.«

»Jetzt bist du ja da. Entschuldige bitte meinen Aufzug.« Tara hatte nicht damit gerechnet, dass sie heute Abend noch jemanden sehen würde, denn in ihrem alten Lieblingssweatshirt, der flauschigen Jogginghose und den dicken Wollsocken empfing sie normalerweise keinen Besuch.

»Mir macht das nichts aus. Ich hätte ja anrufen können …«

Wir sind alte Freunde und benehmen uns wie Teenager bei ihrem ersten Date, dachte Tara. »Ich hatte mir grad ein Brot geschmiert, möchtest du auch eins? Und ein Bier dazu?«

»Bier ist okay, danke.«

»Gehst du schon mal ins Wohnzimmer? Ich komme sofort.«

Erst als Tara in der Küche vor dem Kühlschrank stand, fiel ihr ein, dass sie das Wohnzimmer umgeräumt hatte und Fallinformationen an den Plexiglaswänden hingen. Mist. Das sollte Florian nicht sehen. Zumindest nicht jetzt. Als Tara im letzten Jahr begonnen hatte, Fälle auf eigene Faust zu bearbeiten, deren Ermittlungsergebnisse sie als Richterin nicht akzeptierte, hatte Florian das sehr kritisch gesehen. Auch wenn sie bisher immer richtig gelegen und Florian wertvolle Tipps gegeben hatte. Glücklich war er mit der Situation dennoch nicht gewesen.

Jetzt war es auch egal. Tara packte alles auf ein Tablett und schnitt schnell noch ein Stück Bergkäse in Streifen. Dann ging sie hinüber ins Wohnzimmer zu Florian, wo sie alles auf dem Wohnzimmertisch abstellte, der mit Unterlagen übersät war.

»Alkoholfrei, oder?« Es war mehr eine Feststellung als eine Frage, da sie ja wusste, wie genau Florian es mit seiner Nullpromilleregel nahm, wenn er noch fahren musste.

»Was? Ach so, ja!« Er stand vor der rechten Wand und hatte sich offensichtlich in die Unterlagen vertieft, die dort hingen. »Sergej Kusainov und seine krummen Geschäfte waren also dein Fall.«

»Ja, und leider ist da bei der Verhandlung einiges schiefgelaufen. Ich bin mit der Situation überhaupt nicht einverstanden.«

»Kann ich mir vorstellen.«

»Wieso? Was weißt du darüber?«

»Hellmann hat es mir erklärt.«

»Ach? Warum das denn?«

»Behrendt ist tot.«

»Ja, Scheiße. Ich hab davon gehört. Was habt ihr denn schon? Hat es was mit dem Betrieb zu tun?«

»Darüber wollte ich jetzt eigentlich gar nicht mit dir reden.«

»Ach was.«

»Genau.«

Tara setzte sich in den Sessel, biss einen großzügigen Happen von ihrem Brot ab und kaute genüsslich. Dabei sah sie Florian erwartungsvoll an.

»Gute Verhörtechnik«, sagte der. »Mach ich auch immer so.«

»Du isst bei Verhören?«

Florian lächelte. »Nein. Aber ich warte gerne, bis der Verdächtige es nicht mehr aushält und sich den Kram von der Seele redet.«

»Funktioniert, oder?«, wollte Tara wissen.

»Nicht bei jedem.«

»Natürlich nicht.« Tara sah Florian an. »Dein Bier wird warm.«

»Oh, das geht natürlich nicht«, sagte Florian, ging zum Wohnzimmertisch und begann mit geübter Bewegung, das Weizen in das Glas laufen zu lassen.

Er konnte nicht einschlafen. Seine Gedanken ließen ihm einfach keine Ruhe.

Im Gericht hatte Sergej Kusainov gedacht, er hätte nun wieder ein wenig mehr seine Ruhe. Könnte sein Leben wieder stärker kontrollieren.

Bloß stimmte das vorn und hinten nicht.

Er würde morgen selbstverständlich nicht in die Cosmo Lounge gehen und damit in eine Falle laufen. Nein, so dämlich war er nicht. Da musste die Dame schon früher aufstehen, wenn sie einen Sergej Kusainov aufs Kreuz legen wollte.

Er lachte gehässig in sich hinein. Lautlos, um seine Frau nicht zu wecken, die neben ihm bereits schlief.

Die Wortwahl gefiel ihm. Aufs Kreuz legen. Klar, dass sie sich revanchieren wollte. Falsch. Es ging um Rache. Aber warum erst jetzt? Es war schon merkwürdig, dass sie nie versucht hatte, ihn und die anderen anzuzeigen. Vermutlich hatte sie keine Beweise gehabt. War nicht ins Krankhaus gegangen. Und dann hätte ihre Aussage gegen die von vier braven Abiturienten gestanden, die sich bis dahin nichts hatten zuschulden kommen lassen.

Sergej Kusainov hatte einen Gegenplan entwickelt. Er würde sich dieses Miststück greifen beziehungsweise vielmehr: sie greifen lassen. Den Job übernahmen Dimitri, Boris und Kevin. Einer würde in der Bar warten, zwei würden die Überwachung draußen übernehmen. Die Falle würde zuschnappen. Und in der Firma gäbe es genug Zeugen, die bestätigen würden, dass er die ganze Zeit gearbeitet hatte.

Er bräuchte nur in aller Ruhe zu warten, bis sie anriefen.

Wenn er sie dann hatte, würde er ihr wieder wehtun. Nicht wie damals, als er noch ein Anfänger war. Nein, morgen Abend würde es ganz anders werden. Länger würde es dauern. Viel länger. Schmerzhafter für sie. Befriedigender für ihn. Den Ort hatte er in Gedanken auch schon ausgesucht. Ruhig und abgelegen.

Darauf freute sich Sergej Kusainov.

So sehr, dass er vor Aufregung nicht schlafen konnte.

FREITAG

Sie wusste nicht, wie lange sie sich im Bett schon von einer auf die andere Seite gewälzt hatte. Ein Blick auf den Wecker. Mist. Viertel nach vier. Das Gespräch mit Florian hatte sie aufgewühlt. Sie hatten lange geredet. Über Angus. Über Tara. Über Florian. Über Hamburg. Über Hans-Ullrich Behrendt. Und Sergej Kusainov und sein Geldwäscheunternehmen. Florian war nicht einmal sauer gewesen, dass Tara – kaum einigermaßen von dem feigen Anschlag genesen – sich in ihrer Freizeit wieder mit Fällen befasste, die sie privat nichts angingen.

Angus' Vergangenheit hatte sie schon mehr als einmal eingeholt. Immer war es mit Schmerz verbunden. Körperlich, seelisch, emotional. Letztes Jahr im Dezember hatte sie endlich herausgefunden, wer hinter alledem steckte. Ein Mitglied der Rockergang Wheely Devils, gegen die Angus verdeckt ermittelt hatte. Er hieß Conny Consigliere und war die rechte Hand von Eddie Hart, dem Boss der Motorrad- und Rockergang, die Angus hatte hochgehen lassen. Consigliere war in der Szene nur als »der Gärtner« bekannt und hatte seine Wurzeln in Lippe. Sein Vater wohnte immer noch in Falkenhagen unterhalb des Köterberges. Auf dem Weg dorthin war Tara mit ihrem Auto verunglückt, als der Gärtner sie verfolgt hatte.

Es war wie verhext. Erst hatte Tara nicht einschlafen können, weil sie die Unterhaltung mit Florian noch verarbeiten musste. Nun war sie bereits wieder hellwach, weil es viele offene Fragen zu Behrendts Tod gab. Wenn ohnehin an Schlaf nicht zu denken war, konnte sie genauso gut auch aufstehen.

Es war kalt im Haus. Tara Wolf hatte die Heizung so über die Zeitschaltuhr programmiert, dass sie erst um halb sechs wieder ansprang. Jetzt, um kurz vor halb fünf, waren die Zimmer ausgekühlt.

Sie zog sich an und tapste mit den dicken Socken an den Füßen in den Hausanschlussraum, um die Heizung manuell einzuschalten. Dann machte sie sich in der Küche einen Kaffee, schob im Wohnzimmer einen Sessel vor die Plexiglaswand und hielt mit angezogenen Beinen und dem Kaffeepott in den Händen stumme Zwiesprache mit dem Foto Hans-Ullrich Behrendts.

Wer hat ein Motiv? Warum musstest du sterben?

Jemand aus der Verwandtschaft? Freunde? Kollegen? Kunden? Lieferanten? Ein Geliebter? Eifersucht? Rache? Geld?

Tara nahm genussvoll einen Schluck Kaffee. Es gab ja nicht nur die offiziellen Lieferanten und Kunden, es gab auch die illegalen Geschäftsbeziehungen der Malinka Magasin GmbH. Das hatte sie gestern Abend bereits mit Florian erörtert, aber er konnte auch nicht sagen, ob Behrendt in die Machenschaften seines Chefs eingeweiht gewesen war. Auf jeden Fall müsste Behrendt in seiner Eigenschaft als Leiter der Logistik eine zentrale Rolle gespielt haben. Das war jedoch für Staatsanwalt Plöger nicht von Bedeutung gewesen. Tara würde Sergej Kusainov gemeinsam mit Lou Ritter und Peter Falke eine Falle stellen. Und wenn sie ihr Netz ausgeworfen hatten, würde man ja sehen, wer neben dem schmierigen Geschäftsführer noch alles darin zappelte. Es *musste* weitere Beteiligte geben. Das war gar nicht anders möglich.

Erneut ärgerte sich Tara maßlos über den eitlen Staatsanwalt, der wieder einmal eine Chance vertan hatte. Einer der Zeugen war Kriminalhauptkommissar Harry Hellmann gewesen, ein guter Polizist, der in diesem Fall unter seinen Möglichkeiten geblieben war, weil Plöger ihn an der kurzen Leine geführt hatte. Natürlich war auch der Hauptangeklagte Sergej Kusainov vernommen worden, aber wie nicht anders zu erwarten gewesen war, hatte er hervorragende

Strafverteidiger im Schlepptau gehabt. So jemandem konnte man doch mit Plögers Herangehensweise nicht beikommen.

Was Behrendts Tod anging, hatte Florian recht: Wenn es ums Geschäft ging, warum musste dann Behrendt sterben und nicht Kusainov? Waren sie gemeinsam jemandem auf die Füße getreten und war der Killer auf den Angestellten angesetzt worden, weil man den Chef warnen wollte?

Das war nicht auszuschließen, aber Tara und Florian waren sich zumindest in zwei Punkten einig gewesen. Zum einen handelte es sich um eine Hinrichtung, davon gab die Tötungsart mit den gezielt in Kopf und Herz aus nächster Nähe abgegebenen Schüssen beredt Auskunft. Zum anderen war ihrer beider Erfahrung nach das Motiv ein sehr persönliches, was aus der Lage und Inszenierung der Leiche zu schließen war.

Trotzdem. Irgendetwas übersahen sie. Doch – was könnte es sein?

Wo waren die Verbindungslinien oder besser: Wo führten die Linien hin?

Tara sprang auf wie von der Tarantel gestochen, sodass Kaffee aus dem Becher auf den Boden schwappte.

Sie hatte gestern Abend mit Florian so viele Möglichkeiten besprochen, so viele Varianten durchgespielt, aber eines dabei nicht in den Blick genommen: Wenn in der Gegenwart nichts zu finden war, musste es etwas in der Vergangenheit geben, das ein Motiv lieferte. Und Peter Falke war mit Hans-Ullrich Behrendt in die Schule gegangen. Vielleicht konnte er ja helfen.

Tara nahm ihr Handy und schrieb Florian eine Nachricht.

Sergej Kusainov stellte fest, dass sein Plan einen Schönheitsfehler hatte. Er wusste nämlich nicht, wie sie aussah. Heute.

Und dem Bild, das er von damals vor seinem inneren Auge hatte, traute er nicht. Zu viel war in der Zwischenzeit passiert.

Schon seit einer Stunde durchsuchte er fieberhaft alle sozialen Netzwerke nach ihr. Nichts. Hatte sie ihren Namen geändert? Er versuchte alle möglichen Abkürzungen, gab ihren Namen mit Auslassungen ein. Es war nicht zu fassen. Konnte es sein, dass die blöde Kuh keine digitale Spur im Netz hinterließ? Sie musste doch einen Job haben. Es musste an ihrem Namen liegen. Scheiße!

Manche Menschen sahen nach langer Zeit noch genauso aus, wie man sie in Erinnerung hatte. Nur mit ein paar Falten mehr. Andere hatten sich komplett verändert. Er musste zumindest damit rechnen, dass sie in die zweite Kategorie fiel. Also hatte es keinen Sinn, dass er seinen Jungs ein altes Gruppenfoto von der letzten Klassenfahrt gab und ihnen die Aufgabe überließ, zu entscheiden, ob sie es war oder nicht.

Er hätte anders reagieren müssen, als sie angerufen hatte. Zurückrufen ging auch nicht. Die Schlampe hatte mit unterdrückter Nummer angerufen. Was für eine Riesenscheiße!

Es half nichts. Er musste die Sache selbst in die Hand nehmen.

Peter Falke war gerade in seinem Büro im Lippischen Landesmuseum in Detmold angekommen, als sein Handy klingelte. »Falke.«

»Florian Dreier. Guten Morgen, Peter.«

»Florian? Morgen. Lange nichts gehört. Wie geht es dir?«

»So weit ganz gut. Danke. Und bei dir?«

»Tara hat mir schon Bescheid gesagt, dass du dich meldest. Was kann ich für dich tun?« Peter war ein höflicher Mensch, dabei allerdings kein großer Freund von Smalltalk, auch wenn es die Situation scheinbar manchmal erforderte.

»Ah, gut. Okay. Hast du grad Zeit zum Telefonieren, oder wollen wir uns später kurz treffen?«

»Alles bestens. Frag ruhig.« Peter mochte es nicht, bei der Arbeit gestört zu werden. Bei seinen Aufgaben als Paläontologe musste er sich konzentrieren und schaltete das Handy stumm. Aber da er noch nicht begonnen hatte, erledigte er dieses Gespräch besser gleich.

»Tara hat gesagt, dass du mit Hans-Ullrich Behrendt und Sergej Kusainov zur Schule gegangen bist. Und wie du weißt, haben die beiden in Kusainovs Betrieb zusammengearbeitet. Hat Tara dir erzählt, dass Behrendt ermordet wurde?«

»Ja, hat sie. Und das ist vermutlich auch der Grund deines Anrufes.«

»Stimmt. Wir wollen herausfinden, was Behrendt für ein Mensch war. Und dazu wäre es hilfreich, zu wissen, was er früher so gemacht hat.«

»Hm.« Darüber hatte Peter auf der Fahrt von Lemgo nach Detmold auch schon nachgedacht, aber wie das in der Schule eben so war: Mit manchen hat man mehr zu tun, andere laufen nur am Rand des Sichtfeldes herum. »Also, mit Sergej hat er schon früher immer viel zu tun gehabt, darum war ich auch nicht weiter verwundert, als ich beim letzten Klassentreffen vor, tja, muss jetzt ungefähr fünf Jahre her sein, erfahren habe, dass Hans-Ullrich bei Sergej angefangen hat zu arbeiten. Ulli, also Hans-Ullrich, war mehr so der ruhige, unauffällige und unsportliche Typ, der immer als letzter in die Mannschaft gewählt wurde. Notentechnisch meine ich mich zu erinnern, dass er höchstens mittelmäßig war. Eine Freundin hatte er nie. Zumindest nicht, dass ich es wüsste. Wir haben damals auch vermutet, dass er schwul ist, was er aber vehement bestritt. Kurz vor dem Zehnjährigen hatte er dann sein Coming-out. Was ich so gehört habe, hatte er deswegen starke Auseinandersetzungen mit seiner Mutter, die nun glaubte, keine Enkel mehr bekommen zu können.«

»Das könnte durchaus ein weiterer Ansatzpunkt für uns sein.«

»Was meinst du? Dass ein verschmähter Liebhaber ein Motiv haben könnte?«

»Ist ja nicht von der Hand zu weisen, allerdings haben wir bezüglich einer Beziehung überhaupt keine Hinweise. Auch nicht von einer gescheiterten.«

»Na gut …«, sagte Peter. Er wusste nicht mehr, was er noch beitragen konnte.

Florian überlegte, ob er Peter darauf ansprechen sollte, dass er dann auch Bettina Lange kennen müsste, entschied sich aber dagegen. Es war ihm lieber, wenn er von den ehemaligen Schulkameraden parallel und unabhängig voneinander Informationen bekommen konnte.

»Sag mal«, fragte er stattdessen, »wie war das eigentlich damals oder auch später … Hast du etwas davon gehört, dass Behrendt oder Kusainov etwas mit der Jagd zu tun hatten?«

»Ob sie auf die Jagd gingen? Du meinst, um Wildschweine oder Rotwild zu erlegen?«

»Genau.«

Peter überlegte. Schüttelte den Kopf, merkte dann aber, dass Florian ihn ja nicht sehen konnte. »Nein, das glaube ich nicht. Sergej ist ja so ein Aufschneider, das hätte er bestimmt erzählt, wenn er am Wochenende mal wieder einen Zwölfender erlegt hätte. Aber … warte mal. Ach ja. Da fällt mir noch etwas ein. Die haben öfters mal zu Partys in einer

Hütte im Wald eingeladen. Aber wem die gehörte und wer da hingegangen ist, das weiß ich nicht.«

»Kannst du dich daran erinnern, wo die Hütte war?«

»Das ist schon so lange her … mal überlegen … Ich meine, es könnte wohl irgendwo in der Senne gewesen sein. Augustdorf vielleicht, aber das würd ich vor Gericht nicht unter Eid aussagen.«

Florian lachte. »Okay, das musst du auch nicht. Wir sind für jeden Hinweis dankbar.« Vorerst zumindest.

»Gerne. Und … Florian!«

»Ja?«

»Mich geht eure Beziehung ja eigentlich nichts an, aber es war gut, dass du Tara besucht hast.«

»Findest du?«

»Durchaus!«

»Und Tara?«

»Wenn mich nicht alles täuscht, Tara auch.«

»Gut. Das freut mich.«

»Warte das nächste Mal nicht so lange.«

»Mache ich nicht.«

»Okay. Bis dann, Florian.«

»Ja, bis dann. Und – danke!«

Peter nickte und überlegte, ob er Tara gleich für ein Update anrufen oder bis heute Abend warten sollte.

Unser Rechtssystem ist krank. Es hat den Namen nicht verdient.

Das Strafgesetzbuch? Ein Witz! Ein schlechter Witz!

Ein Schlag ins Gesicht für jedes einzelne Opfer.

Die Opfer werden von Strafmaßen für die Täter verhöhnt, die nicht annähernd in Relation zu dem stehen, was jemand durchmachen musste. Die Funktionen des Rechts, die im Jurastudium gleich zu Anfang gelehrt werden, sind keine Funktionen, denn wie der Name schon sagt, müssten sie dann funktionieren. Tun sie aber nicht.

Die Ausgleichsfunktion. Hahahaha!

Für Diebstahl gibt es bis zu fünf Jahren Gefängnis. Für schweren Diebstahl bis zu zehn Jahren. So weit so schlecht.

Doch jetzt kommt es: Auf Vergewaltigung stehen maximal fünf Jahre Gefängnis. In besonderen Fällen auch zehn Jahre. Wie beim Diebstahl. Ist das zu fassen?! Doch welcher Täter kriegt die schon? Nein, er soll ja resozialisiert werden, der Arme. Damit er wieder ein wertvolles Mitglied unserer Gesellschaft wird. Ach, ihr tollen Linken und Sozialdemokraten. Was ist das für ein Scheiß?

Denn an die Rückfallquote, an die denkt niemand. Und was soll überhaupt dieser bescheuerte Satz im Gesetz: »in minderschweren Fällen«? Was, zum Henker noch mal, soll denn wohl eine minderschwere Vergewaltigung sein? Ticken die noch richtig? Wer verabschiedet so ein menschenverachtendes Gesetz?

Ich muss handeln. Das ist doch wohl klar. Ein Gesetz aus dem 19. Jahrhundert, welches das Material höher schätzt als die körperliche und seelische Gesundheit eines Menschen. Was ist denn in diesem verdammten Justizministerium los? Warum sind die so liberal? So verdammt scheißliberal?

Was bleibt mir übrig, als selbst das Urteil zu sprechen und zu vollstrecken?!

»Also, was wissen wir?« Kriminalhauptkommissar Bernd Rohde sah sehr müde aus, und wenn Florian Dreier nicht alles täuschte, wäre auch eine Dusche mal wieder nötig. Es gehörte zur täglichen Ermittlungsroutine, dass sie sich gegenseitig Zusammenfassungen gaben, um dabei gemeinsam zu überprüfen, welche Informationen noch fehlten, wo neue Ansätze waren oder ob sie eventuell etwas übersehen hatten. Florian vermutete hinter Rohdes Frage allerdings, dass dieser aufgrund seiner privaten Probleme im aktuellen Fall nicht so recht den Überblick behielt. Sicher wusste Florian das nicht, aber allein die Tatsache, dass er seinem Partner nicht mehr zu 100 Prozent vertraute, stellte ein Problem dar und den Ermittlungserfolg infrage. Er musste sich eingestehen, dass es ihn erleichterte – egal wie inoffiziell oder fragwürdig das war –, Tara Wolf an seiner Seite zu wissen. Außerdem hätte er Bettina gern bei der Besprechung dabeigehabt, aber er konnte sie nicht erreichen. Einerseits war das okay an einem Freitagnachmittag, andererseits steckten sie gerade mitten in einer Mordermittlung.

»Wir«, sagte Florian spitz und stellte das Fenster auf seiner Schreibtischseite schräg, »wissen inzwischen Folgendes: Hans-Ullrich Behrendt war 39, ist in Lage-Pottenhausen aufgewachsen, in Lage zur Schule gegangen und wohnte am Ende immer noch im Haus seiner Eltern. Nach einer Ausbildung zum Speditionskaufmann arbeitete er in drei verschiedenen Unternehmen und bildete sich nebenbei in Logistik, Lagerhaltung und entsprechender Datenverarbeitung fort. Er arbeitete zum Schluss als Logistikleiter bei der Malinka Magasin GmbH in Detmold. Mit deren Geschäftsführer Sergej Kusainov drückte er gemeinsam die Schulbank bis zum Abitur, was dieser uns gestern bei der Befragung allerdings verschwiegen hat. Die Nachbarn haben ausgesagt, dass sie nichts davon mitbekommen haben wollen, dass Behrendt eine Beziehung hatte. Seine Mutter, soweit man ihr in ihrem Zustand Glauben schenken darf, hat das bestätigt. Das muss aber nichts heißen. Die können sich auch außerhalb des Behrendtschen Hauses getroffen haben. Und gegen seinen Arbeitgeber Kusainov lief noch bis Mittwoch ein Verfahren wegen Geldwäsche im großen Stil mit Verbindungen in höchste russische Politkreise. Kollege Hellmann ist aber von Plöger leider auf den Pott gesetzt worden.«

»Wann hast du das denn alles herausgefunden?«

»Zum Teil gestern, zum Teil heute. Von Harry Hellmann, Bettina Lange, Tara Wolf und Peter Falke.«

»Ach, hängst du mit denen wieder ab? Toll!« Rohde verzog angewidert das Gesicht. Sarkasmus und Eifersucht troffen zu ungefähr gleichen Teilen aus dem Satz.

Ja, und weil du keine Zeit für Ermittlungen hast und erst am späten Mittag ins Büro kommst, führe ich Befragungen seit Neuestem auch alleine durch. Laut sagte Florian nur: »Peter ist genauso wie Bettina mit Behrendt und Kusainov zur Schule gegangen. Zeugenbefragung. Ganz normal. Ebenso wie bei den Nachbarn und Mutter Behrendt.«

Rohde akzeptierte das. Wäre er voll auf der Höhe, hätte er die Erklärung, was Tara und Peter anging, jetzt hinterfragt, dachte Florian.

»Der Toxbericht …?«

»… ist heute Morgen mit den vorläufigen Obduktionsergebnissen gekommen. Im Blut konnten Betäubungsmittel nachgewiesen werden. Sieht ganz nach der Hellabrunner Mischung aus Xylazin und Ketamin aus. Wahrscheinlich hat der Täter Behrendt erst betäubt, anschließend getötet und dann im Kurpark abgelegt.«

»Oder die Täterin.«

»Was?«

»Oder die Täterin.« Rohde schaute Florian herausfordernd an.

»Ach so, ja, Mister Gender-Star. Übrigens war Behrendt schwul«, sagte Florian Dreier.

»Homosexuell.«

»Mann, was ist denn heute mit dir los? Hast du keine anderen Sorgen als political correctness?«

»Ich mein ja nur.«

»Ich auch.«

»Und wo machen wir jetzt weiter?«, lenkte Rohde ein.

»Ich hab hier noch die Akten von Kusainovs Betrieb, die ich heute zu Ende durchackern wollte. Könntest du dich um eine Grundbuchabfrage kümmern? Peter meinte sich zu erinnern, dass Kusainov und Behrendt während der Schulzeit öfter mal in eine Partyhütte irgendwo in der Senne eingeladen hätten. Kann Augustdorf sein. Muss aber nicht.«

»Klingt beides nicht so aufregend.«

Darauf ging Florian nicht ein. »Mach's bitte einfach. Wir müssen arbeitsteilig vorgehen.«

»Sicher«, sagte Rohde und Florian fragte sich, wie lange sein Kollege wohl für so eine einfache Rechercheaufgabe wie eine Abfrage beim Grundbuchamt brauchen würde.

»Übrigens sind die Spielfiguren aus dem Labor gekommen. Sie sind nagelneu. Na ja, zumindest gewesen. Bevor der Killer sie zweckentfremdet hat. Keine Fingerabdrücke. Nur DNA von Behrendt. Bettina hat schon recherchiert und sie meinte, es gäbe drei Hersteller in Deutschland, die solche Figuren produzieren und damit Spieleproduzenten beliefern. Sie bleibt dran, um Genaueres zu Mengen und Verteilstrukturen zu erfahren. Bevor gleich die Geschäfte schließen, will ich noch kurz in die Stadt, um zu gucken, zu welchem Spiel oder Anbieter die gehören könnten. Beziehungsweise, ob man das überhaupt sagen kann.«

»Wird nicht so schwierig sein«, fand Rohde.

»Sehe ich anders. Verschiedene Produzenten. Verschiedene Spieleanbieter. Das sind wahrscheinlich Standardspielfiguren von einem herkömmlichen Brettspiel wie Mensch-ärgere-dich-nicht oder Halma. Ich hab online schon nachgeschaut. Es gibt jede Menge Spiele mit Holzfiguren, und uns fehlen noch die Infos von den Spieleherstellern selbst. Aber ich möchte trotzdem einen Fachmann dazu befragen, damit wir nichts übersehen.«

16.50 Uhr.

Er hätte eigentlich noch die Verladung einer Fuhre beaufsichtigen müssen. Ulli, der blöde Arsch, war ja tot. Hatte sich auf primitive Art aus der Verantwortung gestohlen.

Sergej Kusainov hatte kurz überlegt, ob er nicht einfach das Treffen ignorieren sollte. Allein, die Neugier hatte gesiegt. Und der Wunsch, ihr erneut wehzutun.

Jetzt saß er auf einem Barhocker an einem der bodentiefen Fenster der Cosmo Lounge, die nach Westen auf den Wallgraben hinausgingen. Im Sommer standen auf dem Vorplatz Strandkörbe und Palmen. Da konnte man schön sitzen, einen Burger essen und jungen Frauen mit gebräunten Beinen und aufreizenden Dekolletés hinterherschauen. Das gefiel Sergej Kusainov sehr. Um diese Jahreszeit war natürlich nicht viel los. Einige Leute gingen mit hochgeschlagenen Mantelkrägen vorbei, und Mütter zerrten plärrende Kinder hinter sich her. Wie auch immer. Von hier aus hatte er einen guten Überblick.

Kevin saß hinten in der Bar und nippte an einer Cola. Dimitri stand gegenüber vor dem Immobilienbüro und tat so, als interessierte er sich für die Aushänge. Boris hatte sich bei Kebabadin einen Döner geholt und ging langsam die Bruchstraße entlang Richtung Markplatz. Er nutzte jede Gelegenheit, sich seinen Lieblingsdöner zu gönnen. Kurz hatte er sich darüber beschwert, dass er ihn auf der Straße im Gehen essen musste. »Sei froh, dass du überhaupt einen kriegst«, hatte Sergej ihn daraufhin über das Telefon angepflaumt. So hatten sie den Treffpunkt gut abgesichert. Wer in ihr Dreieck hereinlief, kam nicht ungesehen wieder heraus.

Sergej Kusainov sah einer großgewachsenen Frau zu, wie sie langsam den Wallgraben entlang in seine Richtung kam. Sie trug Stiefel mit hohen Absätzen und war also doch etwas kleiner, als es auf den ersten Blick wirkte. Während sie näher kam, bemerkte Sergej, dass der Mantel länger war als der Rock, den sie vermutlich darunter trug. Wenn sie überhaupt etwas unter dem Mantel hatte. Er versuchte sich ihr Gesicht in Erinnerung zu rufen, aber es war 20 Jahre her, dass er sie zuletzt gesehen hatte.

Sergej mochte Frauen in Stiefeln. Er fand es zwar paradox, dass man außerhalb eines Reitplatzes Stiefel trug, aber im Schlafzimmer war es okay, dachte Sergej und verzog das Gesicht zu einem Grinsen. Er ließ sich gerne reiten.

Sie kam näher.

Das musste sie sein. Sie war pünktlich.

Langsam ging sie an der Cosmo Lounge vorbei und sah dabei zu Sergej durch das Fenster in die Bar. Sah sie heute so aus? Oder war sie es überhaupt nicht?

Instinktiv winkte Sergej ihr zu, obwohl er sich nicht sicher war.

Sie verzog nicht einmal das Gesicht. Starrte ihn an, bis sie vorbei war. Ihr Blick bohrte sich in seinen, während sie weiterging. So als wollte sie in seinen Kopf eindringen. Sein Innerstes zum Schmelzen bringen.

Sergej wusste genau, was das bedeutete, und erwartete, dass sie nun in die Bar kam.

Er reckte den Hals, aber sie trat nicht ein, und als sie an der Eingangstür vorbei war, verlor Sergej sie hinter der Hausecke aus den Augen.

Er rief Kevin zu: »Los, das war sie.« Der sprang auf und stürzte aus der Eingangstür. Die Cola hatte Sergej längst bezahlt.

Er wählte Boris' Nummer, der erst nach dem zweiten Klingeln dranging. »Hm.«

»Sie kommt auf dich zu. Dunkler kurzer Mantel. Schwarze Stiefel.«

»Iff feh fie.«

»Schluck runter und mach die Augen auf.«

»Jaja, Boff.«

»Sie ist nicht blöd, also konzentriert euch. Verfolgt sie so, dass sie nicht merkt, dass ihr hinter ihr her seid.«

»Wir sind auch nicht blöd.«

Sergej Kusainov hatte die Cosmo Lounge verlassen und stand mit dem Telefon am Ohr in der Bruchstraße am Schaufenster eines Hörgeräteakustikers.

»Wo ist sie?«

»Ist in dieses Fotogeschäft gegangen.«

»Und was macht sie?«

»Keine Ahnung. Seh ich nicht. Ich steh zwar davor, aber hier ist ja alles voller Deko.«

»Wo ist Dimitri?«

»Steht mit Kevin gegenüber beim Juwelier. Du weißt schon, wo man nur reinkommt, wenn man klingelt.«

Idiot! Natürlich wusste Sergej, um welches Geschäft es

ging, er war doch nicht bescheuert. Was dachte dieser dämliche Handlanger denn von ihm. Hoffentlich vergeigten die es nicht.

»Trennt euch, damit ihr sie nicht verliert. Ich geh jetzt zum Auto und warte auf euch. Bringt sie mir!«

»Hier sind überall Leute, Chef.«

Sergej atmete geräuschvoll und genervt aus. Musste man den Blödmännern alles dreimal sagen?

»Wie wir es besprochen haben. Sobald sie in eine Nebenstraße geht, schnappt ihr sie euch. Sie wird wohl spuren, wenn sie ’ne Knarre im Rücken spürt.«

Als Sergej schon fast am Auto war, rief Boris wieder an: »Sie ist immer noch in dem Geschäft, wir gehen da jetzt rein.« Er hatte den perfekten stadtnahen Parkplatz für die Aktion gefunden. Auf Höhe der Brücke über den Knochenbach war die einzige Stelle in der Freiligrathstraße, wo höhere Bäume wuchsen und die verästelten Kronen den Blick von den Wohnungen auf sein Auto etwas versperrten.

»Was? Ihr habt jetzt fast zehn Minuten vor dem Geschäft gestanden? Wisst ihr nicht, dass der Laden zwei Eingänge hat?« Oder zwei Ausgänge, je nachdem.

»Nee. Ach so. Jedenfalls, wir schwärmen jetzt aus und gucken mal nach ihr.«

Die verkackten es. Die Idioten verkackten es.

Sergej stieg in den riesigen BMW-Geländewagen seiner Frau. Das Auto war für die Umsetzung seines Plans wesentlich besser geeignet als sein geliebter Audi. Der BMW bot mehr Platz und hatte hinten getönte Scheiben.

»Du kannst jetzt sterben oder später.«

»Du bluffst.«

»Ach ja? Dreh dich ganz langsam um.«

Vorsichtig schaute Sergej Kusainov über seine rechte Schulter und blickte direkt in das gähnende Loch eines Schalldämpfers. Sergej hatte genug Erfahrung mit Waffen, dass er genau wusste, was er da sah. Hatte eine Kugel aus dieser Waffe Hans-Ullrich getötet?

»Wie bist du in das Auto gekommen?«

»Geht dich nichts an.«

»Wenn ich sterben muss, so wie du behauptest, kannst du es mir ja auch sagen.« Sergej überlegte fieberhaft, wie er die Situation zu seinen Gunsten drehen konnte. Offenbar war sie seinen Jungs entwischt. Was für Vollidioten! Wenn man nicht alles selber machte. Der Vorteil, den die getönten Scheiben des BMWs in seinem Plan vor zehn Minuten noch gehabt hatten, hatte sich bereits in einen Nachteil umgewandelt. Von draußen sah man nur einen Mann in seinem Auto, der sprach. Kein ungewöhnliches Bild. Viele Menschen verwendeten im Auto eine Freisprecheinrichtung für ihr Handy.

»Ich sag mal so: Zugriff auf die Daten eines Funkschlüssels zu kriegen, ist kein Hexenwerk. Und Alarmanlagen in Privathäusern haben meist nur eine Sicherheitslücke: ihren Besitzer. Technische Spielereien faszinieren mich eben.«

»Du Biest.« Er hatte sein Geburtsdatum nur provisorisch verwenden wollen, dann aber immer wieder vergessen, eine neue Zahlenkombination zu überlegen und einzuspeichern. Scheiße!

»Gib mir dein Handy.«

»Wenn ich nicht erreichbar bin, wird man nach mir suchen.«

»Meinst du deine drei dämlichen Gorillas?«

»Die werden mich gleich suchen, wenn ich nicht rangehe.«

»Dann lassen wir sie halt kommen.«

»Meine Frau wird mich auch vermissen.«

»Das glaube ich weniger. Wenn du bei deinen Freundinnen bist, wirst du wohl kaum ans Telefon gehen.«

»Ich bin glücklich verheiratet.« Sergej blickte verzweifelt in den Rückspiegel und hoffte, vielleicht einen seiner drei Männer zu erspähen. Nichts.

»Ach ja? Sieht sie das auch so? Denn wenn es dir nicht mehr reicht, deine Frau grün und blau zu schlagen, suchst du dir außerhalb deiner teuflischen vier Wände ein Opfer.«

»Du erzählst Scheiße.«

»Und du bist ein Stück Scheiße.«

Er lachte böse auf. »Das ist ein freies Land. Ich kann machen, was ich will.«

»Vergewaltigung *in* der Ehe ist ebenfalls strafbar.«

»Ja sicher. Außerhalb auch. Darum sehen wir uns nach 20 Jahren wieder?«

»Rutsch rüber.«

»Was?«

»Setz dich auf den Beifahrersitz und schnall dich an. Und gib mir endlich das Handy.«

»Die Leute gucken schon.« Sergej tat, als gebe er sich geschlagen, und zog langsam sein Mobiltelefon aus Tasche. Er aktivierte es mit dem Fingerabdruck seines rechten Daumens und drückte am unteren Rand an die Stelle, wo das Telefonsymbol sein müsste. Dann fuhr er nach oben und hoffte, auf der Anrufliste die richtige Position zu treffen. Weiter kam er allerdings nicht, da hatte sie es ihm abgenommen.

»Idiot. Die können mich nicht sehen mit deinen tollen abgedunkelten Scheiben in deiner Protzkarre und denken, dass du über die Freisprechanlage telefonierst. Machen doch alle Wichtigtuer so.«

Hätte er doch bloß den Audi genommen. »Ich steige jetzt aus.«

»Das überlebst du nicht.«

»Ulli hat auch nicht überlebt. Das wagst du nicht, hier am helllichten Tag mitten in der Stadt.«

»Kannst du entscheiden. Mir wäre ein späterer Zeitpunkt lieber, aber wir können es auch gleich hier hinter uns bringen. Du hast den Schalldämpfer gesehen. Sobald du die Autotür öffnest, hast du eine Kugel im Rücken.«

Ihm war klar, dass er sterben sollte. So wie Hans-Ullrich. Die dämliche Schwuchtel war an allem Schuld. Also musste er es hinauszögern, wenn er wenigstens eine Chance haben wollte.

»Okay.«

Sergej Kusainov kletterte ächzend auf den Beifahrersitz und schnallte sich an. Er spürte eine schnelle Bewegung von hinten, dann einen stechenden Schmerz im Hals. »Scheiße, was …«

»Schlaf schön.«

Sie stieg in aller Seelenruhe aus dem Fond des dunkelgrünen BMW X5 aus und direkt auf der Fahrerseite wieder ein. Dann fuhr sie den Sitz ein wenig nach vorne. Im Rückspiegel sah sie, wie zwei der drei Gorillas immer näher kamen. Besonders eilig hatten sie es offensichtlich nicht, ihrem Chef zu erzählen, dass sie ihnen entwischt war.

Sie ließ den Motor an und lenkte den schweren Geländewagen langsam aus der Parklücke heraus, noch wenige Meter die Freiligrathstraße entlang, und bog dann in die Palaisstraße ein. Die Gorillas fingen an zu laufen. Der BMW lag gut am Gas. Als sie an der Strate-Brauerei vorbei war und an der Kreuzung vor der Hans-Hinrichs-Straße kurz bremsen musste, gaben die Handlanger von Sergej Kusainov bereits auf.

Dimitri und Kevin standen genervt vor dem Detmolder Büro des WDR in der Palaisstraße. Von der Brauerei Strate wehten Gerüche durch die Luft, von denen keiner der beiden hätte sagen können, worum es sich eigentlich handelte. Außer, dass es eben in der Nähe einer Brauerei so roch.

»Und wie kommen wir hier jetzt weg?« Dimitri sah Kevin ratlos an.

»Boris is mit ’ner eigenen Karre da, der kann uns doch abhol’n.« Kevin scrollte schon einmal durch seine Kontakte.

»Und dann? Wir werden einen Riesenärger kriegen.«

»Ja, werd’n wir. Cheffe is bestimmt voll aggro. Am besten isses, wenn wir uns Montag erst wieder bei Cheffe meld’n. Dann issa uns nich mehr so böse.«

»Glaubst du?«

»Logo, Alter.«

Florian Dreier parkte in der Parkpalette »Wüste«, die sich in der Engelbert-Kaempfer-Straße gleich gegenüber dem Finanzamt Lemgo befand. Für später hatte er noch einen kleinen Abstecher in die »Weite Welt« geplant, die ein paar Schritte weiter ebenfalls in der Engelbert-Kaempfer-Straße lag. Er freute sich auf ein alkoholfreies Weizen, das nicht wirklich ein Feierabendbier war, weil er anschließend noch einmal zurück in sein Büro wollte. Das Alkoholfreie empfand er ein wenig als Sakrileg, weil die »Weite Welt« bekannt und beliebt dafür war, dass es dort über 50 nationale und internationale Bierspezialitäten gab. Eine weitere Besonderheit in der Kneipe waren die sechs Zapfhähne, aus denen wechselnde Biere vom Fass angeboten wurden.

In Gesellschaft schmeckte ihm ein Bier noch immer am besten. Und sei es, einfach nur am Tresen zu sitzen und mit anderen Gästen ein wenig Smalltalk zu halten. Wenn Florian alleine war, bevorzugte er schwere Rotweine.

Doch nun nahm er den Nordausgang des Parkhauses, lief ein Stück das Rampendal hinunter und überquerte auf Höhe des Engelbert-Kaempfer-Gymnasiums die Straße. Die Schule war in einem klassizistisch geprägten Barockschloss mit Vorwerk und Marstall untergebracht. Gegenüber lag der ehemals zum Schloss gehörende Lippegarten, der an die Mittelstraße grenzte. Bereits im Mittelalter durchzog sie als zentrale Achse die Altstadt Lemgos vom ehemaligen Johannistor bis zum Ostertor. Heute diente die Mittelstraße als Fußgängerzone, auf der Florian nach knapp 100 Metern sein Ziel erreichte.

So lange Florian denken konnte, war das Spielwarengeschäft Niehaus eine Institution in Lemgo und wurde in vierter Generation von Detlev Niehaus geführt. Florian hatte sich telefonisch angekündigt, weil er sicher sein wollte, dass er den Inhaber auch antraf. Florian war schon ewig nicht mehr in einem Spielzeugladen gewesen, aber als er heute die Schwelle überschritt, war klar, dass dies gleichzeitig Kinderparadies und Elternhölle sein musste.

Detlev Niehaus erwartete ihn schon. Er stand hinter der Kasse und erkannte ihn als erfahrener Einzelhändler allein daran, dass Florian sich nicht nach Playmobilfiguren, Plüscheinhörnern oder Prinzessinnenverkleidung umschaute.

Er ging zielstrebig auf den Kassentresen zu: »Hallo. Ich bin Florian Dreier von der Kripo in Detmold und möchte bitte mit Herrn Niehaus sprechen.«

»Das bin ich«, sagte Detlev Niehaus freundlich und reichte Florian die Hand über den Tresen. »Hallo!« Und dann fügte er leise hinzu: »Dürfte ich wohl Ihre Dienstmarke sehen?«

»Selbstverständlich«, sagte Florian und zeigte sie dem Spielwarenhändler.

Der lachte fröhlich. »Wir haben hier ja nur unechte zu Karneval und so. Aber Ihre ist von ganz anderer Qualität.«

Jetzt musste Florian auch lachen. »Na, das will ich aber auch hoffen.« Dann wurde er wieder ernst. »Danke, dass Sie Zeit für mich haben. Können Sie mir etwas zu Mensch-ärgere-dich-nicht-Spielfiguren sagen?«

»Gerne. Was möchten Sie wissen?«

»Alles zu Figuren aus Holz. In welchen Spielen sie enthalten sind. Wie häufig sie nachgefragt werden … und so weiter.« Florian machte eine rollierende Bewegung mit der rechten Hand.

»Nehmen Sie mich jetzt mit zum Verhör?«

»Nein, keine Sorge.«

Detlev Niehaus machte kurz ein etwas enttäuschtes Gesicht, sagte dann »Okay!« und zeigte auf den rückwärtigen Bereich. »Wir gehen nach dahinten, dort sind die Spiele, und es ist auch ein wenig ruhiger.«

Als sie in der Abteilung standen, zog er ein Spiel aus einem Stapel, öffnete es und zeigte Florian die Figuren: »Geht es um diese hier?«

Florian nickte.

»Also«, fuhr Detlev Niehaus fort. »Zunächst einmal ist es so, dass Mensch-ärgere-dich-nicht nur der Name des Spiels eines Herstellers ist. Ursprünglich heißt das Spiel Pachisi, und die Figuren dazu werden eigentlich Halma-Kegel genannt. In der Holzausführung sind sie immer noch am beliebtesten. Meistens verkaufen wir Spielesammlungen, aber es gibt natürlich auch Einzelausgaben von jedem Spiel, Sonderausgaben, Jubiläumsausgaben und so weiter.«

»Und wenn der Kunde bar bezahlt …«

»… wissen wir nur, *dass* jemand etwas gekauft hat. Nicht wer.«

»Hm.«

»Außerdem kann man die Halma-Kegel auch ohne Spiel kaufen. Quasi als Ersatz.«

Das war zwar alles sehr interessant, dachte Florian, aber es bringt uns nur insofern weiter, als wir wissen, dass wir nichts wissen. Hoffentlich würden Bettina Langes Anfragen bei den Produzenten bezüglich der Lackqualität und Holzbeschaffenheit wenigstens die Erkenntnis liefern, wann die entsprechende Charge ausgeliefert worden war. Die Chance, über das Spiel an den Mörder heranzukommen, der nach derzeitigem Stand bei der Tat nichts dem Zufall überlassen hatte, schätzte Florian annähernd bei null ein.

Klassische Ermittlungsarbeit. Klein bei klein. Unfassbar ermüdend, weil sie lange dauerte und wenig Ergebnisse lieferte.

Florian hoffte, dass zukünftige Ereignisse die Ermittlungen nicht überholten.

Was für ein schöner Abend. Lou Ritter mochte ihren Aushilfsjob mittlerweile sehr. Zunächst war es nur eine Notlösung gewesen, und sie hatte sich schwergetan, wieder unter Menschen zu gehen. Die Erinnerung daran fühlte sich an wie ein völlig anderes Leben. Vergangen. Vorbei. Obwohl es ihr eigenes war, und das Erlebte erst gut ein Dreivierteljahr her.

Die »Weite Welt« war so etwas wie ihr zweites Zuhause geworden. Ingo Sombray, der gute Geist hinter der Theke, hatte daran einen nicht unbeträchtlichen Anteil. Er war ein grandioser Zuhörer, war anfangs geduldig mit ihr gewesen und hatte stets ein gutes Wort für sie.

Manchmal sagte er etwas zu dem, was man ihm erzählte,

manchmal nicht. Aber wenn er einen Kommentar oder Rat für einen Gast hatte, dann passte der hundertprozentig. Lou dachte, Ingo müsste unbedingt mal ein Buch über das schreiben, was er alles schon gehört und erlebt hatte. So ein Tresenratgeber müsste der Knaller sein.

Hier war sie auch von Tara Wolf und Peter Falke für ihren ersten Job, wie Lou das nannte, engagiert worden. In ihrem eigenen Fall sozusagen.

Heute Abend war der Laden voll, denn der Lemgoer Sänger David Lübke spielte Country Songs, einige selbstgeschriebene Lieder und Irish Folk. Begleitet wurde er von Rüdiger Grob, der ihn am Kontrabass begleitete und stilecht einen großen schwarzen Cowboyhut trug. So einer würde Peter Falke sicherlich auch gut gefallen.

Vorne am Tresen saß Taras Bekannter, dieser Kommissar Florian Dreier. Ohne Tara kam es Lou komisch vor, ihm zu begegnen. Da er am Tresen saß, bekam er sein alkoholfreies Weizen direkt von Ingo. Florian machte keinerlei Anstalten, sich mit Lou zu unterhalten, und sie verspürte ebenfalls nicht den Drang, mit ihm zu reden. So gut kannten sie sich eben doch nicht und Kneipensmalltalk fand Lou in diesem Zusammenhang nicht angebracht.

Florian hieß es zwar nicht gut, dass Lou mit Tara und Peter gewissermaßen unter dem Radar ermittelte, das wusste sie von Tara. Nach ihren Erfolgen im letzten Jahr akzeptierte er es aber inzwischen zumindest.

Sollte Lou Florian vielleicht erzählen, dass Tara und Peter ebenfalls später noch reinkommen wollten? So gegen zehn, hatte Tara geschrieben. Vorher schafften sie es nicht. Lou war mächtig gespannt, was die beiden zu erzählen hatten. »Es gibt eine Menge Neuigkeiten. Wir wollen dich heute noch auf den Stand bringen. Stell bitte ein bis drei Bier für uns kalt ☺«, hatte Tara geschrieben.

Florian nahm Lou die Entscheidung ab, indem er sein zweites Glas zügig austrank, bezahlte und ging. Lou war ein wenig erleichtert, dass sie nun mit Tara und Peter in Ruhe reden konnte.

Sie hatte herausgefunden, dass in der Malinka Magasin GmbH alle Mitarbeiter vorbestraft waren. Alle, bis auf den Geschäftsführer Sergej Kusainov, den Logistikleiter Hans-Ullrich Behrendt und die kaufmännische Angestellte Helene Löwen. Allerdings stammten die Vorstrafen ausschließlich aus den Herkunftsländern der Angestellten: Türkei, Polen, Litauen, Russland … und Bayern. Um genau zu sein: Oberfranken. Lou musste ein bisschen kichern, als sie daran dachte. Denn Yüksel Cabuk war in Coburg geboren und aufgewachsen, aber seine kriminelle Karriere hatte in Bayreuth und Bamberg stattgefunden.

Seit sie in Detmold für die Malinka Magasin GmbH arbeiteten, war allerdings keiner der Angestellten mehr straffällig geworden. Zumindest nicht für sich allein.

Ob dieser auffällige Zusammenhang Florian Dreier wohl bekannt war?

»Wow! Das ändert ja einiges, oder?«, sagte Lou zu Tara Wolf und Peter Falke, die an einem kleinen Tisch saßen, den sie ganz bewusst in einer Ecke der Kneipe ausgewählt hatten. Sie waren in die »Weite Welt« gekommen, um David Lübke und Rüdiger Grob zuzuhören, aber eben auch, um sich über die neuesten Entwicklungen im Fall der Malinka Magasin GmbH auszutauschen. Das abwechslungsreiche Konzert war inzwischen zu Ende. Draußen standen noch einige Gäste, rauchten und unterhielten sich angeregt, obwohl es recht kalt war um diese Uhrzeit. Da nicht mehr viel zu tun war, hatte Ingo Sombray nichts dagegen einzuwenden gehabt, dass Lou mit Tara und Peter zusammensaß und sie redeten. Lou wollte natürlich nicht, dass jemand etwas mitbekam, also flüsterte sie aufgeregt: »Wenn Behrendt tot ist, machen wir dann weiter wie geplant, oder müssen wir jetzt auch einen Mord aufklären?«

Tara Wolf nickte. »Beides. Wir wollen Kusainov und seine Kollegen auf jeden Fall drankriegen. Vor allem nach dem, was du über den Laden und die Einstellungspraxis herausgefunden hast. Und ich gehe davon aus, dass Florian den Sachverhalt bereits kennt. Denn es gehört zur polizeilichen Routine, alle Personen im Umkreis des Toten durch die Datenbanken laufen zu lassen. Aber wer weiß …?«

Lob schwang mit, über das sich Lou sehr freute. Sie versuchte, es sich nicht anmerken zu lassen.

»Und wenn es uns irgendwie möglich ist, werden wir Florian dabei helfen, den oder die Mörder von Behrendt zu erwischen«, beendete Tara ihre Ausführung.

»Natürlich ohne den polizeilichen Ermittlungen in die Quere zu kommen oder sie zu behindern«, ergänzte Peter.

»Natürlich.« Lou nickte eifrig. »Und wo setzen wir an?«

»Ganz klassisch«, sagte Tara. »Erstens: Folge dem Geld! Zweitens: Cherchez la femme. Und drittens: Vergiss die Vergangenheit nicht!«

»Damit wären die gängigen Motive wie Gier, Eifersucht und Rache eigentlich hinlänglich beschrieben«, fand Lou.

Peter lehnte sich zurück und versuchte, seine langen Beine auszustrecken, was allerdings nur dazu führte, dass er erst Lou und dann Tara trat. »Sorry«, brummte er. »Die Stühle sind etwas zu klein für mich.« Dann setzte sich der 1,90 Meter große Hüne wieder gerade hin und nahm einen tiefen Schluck Kilkenny. Wenn er gerade saß, überragte er Lou und Tara um mehr als einen Kopf. »Gut, dann lasst uns mal eine Liste machen … vielleicht, indem wir von innen nach außen gehen, also von seinem direkten persönlichen Umfeld bis zu den beruflichen Beziehungen.«

»Ich mag deine strukturierte Art.« Tara nahm ebenfalls einen Schluck von ihrem Bier.

»Hatte er Verwandte? Einen Freund? Hatte er eine Clique? War er in einem Verein oder in einer Kirchengemeinde engagiert oder einfach nur Mitglied? Vielleicht in einer Partei? Was ist mit den Nachbarn und Arbeitskollegen? Wem gehörte das Haus, in dem er mit seiner Mutter wohnte? Sonstige Einkünfte oder Vermögen beziehungsweise Vermögensgegenstände?«

»Ja.« Tara nickte. »Das sind alles Punkte, an die wir denken müssen.«

Lous Augen blitzten: »Ich folge dem Geld. Und was ich sonst noch so online finden kann.«

»Dann nehme ich an, ich bin der Freundschafts- und Vergangenheitsonkel, weil wir zusammen zur Schule gegangen sind.«

»Das wäre gut, Peter.« Tara Wolf schaute von Peter zu Lou. »Vielleicht kannst du noch etwas über ehemalige Jobs oder so herausfinden. Ich werde den Kontakt zu Florian halten und mich mit ihm austauschen, damit wir nichts vergessen, aber auch nicht unbedingt irgendetwas doppelt recherchieren. Und wenn du ein paar Namen hast …«, Taras Blick ging zu Peter zurück, »… könnten wir gemeinsam das ein oder andere Gespräch führen.«

»So unter Ehemaligengesichtspunkten?«

»Nicht nur, aber auch.« Tara überlegte kurz. »Könnte es sein, dass du ein Wiedersehenstreffen planst?«

»Eigentlich nicht«, sagte Peter. »Aber das ist wenigstens eine gute Ausrede, wenn wir die eine oder den anderen mit Fragen nerven.«

»Sagt mal … ich weiß ja nicht genau, und ich kenn mich

auch nicht so damit aus …« Lou saß vor Aufregung auf ihren Händen. »Also in Filmen und in Büchern, auch wenn ich weiß, dass das hier echt ist, gehen die Ermittler immer zu den Beerdigungen und dann stehen da die Killer manchmal im Hintergrund hinter einem Baum, oder so. Wisst ihr schon, ob es eine Beerdigung gibt? Oder wann die ist?«

»Gute Idee, Lou«, sagte Tara. »Aber soweit ich weiß, ist die Leiche von der Gerichtsmedizin noch nicht freigegeben worden.«

Ja, natürlich. Jetzt zappelst du herum. Aber es wird dir nichts nützen. Deine Handgelenke sind schon ganz wund. Schreien kannst du auch nicht mit dem Klebeband über dem Mund. Teil dir den Atem gut ein. Nasenatmung ist ohnehin viel gesünder. Die Luft kommt nämlich nicht ungefiltert in die Lunge. Sie wird angewärmt, gereinigt, angefeuchtet. Nicht, dass gesundes Atmen dein Leben nun noch unnötig verlängern würde.

Es reicht. Du hast lange genug gelebt. Wie waren die letzten 20 Jahre. Schön?

Meine waren scheiße. So richtig scheiße. Ich denke nicht, dass du dir nur annähernd vorstellen kannst, wie abartig scheiße mein Leben verlaufen ist, nachdem ihr dachtet, ihr könntet euch nehmen, was euch nicht zustand.

Weißt du, dein Kumpel Hans-Ullrich hat die kleine Narkose wesentlich schlechter vertragen als du. Die Nachwirkungen waren stärker, und ich glaube, er hat bis zum Ende gar nicht so richtig begriffen, was eigentlich los war.

Hast du ernsthaft gedacht, du könntest mich zusammen mit deinen Gorillas verarschen? Du hättest dich nicht mit solchen Dummbeuteln umgeben sollen. Ich bin wirklich enttäuscht. Na gut, die Idee, mich zu viert zu verfolgen und dann irgendwo zu überwältigen, war erst einmal nicht komplett blöd. Wenn auch nicht neu. Erkennst du die Parallele? Ich seh schon, das war dir gar nicht aufgefallen. Aber wirklich. Sehr schwach. Dass die sich schon verabschieden, noch bevor ich den ersten richtigen Haken geschlagen habe, war nun wirklich sehr armselig.

Nein, ich werde dir nicht dort wehtun, wo du mir wehgetan hast. Das wäre zu offensichtlich.

Ich gehöre nicht zu den Tätern, die heimlich und in ihrem tiefsten Innern erwischt werden wollen, um zu zeigen: Das war ich. Das kann ich. Bewundert mich. Oh nein. Ich genieße meine Rache still. Für mich. Und tue gleichzeitig Gutes. Indem ich die Menschheit von Ungeheuern wie dir befreie.

Und ich, ich allein entscheide, wann es zu Ende ist. Keiner von euch und auch keine Polizei. Und schon gar nicht irgendwelche viertklassigen Provinzgorillas. Da musst du früher aufstehen. Aber dafür ist es nun zu spät.

Du brauchst nicht auf dein Handy zu schielen oder auf die Ortungssoftware in deinem Auto zu hoffen. Falls dich überhaupt jemand vermisst – und ich gehe davon aus, dass alle, die dich näher kennen, froh sind, wenn du nicht wiederauftauchst –, bist du nicht zu orten. Dein Handy hat ein Tauchbad hinter sich und das GPS und die anderen technischen Helferlein in deinem Auto sind deaktiviert. Du bist selber kriminell genug, um zu wissen, wie einfach es ist, diverse Frequenzen und Verbindungsstrukturen mit einem Jammer lahmzulegen. Anleitungen finden sich im Internet ohne Ende, und selbst ich habe das hinbekommen.

Möchtest du etwas sagen? Ja? Dich vielleicht entschuldigen? Letzte große Worte?

Okay. Ich ziehe jetzt das Klebeband von deinem Mund ab. Es wird ein bisschen wehtun. Das soll es auch. Ist ein gutes Tape. War nicht billig. Aus dem Baumarkt. Bar bezahlt. Führt nicht zu mir, falls du dir Hoffnungen machst, dass mich dein Tod ins Gefängnis bringen wird. Wird er nicht. Es gibt keine Spuren.

Also wirklich, rumschreien und mich beleidigen, das geht ja überhaupt nicht. Dann klebe ich dein loses Mundwerk eben wieder zu. Zack. Das gute Tape!

Hier, guck mal. Diese wunderschöne Pistole mit Schalldämpfer. Ist kühl an der Stirn, nicht wahr. Keine Sorge! Wird gleich wärmer.

Ach ja. Du bist nach Ulli meine Nummer zwei. Warum? Das wirst du doch wohl noch wissen. Jetzt tu nicht so!

Selbst schuld, wenn du so rumzappelst. Das gibt eine hässliche Beule. Na, vielleicht auch nicht mehr. Das Blut wird gleich woanders hinfließen. Oh ja, stimmt. Das ist der Grund, warum dein Stuhl auf dieser schicken Plane steht.

Ich liebe die Doppeldeutigkeit des Wortes Abdeckplane. Na? Klickt es bei dir?

Es heißt ja, ein Mord traumatisiert einen. Kann ich nicht unbedingt bestätigen. Denn, was glaubst du, hat das mit mir gemacht, was ihr mir damals angetan habt? Hm?

Nun habe ich es endlich überwunden.

Und du hast es auch gleich geschafft.

Du weißt, wo wir sind, nicht wahr. Man hört ja oft, dass Täter immer an den Ort ihres Verbrechens zurückkehren. Was soll ich sagen? Manchmal muss das Opfer seine Peiniger zwingen, an den Ort der Tat zurückzukehren. Und dort zu sterben. Der Kreislauf des Lebens, des Leidens und des Sterbens. Psychisch wie physisch.

Mein erster Therapeut war sehr geduldig. Mein zweiter auch. Dann hatte ich eine Therapeutin. Geholfen haben sie mir nur ein wenig. Man muss das im Prinzip selber hinkriegen, weißt du? Die Therapeuten moderieren nur den Heilungsprozess. Ich glaube, in den meisten Fällen funktioniert es nicht.

Wie viele Jahre gibt es für Mord? Wie viele für Vergewaltigung? Dass ich seitdem quasi tot bin, rührt euch nicht. Hat je einer von euch versucht, Kontakt zu mir aufzunehmen? Sich zu entschuldigen? Ihr habt so getan, als sei nichts gewesen, als ihr wieder nüchtern wart. Ja, der Alkohol erklärt vieles.

Eure kranke Sicht auf Ulli ebenso. Er war schwul. Nicht hetero. Habt ihr echt geglaubt, ihr könnt das ändern, ihr perversen Schweine?

Guck mich an, du Arsch. Los, mach deine Augen auf, bevor ich dir ein drittes verpasse! Es gibt nichts Geileres als das heisere Plopp, wenn sich der Schuss löst. Das wunderbare metallische Geräusch des Schlittens. Einfache präzise Technik.

Schau mir in die Augen, denn das ist das Letzte, was du in deinem Leben sehen wirst. Jetzt ficke ich dich!

Hab ich's mir doch gedacht. Du kneifst.

Feigling!

SAMSTAG

Es war eigentlich kein richtiger Parkplatz, auch wenn er als Wanderparkplatz bezeichnet wurde. Die unbefestigte Einbuchtung an der Straße Im Siek war der Startpunkt für viele Wanderer, die im Extertal den Patensteig rund um die lippischen Wasserfälle erkunden und genießen wollten. Besonders nach ergiebigen Regenfällen gab es zwischen Feenquelle, Hexenstein und steinzeitlichen Findlingen viel zu entdecken, aber die schmalen Waldwege und teilweise steilen Aufstiege waren auf feuchtem Geläuf auch schwieriger zu gehen.

Das alles interessierte Sergej Kusainov nicht mehr. Er war tot und lag auf dem Rücken im Matsch. Genordet abgelegt. Einschussloch in der Stirn. Einschussloch in der Brust. Ausgebreitete Arme. Beine zusammen.

Florian Dreier war noch nie hier gewesen, obwohl er natürlich vom Patensteig wusste und auch gerne wanderte. Er kam nur zu selten dazu. Manche Dinge nahm man sich ewig vor und setzte sie nicht um. Oft kam etwas anderes dazwischen. Bei Florian gehörte die Wanderung um die lippischen Wasserfälle zu diesen unerledigten Dingen. Die Straße war unten an der Einmündung auf die L758 und 200 Meter weiter oben abgesperrt.

Wieder ein diesiger Morgen. Wieder ein Fundort, der allem Anschein nach nicht der Tatort war. Und wieder ein Toter, der nach einem bestimmten Muster abgelegt worden war. Damit war eingetroffen, was Florian befürchtet hatte: dass sie zu langsam ermittelten, um die nächste Tat zu verhindern.

»Serienkiller. Ganz klar«, sagte Staatsanwalt Dr. Henning Plöger großspurig, der neben Florian auf der Straße stand. Plöger trug Gummistiefel in einem matten Grün, die farblich hervorragend zu seiner grauen Anzughose passten und so aussahen, als wären sie noch nie benutzt worden.

»Abwarten.« Bettina Lange untersuchte gerade Nase und Ohren des Toten. Und Florian war ihr dankbar, dass sie versuchte, Plögers Hektik herunterzubremsen. Augenscheinlich sprach viel dafür, dass Sergej Kusainov demselben Täter zum Opfer gefallen war wie Hans-Ullrich Behrendt. Denn der Presse gegenüber waren sie mit Einzelheiten zurückhaltend gewesen, sodass ein Nachahmungstäter unwahrscheinlich war. Dennoch störte es Florian massiv, dass Plöger immer und sofort nach einer Lösung suchte, ohne den entsprechenden Ermittlungsweg gegangen zu sein. *Don't jump to conclusions.* Das lernte man doch schon am ersten Tag der Ausbildung. Natürlich standen sie unter Zeitdruck. Vor allem falls sich herausstellen sollte, dass dies nun schon das zweite Opfer desselben Täters innerhalb von vier Tagen war.

»Aha.« Plöger plusterte sich auf, indem er die Fäuste in die Hüften stemmte, was allerdings mit seiner auf Figur geschnittenen olivgrünen Barbour-Steppjacke nicht besonders gut funktionierte und er nicht halb so energisch wirkte, wie er sich das vermutlich vorstellte. »Unsere Schlumpfine gibt dem Staatsanwalt also Widerworte?«

In diesem Moment kam es Florian vor, als hätte jemand die Szene eingefroren. Es war plötzlich mucksmäuschenstill. Keiner der Spurensicherer bewegte sich. Alle schauten zu Plöger. Nur ein Rabe krächzte.

Florian hielt die Luft an. Unwillkürlich dachte er an die dramatische Mundharmonika-Sequenz aus »Spiel mir das Lied vom Tod«.

Wie in Zeitlupe richtete Bettina Lange sich auf. In der rechten Hand eine Pinzette, mit der sie einen kleinen Gegenstand hielt. In der Linken eine Beweismitteltüte. Florian vermutete, dass es sich bei dem Gegenstand um eine Spielfigur handeln könnte, die Bettina nun in die Tüte fallen ließ.

Nicht nur, dass der Staatsanwalt in der dritten Person von sich sprach und damit seinen Majestätsanspruch untermauerte, er hatte schlicht eine Grenze überschritten. Florian hätte

Bettina niemals mit ihrer Haarfarbe aufgezogen, aber selbst wenn, wäre es ein harmloser Spaß zwischen ihnen gewesen.

Bettina wandte sich nun Plöger zu: »Schlümpfe, Herr Staatsanwalt, sind blau. Schlumpfmützen hingegen sind weiß. Und Schlumpfine hat lange blonde Haare. Wenn Sie also glauben, sich über meine Haarfarbe lustig machen zu müssen, sollten Sie dies auf der Basis von sachfesten Informationen tun. Halbwissen, das sollte Ihnen klar sein, ist sowohl in Ihrem Job als auch in der Diskussion mit Mitarbeiterinnen die Basis für Scheitern. In diesem Fall handelt es sich nicht nur um eine Beleidigung, sondern auch um Diskriminierung. Die Dienstaufsichtsbeschwerde haben Sie spätestens am Dienstag auf dem Tisch.«

Dann wandte sie sich Florian zu. »Es handelt sich übrigens wieder um Spielfiguren in seinen Ohren und der Nase. Diesmal vier grüne.«

Florian nickte und wartete ebenso wie alle umstehenden Kolleginnen und Kollegen auf eine Reaktion Plögers.

Aber anstatt sich zu entschuldigen, sagte er: »Was dem Kusainov wohl noch durch den Kopf geschossen ist, bevor …«, Plöger wedelte mit der rechten Hand, »… na, Sie wissen schon.«

Einige der SpuSi-Leute schüttelten den Kopf, andere machten einfach da weiter, wo sie kurz zuvor aufgehört hatten. Florian raunte Plöger zu: »Entschuldigung!«, was der allerdings nicht kapierte.

»Kein Problem, Dreier. Kein Problem.«

Vier aufeinandergeschraubte 20-Zoll-Autofelgen dienten als Standfuß für ein Stoppschild, das Tiny im Suff vor einigen Jahren in der neuen Hafencity abgeschraubt hatte. Das Stoppschild war damals nagelneu gewesen, als soeben fertiggestellte Straßen die Brache des neuen Quartiers durchzogen, die Bauarbeiten an diversen Gebäuden, die heute das Bild von Hamburgs jüngsten Stadtteils prägten, jedoch gerade erst begonnen hatten. Tiny hatte keine Verwendung für das Schild gehabt, ihm war es nur um den Spaß beim Klauen des Verkehrszeichens gegangen.

Nun lagerte der Gärtner auf dem Stoppschild-Tisch in seinem Schlafzimmer sechs Handys. Eines der Prepaid-Handys schaltete er nur einmal pro Tag für zehn Minuten ein, um die Mailbox abzuhören, auf der Bestellungen und Nachfragen seiner Kunden eingegangen waren, die neuen Stoff, eine Knarre oder sonstige Dienstleistungen brauchten. Er selbst rief seine Lieferanten niemals an. Es gab Dinge, die man ausschließlich persönlich erledigte. Das zweite Telefon diente dem Austausch mit alten Gang-Kumpels. Über das dritte wurde der Gärtner von seinen Informanten auf dem Laufenden gehalten. Und das vierte war sein ganz offizielles Geschäftshandy, das zu seiner Motorradwerkstatt gehörte. Handy fünf und sechs waren Ersatzgeräte. Vier nagelneue und unbenutzte SIM-Karten lagerten ebenfalls akkurat ausgerichtet auf der achteckigen rot-weißen Aluminiumplatte. Vorausschauende Planung und Vorsicht hatten schon immer zu seinem Erfolg beigetragen und waren elementare Überlebensprinzipien.

Handy Nummer drei klingelte. Ein Informant. »Ja?«

»Eddie hat zugestimmt. Der Brief geht heute raus.«

»Verdammt. Wann?«

»Nächste Woche Sonntag.«

»Du musst …!«

»Ich weiß.«

Beide legten fast gleichzeitig auf.

Nun war eingetreten, was der Gärtner unbedingt verhindern wollte. Sie würde mit Eddie sprechen. Das war gar nicht gut.

Sollte er zulassen, dass sie heil in Hamburg ankam? Dann würde sie sich mit Eddie unterhalten. Das war so sicher, wie dass seine besten Kokskunden ihn nach spätestens einer Woche anriefen und Stoff bestellten.

Wenn er es verhinderte, würde es Ärger mit Eddie geben. Langsam fragte sich der Gärtner, ob das überhaupt noch eine Bedeutung für ihn haben sollte. Früher war Eddie sein Vorbild gewesen. Chef. Kumpel. Vaterfigur. Es war dem Gärtner wichtig gewesen, was Eddie von ihm dachte. Er hatte sich über Lob gefreut und hätte alles für Eddie getan.

Aber heute? Er war draußen. Eddie war drin. Fäden zogen beide.

Eddie hatte ihn gewarnt. Der Gärtner fragte sich, wie groß Eddies Macht eigentlich noch war.

»Ich brauch deine Hilfe.« In die Besprechung mit Staatsanwalt Plöger wollte Florian so gut vorbereitet hineingehen, wie es eben möglich war.

»Das ist ja mal ganz was Neues«, sagte Bettina Lange fröhlich. Zum Glück war sie gleich ans Telefon gegangen und er nicht auf ihrer Mailbox gelandet.

»Ich würd gern ein paar Details zu dem Fall mit dir besprechen.«

»Jetzt gleich?«

»Ehrlich gesagt, am liebsten schon gestern, aber ich konnte dich nicht erreichen.«

»Ist manchmal so«, sagte Bettina ernst.

»Ja, schon okay«, lenkte Florian ein und ärgerte sich, dass er das Thema zur Sprache gebracht hatte. Bettina war eine tolle Kollegin. »Sollte kein Vorwurf sein. Freitagabends kann man schon was anderes vorhaben.«

»Richtig, Herr Kollege.«

Es entstand eine unangenehme Pause. Die wenigen Sekunden kamen Florian wie Minuten vor. »Also, wenn du jetzt Zeit hättest – Kaffee bei dir oder bei mir?«

Bettina räusperte sich kurz und sagte dann freundlich: »Oh, Herr Dreier. Welch anzügliches Angebot.«

»Oh, Frau Lange.« Florian interpretierte den sarkastischen Tonfall Bettinas als Friedensangebot. »Ich mach gleich am Montag eine Selbstanzeige bei der Beauftragten für Gleichstellungsfragen.«

»Ja, Herr Dreier, das halte ich für gerechtfertigt.« Bettina hielt kurz inne. »Bei mir ist der Kaffee besser. Mehr kann ich dir allerdings nicht anbieten.«

»Das war jetzt aber auch ziemlich anzüglich.«

»Heute passieren eine Menge komische Sachen.«

»Ja, und der Tag ist noch lange nicht vorbei.«

Bettina lachte. »Bis gleich.« Und legte auf.

»Also, was haben wir?« Florian ärgerte sich über sich selbst, dass er diesen tausendfach verwendeten und völlig abgedroschenen Satz verwendete. Er war ihm einfach so rausgerutscht. Das passierte ihm häufiger, wenn er müde war.

»Bisher sieht es so aus, als ob es sich um denselben Täter handeln könnte. Dass wir das Opfer dieses Mal identifizierten können, macht die weitere Arbeit sicherlich einfacher.«

»Und wie geht es dir damit? Ich meine, ihr seid zusammen zur Schule gegangen. Soll sich jemand anderer kümmern?«

Bettina schüttelte energisch den Kopf. »Nein, nein. Das ist schon okay. Oder fällt ein ehemaliger Mitschüler unter die Befangenheitsklausel?«

»Ganz unproblematisch ist es nicht, aber …«

»Ich komme zurecht. Im Übrigen konnte ich Kusainov eh nicht leiden. Tut mir leid, ich weiß, man spricht nicht schlecht über Tote. Aber so war das halt, und ich würde gerne weiter bei dem Fall mitarbeiten. Und Behrendt … tja, das war mehr so der Typ, der sich außerhalb meines Blickfeldes bewegt hat. Darum hat es ja auch so lange gedauert, bis er mir wieder eingefallen ist. Sorry nochmal deswegen.«

»Für mich geht das klar. Solange Bischoff oder Plöger nichts einzuwenden haben …«

»Wissen die, dass ich Behrendt identifiziert habe?«

»Nur Rohde.«

»Hm.«

»Wir machen aber auch kein Geheimnis draus. So ist das Leben. Weißt du, was mir Sorgen macht?«

»Hau raus.«

»Wir sind ja bisher davon ausgegangen, dass das Motiv in diesem Fall mit der gemeinsamen beruflichen Tätigkeit von Behrendt und Kusainov zu tun hat. Was aber, wenn es eine private Verbindung gibt, von der wir nichts wissen?«

»Behalt das einfach im Hinterkopf. Und wenn sich rausstellt, dass die beiden irgendeinem Schützenkönig mal eins auf die Mappe gehauen haben, dann haben wir die Verbindung.«

»Das meinte ich auch, aber nicht nur.« Florian sah Bettina direkt in die Augen.

Bettina erwiderte den Blick. »Du meinst … weil wir eine gemeinsame Vergangenheit haben, könnte ich auch in Gefahr sein?«

»Du und alle anderen Mitschülerinnen und Mitschüler.«

»Und jetzt stellst du dir vor, dass ich in mich gehe und überlege, wer wann wen beleidigt oder sonst wie gedisst hat?«

»Das stelle ich mir nicht nur vor. Das erwarte ich sogar von dir.«

»Soso, das erwartest du. Ich wusste gar nicht, dass du mir gegenüber weisungsbefugt bist.« Bettina legte den Kopf ein wenig schief. »Aber weil du's bist … Ich hab nur noch zu einer aus unserer Klasse Kontakt, die ich aber auch vor Kurzem erst wiedergetroffen habe.«

»Das ist ein Anfang. Vermutlich eine Sackgasse wie so vieles andere auch in diesem Fall. Aber so ist unser Job.«

»Ja, so ist er wohl.«

»Du machst das super«, sagte Stefanie Johannmeier zu Tara Wolf, die sich ganz langsam die Latzugstange in den Nacken zog. Mit sehr wenig Gewicht und einer konzentrierten Bewegung.

Tara ließ am oberen Punkt der Bewegung die Stange langsam los, nachdem die Gewichte der Maschine für das Rückentraining wieder aufeinanderlagen. Dann legte sie sich die rechte Hand über den linken Rippenbogen. »Danke. Aber es tut noch ziemlich weh.«

Steffi lachte. »Klingt jetzt komisch, aber das ist normal.

Die Dehnung. Die ungewohnte Muskelkontraktion. Das wird aber besser im Laufe der Zeit. Versprochen!«

»Glaube ich dir. Wenn's wehtut, hab ich erst mal das Gefühl, vielleicht auch die Angst, dass wieder etwas kaputtgehen könnte.«

»Das würde ich nicht zulassen. Wir machen alles langsam und vorsichtig. Das wird schon. Vermutlich bin ich nicht die Erste, die an deine Geduld appelliert.«

»Eine meiner ganz großen Stärken.«

»Das verstehe ich. An dem Projekt arbeite ich auch seit ein paar Jahren.« Steffi lächelte erst Tara verständnisvoll an und schaute anschließend auf ihr Fitnessarmband. »So, die Atempause ist gleich vorbei. Noch einen Satz, dann kommt die nächste Stabilisationsübung.«

Tara fand, dass Steffi nicht gut aussah heute. Sie wirkte müde und ein wenig fahrig. Oft genug schaute Tara morgens selbst im Spiegel in Augen ohne Glanz und mit dunklen Ringen darunter. Es kostete große Mühe, sich dann aufzuraffen, mit diversen Schichten Farbe die emotionalen Schatten im Gesicht oberflächlich fortzuschminken. »Alles okay bei dir?«, fragte Tara.

»Ach so. Ich seh scheiße aus, was? Sorry, lange Nacht.«

»Nee, so hab ich das nicht gemeint, und es geht mich ja auch nichts an, aber …«

»Doch, doch. Ich find das ja total lieb, dass du das siehst. Tut mir auch gut, ein wenig Aufmerksamkeit von jemandem, der tiefer blickt als nur auf den äußeren Schein.«

Das hätte Tara nicht gedacht. Steffi wirkte so tough auf sie. Körperlich wie mental.

Vorsichtig sagte Tara: »Wenn du erzählen magst …«

Steffi schüttelte den Kopf. »Nur 'ne Sache mit 'nem Kerl. Ist jetzt vorbei. Hat leider länger gedauert, als einem lieb sein kann. Jetzt hab ich es endlich zu Ende gebracht, ihn abserviert. Aber vielleicht kennst du das ja: Irgendetwas bleibt trotzdem immer zurück.«

Die Tür wurde aufgerissen und Staatsanwalt Dr. Henning Plöger rauschte herein. Selbstredend wie aus dem Ei gepellt gekleidet. Hellgrauer Maßanzug, dezent gestreifte Krawatte mit modischem Knoten, und jedes Haar seiner teuren Frisur lag an genau der Stelle, wo es liegen sollte. Die grünen Gummistiefel hatte er gegen auf Hochglanz polierte braune Lederschuhe getauscht.

Er nickte Florian Dreier und Bernd Rohde zu. »Dreier. Rohde.« Kein Hallo, kein guten Tag. Natürlich hatten sie sich heute Morgen schon am Fundort gesehen, aber Florian fand, dass man trotzdem grüßen konnte, wenn man einen Raum betrat.

»Hallo!«, sagte Rohde. Florian fand, dass es ein wenig unterwürfig klang.

»Plöger!«, erwiderte Florian. Daraufhin blieb der Staatswalt abrupt stehen, wie vor eine Wand gelaufen.

»Herr! Doktor! Plöger!«, blaffte der eitle Staatsanwalt. »So viel Zeit muss sein.«

»Aha!« Florian nickte und starrte Plöger an. »Herr Rohde und Herr Dreier!« Er hatte sich fest vorgenommen, sich von dem Schnösel weder arrogante Unhöflichkeiten gefallen zu lassen, noch der Hektik und dem Druck nachzugeben, den der Staatsanwalt gern verbreitete, um so schnell wie möglich Ergebnisse zu bekommen. Rohde schaute unglücklich aus dem Fenster.

Florian gewann wider Erwarten das Blickduell. Plöger riss sich los, ging auf die Weißwandtafel zu und blieb kerzengerade davor stehen. »Also, was haben wir? Zwei Tote. Geldwäsche. Russische Mafia. Da sind ja kaum Fragen offen, nicht wahr, meine Herrn?«

»Das sehen wir anders«, sagte Florian ruhig.

»Das sehen Sie anders? Wie kann man das anders sehen? Jetzt sagen Sie nicht, dass Sie noch auf dieser falschen Jägerfährte sind. Mafia liegt doch auf der Hand. Rache. Mord. Das volle Programm. Wie ist der Ermittlungsstand diesbezüglich?«

»Es liegt nur scheinbar auf der Hand. Und ja, selbstverständlich ermitteln wir auch in diese Richtung.«

»Warum nur ›auch‹? Fangen Sie jetzt auch schon an wie Frau Lange, das renitente Kind? Die hat ja eh ganz eigene Probleme. Haben Sie da mal drüber nachgedacht? Eine Frau, die sich ständig die Haare umfärbt, dürfte nach meinem Dafürhalten sexuell frustriert sein oder vielleicht sogar eine Missbrauchsvergangenheit haben …«

»Ach, das ist also Ihre professionelle psychologische Meinung, ja?« Florian sah Plöger wütend an. »Jetzt machen Sie aber mal einen Punkt. Frau Langes Haarfarben sind ihre Privatsache, und ihr Sexualleben geht Sie schon überhaupt nichts an. Wenn Sie Kritik an ihrer Arbeit üben wollen, müssen Sie früher aufstehen. Frau Lange macht einen ganz hervorragenden Job als Kriminaltechnikerin.«

»Sagt wer?« Jetzt gab Plöger selbst das renitente Kind. Rohde saß nur staunend dabei und stieß in regelmäßigen Abständen Luft aus wie eine Schwangere, die ihre ersten Wehen wegatmet. Wahrscheinlich hatte er das sogar in einem Geburtsvorbereitungskurs gelernt.

»Sage ich. Sie ist versiert, akribisch und kooperativ. Mit einem Wort: eine hervorragende Kollegin.« Was man von Ihnen nicht gerade behaupten kann.

»Schöner Text für eine Beurteilung. Außerdem sind das drei Wörter. So viel zu Ihrer diesbezüglichen Kompetenz.« Staatsanwalt Plöger wedelte mit der rechten Hand, als wolle er eine Fliege verscheuchen, und wechselte zum Ursprungsthema. »Im Übrigen hätten wir nur eine Leiche, wenn Kusainov einsitzen würde. Aber die Wolf musste ihn ja unbedingt wieder auf die Straße lassen.«

»Frau! Doktor! Wolf! So viel Zeit muss sein.« Florian könnte schwören, dass Plöger kleine Wölkchen Wutdampf aus den Ohren kamen. »Im Übrigen, Herr Dr. Plöger«, Florian genoss es, Plöger zu zitieren, wann immer es in diesem Gespräch ging, »wenn sich, wie Sie behaupten, der Täterkreis auf die russische Mafia beschränken würde, dann glaube ich nicht, dass Kusainov den Gefängnisaufenthalt überlebt hätte.«

»Schatz?!«

Tara Wolf drehte sich um und verschränkte trotzig die Arme vor der Brust. »Ja?« Sie stand am Herd und hatte gerade Olivenöl und Salz in das Wasser getan. Sobald es kochte, würde sie die Spirelli-Nudeln hinzufügen.

»Wir müssen reden.« Angus Buchanan saß ihr gegenüber am Küchentisch. Er trug ein graues T-Shirt mit Knopfleiste und Ölflecken, darüber ein offenes Holzfällerhemd. Die typische Freizeitkleidung, wenn er seiner Lieblingsbeschäftigung nachging: Schrauben am Motorrad oder Cabrio.

»So fangen selten harmonische Gespräche an. Außerdem ist das ja wohl mein Satz.« Tara ahnte schon, was kommen würde.

Und Angus kannte sie so gut, dass er wusste, dass sie es ahnte. Also lächelte er seine Frau an. Geduldig. Liebevoll. Mit zärtlichem Schalk in seinen Augen, die kleine Lachfältchen umgaben. Sie waren das Erste gewesen, das Tara an ihm aufgefallen war, als er sie bei dem Jazzkonzert im Kaiserkeller aus Versehen beim Bierholen angerempelt hatte. Der Kaiserkeller war ein beliebter Veranstaltungsort für Live-Konzerte und befand sich im ehemaligen Hotel Kaiserhof, das dem Bahnhof gegenüberlag und die nordwestliche Ecke des Detmolder Justizviertels markierte. Bis Hitler im Jahr 1933 das Hotel zu seiner Wahlkampfzentrale machte, war die NSDAP in Lippe kaum von Bedeutung gewesen. Das hatte sich in den kalten Januartagen des Jahres 1933 dramatisch geändert. Vielleicht, so hatte Tara schon oft gedacht, war das Zusammentreffen mit Angus gar kein Segen gewesen, sondern aufgrund der unrühmlichen Vergangenheit des Gebäudes eher ein Fluch. Was dagegen sprach, war, dass Tara nicht an solchen Hokuspokus glaubte. Die Faktenlage allerdings, das Blutbad in der Kirche, die vielen Tränen und der tiefe Schmerz, all das sprach ganz klar dafür.

»Tara, du kannst so nicht weitermachen. Bitte, hör auf damit. Es tut dir nicht gut.« Angus klang traurig. Seine Stimme passte zu seinem Blick. »Kannst du nicht einfach …?«

»Nein!« Tara schüttelte energisch den Kopf, als sie ihn unterbrach. »Du weißt so gut wie ich, dass ich nicht anders kann. Ich … Ich muss das selbst in die Hand nehmen. Verstehst du das nicht? Ich will, nein, ich muss das verstehen. Und etwas ändern. Dort anfangen, für Gerechtigkeit zu sorgen, wo das System längst aufgehört hat. Oder versagt. Ich kann doch nicht tatenlos zusehen.«

»Doch. Ich verstehe das. Ich verstehe dich. Aber soll ich dabei zusehen, wie du dich dabei kaputt machst, und nichts dazu sagen?«

»Es tut mir leid.« Mit Tränen in den Augen wandte sich Tara dem Herd zu, wo das Nudelwasser begonnen hatte, im Topf zu blubbern. Und wiederholte leise den Satz: »Ich kann nicht anders. Ich kann einfach nicht anders.« Und nachdem sie die Nase hochgezogen hatte: »Außerdem bin ich es uns schuldig.«

Tara schüttete großzügig die Pasta aus der Tüte in das kochende Wasser, nahm sich das Küchenhandtuch und wischte sich damit durch das Gesicht. Als sie sich umdrehte, war der Platz am Küchentisch leer.

Puh. Das war gar nicht so einfach wie gedacht. Damals, als er sie jeden Tag gesehen hatte, war alles so selbstverständlich gewesen. Man kannte sich eben.

Peter Falke brütete schon seit einer Dreiviertelstunde über alten Fotos seines Abschlussjahrgangs. Noch nicht einmal der Hälfte aller Gesichter hatte er einen Namen zuordnen können. Zunächst hatte es ein wenig gedauert, bis er sie in einer Kiste auf dem Dachboden seines Hauses im Weißen Weg fand. Peter wohnte in Lemgo nah am Waldrand Tara Wolf direkt gegenüber. Um sich zu besuchen, mussten sie nur einmal die Straße überqueren, und davon machten sie beide regen Gebrauch. So war im Laufe der Zeit eine tiefe Freundschaft entstanden. Peter fühlte sich ein wenig so wie Taras großer Bruder und fragte sich hin und wieder, ob ihm diese Beziehungsstruktur auf Dauer genug sein würde.

Nachdem er die Bilder aus der Kiste gekramt hatte, konnte er es sich endlich in seinem Wohnzimmer gemütlich machen. Im Ofen knisterten gut durchgetrocknete Buchenscheite, und ein großer Pott Kaffee stand vor ihm auf dem Tisch. Direkt neben den vier verschieden großen Fotos, die er symmetrisch als Rechteck angeordnet hatte. Peters Wohnzimmer war ganz nach seinen eigenen Vorstellungen eingerichtet. Der Stil folgte seiner Liebe zu Westernreiten und Johnny Cash, und es gab gute Gründe, die Einrichtung als rustikal zu bezeichnen. Das Wohnzimmer wurde durch eine schwingende Saloontür von der Küche getrennt. Vor der Bar aus rohen Eichenbohlen standen vier stabile Barhocker, auf die Peter alte Reitsättel montiert hatte. Sein Wohnzimmertisch bestand aus einem alten Planwagenrad mit einer Glasplatte.

Peter starrte die Fotos an. Ja, er erinnerte sich an die Gesichter. Zumindest an fast alle. Bei einigen fielen ihm lediglich die Vornamen ein. Andere hingegen waren seit der Pubertät ohnehin nur noch mit Nachnamen angesprochen worden, wie man das unter Jungs eben so machte. Schröder, Mikulski, Sprute und Stapperfenne hatte er immerhin schon identifiziert. Aber dann waren da noch diejenigen mit Spitznamen.

Acki, zum Beispiel. Wie war das noch? Acki … Axel … Axel … ach ja, Axel Berghoff. Und da hinten links? Das war doch der lange Ostmeier, den alle nur Westmeier nannten und das absolut komisch fanden. Dann ›der Russe‹, wie Sergej Kusainov genannt wurde, was dieser unfassbar hasste. Irgendwann hatte es ihm gereicht und er hatte dem ersten eine blutige Nase verpasst. Danach hieß er nur noch ›der Russe‹, wenn sie über ihn sprachen.

Gegen Spitznamen kann man nichts machen. Sie sind schnell im Raum, und je mehr man sich dagegen wehrt, desto erfolgreicher werden sie im Sprachgebrauch etabliert. Peter hatte selbst auch zu den unfreiwilligen Spitznamenträgern gehört. Irgendeiner hatte mit der Columbo-Nummer angefangen, und alle anderen waren begeistert in den Chor eingefallen.

Nun die Mädchen. Neben Karo hatte er in Bio gesessen. Das war leicht. Was hatte sie sich geärgert, als der neue Klassenlehrer zu Beginn der neunten ihren zweiten Vornamen mit vorgelesen hatte. Karoline Stefanie. Peter gefiel das, aber sie selbst wollte nicht, dass andere das wussten. Warum, hatte sie nie erzählt. Gleich hier vorne Juliane und daneben Konstanze.

Dann gab es sicherlich einige, die durch Heirat ihren Namen geändert hatten. Aber Peter ging davon aus, dass Lou das problemlos in irgendeiner Datenbank bei den Einwohnermeldeämtern finden würde.

Aber ob von denen jemand Hans-Ullrich Behrendt ans Leder gewollt hatte? Eines wusste Peter Falke sicher: Man schaute den Menschen nur vor den Kopf.

Das Foto vom Abschlussball glich Peter mit den anderen drei Fotos ab, von denen eins von der Abschlussfahrt stammte und in Rom vor dem Kolosseum aufgenommen worden war. Die anderen beiden wurden am Tag der Zeugnisausgabe gemacht. Wenn er doch nur eine Abi-Zeitung gehabt hätte …

Peter surfte noch einige Zeit auf Facebook und Instagram und hatte nun einige Namen beisammen. Andere fehlten oder waren sozusagen nur halb vorhanden, weil er nur den Vornamen oder Nachnamen kannte. Aber … was sollte er jetzt damit anfangen? Er konnte ja schlecht anrufen und fragen, ob einer von denen ein Motiv gehabt hatte, einen ehemaligen Mitschüler um die Ecke zu bringen.

Auf beiden Wiedersehenstreffen seit dem Abschluss war er nicht gewesen. Vermutlich waren sie genau so abgelaufen, wie er es sich vorstellte. Er kannte die Geschichten und hatte nicht ansatzweise Lust dazu verspürt, sich von zukünftigen Oberärzten zutexten zu lassen oder aufgeplusterte Erfolgsgeschichten von Möchtegernmanagern zu hören. Er erinnerte sich daran, wie Nikolas Mikulski damals rumposaunt hatte, er würde entweder in einem eigenen Hubschrauber nach Lippe zurückkehren oder gar nicht. Dem Fünfjährigen war Peter einfach so ferngeblieben und beim Zehnjährigen war er bei Ausgrabungen in der Mongolei gewesen. Beste Ausrede ever.

Wer wohnte überhaupt noch in der Gegend?

Wer würde zu Hans-Ullrichs Beerdigung kommen? Wer überhaupt davon erfahren?

»Dreier.«

»Bischoff.«

»Hi.«

»Was hast du dir denn dabei gedacht?«

»Wobei?«

»Plöger ans Bein zu pinkeln.«

»Hab ich nicht.«

»Sondern?«

»Ich hab mir nur seine Frechheiten nicht gefallen lassen.«

»Das hat er anders dargestellt.«

»Kann ich mir vorstellen.«

Die beiden Männer schwiegen sich durch das Telefon an.

Florian brach als erster das Schweigen. »Plöger is'n Arsch.«

»Ich weiß.«

»Und er hat Unrecht.«

»Weiß ich auch.«

»Und?«

»Du kannst dich ihm gegenüber trotzdem nicht so verhalten.«

»Warum nicht?«

»Er ist der Staatsanwalt.«

»Und?«

»Was ist denn bloß mit dir los?«

»Ich versuche, aus Fehlern zu lernen.«

Ein drittes Mal würde sie es noch versuchen. Danach müsste sie eben darauf vertrauen, dass er sie zurückrufen würde, wenn er ihre Nummer sah.

»Hallo, Tara!« Seine Stimme klang müde.

»Hi, Flo, hast du grad 'nen Moment?«

»Ähm, ja klar. Warte mal eben bitte kurz.«

Tara Wolf hörte, wie Florian Dreier mit dem Handy durch den Raum ging und eine Tür schloss.

»So, jetzt«, sagte Florian, während er ausatmete.

»Bist du im Büro?«

»Kein Problem. Was kann ich für dich tun?«

»Okay. Aber nicht aufregen bitte, ja? Wir haben ein paar Sachen rausgefunden, und ich wollte fragen, ob du kurz vorbeikommen könntest, damit ich dir das in Ruhe erzählen kann.« Tara wusste, dass Florian es nicht guthieß, wenn sie auf eigene Faust in Fällen ermittelte, deren Ergebnis ihr in ihrem Gerichtssaal nicht passte. Bei seinem letzten Besuch hatte sie jedoch gespürt, dass er nicht mehr völlig die Pimpernellen kriegte, wenn sie mit Lou und Peter recherchierte und ihm dadurch half. Vor allem, nachdem Hans-Ullrich Behrendt tot war. Sie hatten sich darauf geeinigt, dass sie ihn wenigstens über die Ergebnisse ihrer kleinen Ermittlungen informierte. Dieser Vereinbarung folgte sie nun.

»Oh, du, sorry. Würde ich gerne, aber ich hatte echt einen harten Tag. Wäre für dich am Telefon auch in Ordnung? Oder morgen?«

Tara wollte nicht bis morgen warten. »Ach so, ja klar. Kann auch sein, dass ihr das längst wisst.«

»Schieß los.«

»Dann fange ich mal damit an, was Lou herausgefunden hat. Sie hätte es dir gestern auch selbst erzählen können, wenn du etwas weniger abweisend zu ihr gewesen wärst.«

»Ich … woher …? Ach so … ja, und weiter?«, fragte Florian.

»Bist du noch wach?«

»Nicht wirklich. Muss mich dringend hinlegen.«

»Okay, ich mach schnell. Lou hat alle Angestellten von der Malinka Magasin GmbH durchleuchtet. Irgendwo muss man ja anfangen. Und weißt du, was ihr dabei aufgefallen ist?«

»Nein?!«

Entweder war das jetzt tatsächlich eine Neuigkeit für Florian, oder er wollte nicht sagen, was er bereits wusste. Schließlich gehörte dieser Ermittlungsschritt zur Standardvorgehensweise bei der Umfeldüberprüfung eines Mordopfers. »Alle sind vorbestraft. Alle, bis auf den toten Behrendt, Sergej Kusainov und dessen Sekretärin Helene Löwen. Und die Vorstrafen haben die Damen und Herren aus ihren jeweiligen Herkunftsländern mitgebracht. Na ja, bis auf einen. Der hat in Deutschland schon einmal kurz wegen Einbruchs gesessen.«

Tara machte eine kurze Pause.

Florian sagte nichts.

»Flo?«

»Ja?«

»Wusstest du das?«

Florian atmete erneut laut aus. »Ja, haben wir gecheckt. Ist ein interessanter Punkt, dass Kusainov für seine legalen und illegalen Geschäfte ausschließlich Ex-Knackis eingestellt hat. Entweder hatte er ein großes Herz oder brauchte einerseits bestimmte Kompetenzen dieser Leute, andererseits ein Druckmittel, damit sie machen, was er wollte.«

»›Hatte ein großes Herz?‹ Was soll das denn heißen?«

»Er ist tot.«

»Seit wann?«

»Wir haben ihn heute Morgen gefunden.«

»Darum der lange Tag?«

»Darum unter anderem der lange Tag!«

Dann erzählte Florian Tara, dass sie Kusainov auf dieselbe Art aufgefunden hatten wie Behrendt.

»Sie hat Ja gesagt!«

Florian Dreier konnte sich nicht erinnern, dass er seinen Freund und Kollegen jemals vorher mit einem fröhlicheren

Gesicht gesehen hätte. Angus Buchanan hatte das Glück aus jeder Pore gestrahlt.

Laut lachend hatte Florian Angus umarmt und dabei heftig auf den Rücken geklopft. »Tara hat einen merkwürdigen Männergeschmack.«

»Wenn du dich nicht benimmst, darfst du kein Trauzeuge sein.« Angus' Konter war prompt und streng gekommen. Dabei hatte er es sogar geschafft, ernst zu bleiben.

Danach prusteten beide Männer wie auf Kommando laut los. Später hatte sich Florian jedoch so manches Mal über sich selbst geärgert, dass er in der Situation nicht feierlicher und ernsthafter reagiert hatte. Er hatte die beiden schon oft miteinander erlebt und durch jede Geste, jedes Wort, jeden Blick wurde deutlich, wie sehr sich Tara und Angus liebten. Beide unendlich glücklich darüber waren, nach langer Zeit endlich die Liebe ihres Lebens gefunden zu haben.

Das war jetzt eineinhalb Jahre her.

Angus Buchanan war tot, und Florian Dreier schaffte es nur viel zu selten, Tara zu besuchen. Die langen Abstände nahmen den Treffen jede Vertrautheit und Selbstverständlichkeit. Als Angus noch lebte, hatten sie viel zusammen getrunken und gelacht. Aber jetzt ...?

Florian ließ den Motor an und sah den Scheibenwischern durch die beschlagene Windschutzscheibe dabei zu, wie sie mühsam die schmierige Schicht Schneeregen zur Seite schoben. Irgendwo dort oben war es so kalt, dass die Wolken dicke Flocken herabschickten. Hier unten war es jedoch zu warm, als dass der Schnee an diesem düsteren Februarabend noch eine Chance gehabt hatte, liegen zu bleiben. Nichts Halbes und nichts Ganzes. Kein Schnee. Kein Regen. So wie Florians Beziehung zu Tara Wolf.

Er wusste nur zu gut, dass er häufiger bei ihr vorbeischauen müsste, und war froh, es in dieser Woche endlich einmal hingekriegt zu haben. Nach ihrem Unfall war er nur einmal bei ihr im Krankenhaus gewesen. Neue Informationen zu Angus' Tod schuldete er ihr auch noch.

Plötzlich war der Gedanke da. Wie ein Blitz war er in seine unschlüssigen Überlegungen gefahren.

Angus war schuld an allem. Er hatte die ganze Scheiße von Hamburg mit nach Lippe gebracht. Nun war er tot und hatte Tara und Florian zurückgelassen. Nur mit Glück hatten beide die Anschläge des Killers überlebt, dem Angus' Tod nicht genug war. Erst war Florian vom Gärtner angeschossen worden und später Tara bei einer Verfolgungsjagd verunglückt.

Florian wusste selbst, wie ungerecht er war. Aber nun war der Gedanke da und hatte sich mit fiesen Widerhaken in seinem Hirn festgesetzt.

Nur zu gern wäre er jetzt zu Lisa gefahren, hätte sich eine Flasche Wein mit ihr geteilt und wäre nach diesem harten Tag mit ihr im Arm eingeschlafen. Nicht mehr und nicht weniger wünschte er sich für diesen Abend, diese Nacht. Aber so einfach war es leider nicht. Er konnte nicht unangekündigt bei ihr auftauchen. Sie hatten sich zwar nicht gestritten, aber sie waren auch nicht mehr zusammen. Ihre Beziehung war im Moment zu weit entfernt von so etwas wie einem gemeinsamen Alltag oder selbstverständlichen Treffen. Dabei hätte Florian genau das jetzt am meisten gebraucht. Er war müde. Ihm war kalt. Die Windschutzscheibe war immer noch von innen beschlagen und er sehnte sich nach einem lieben Wort, einem zärtlichen Kuss und einer Umarmung. Er vermisste sogar Lisas kalte Füße, die ihn so oft geweckt hatten, wenn sie sich bei ihm wärmen wollte. Warum nur kriegte er das nicht hin?

Auf keinen Fall wollte er in so einer Beziehung enden wie Sergej Kusainov und seine Frau Olga. Als Florian und Rohde ihr die Nachricht vom Tod ihres Mannes überbracht hatten, war ihr die Erleichterung nahezu aus dem Gesicht gesprungen.

»Ich habe damals den Fehler gemacht und ein Arschloch geheiratet. Tut mir leid. Das sieht jetzt nicht gut für mich aus, oder?«, hatte sie unverhohlen gesagt.

Florian wusste noch nicht so recht, wie er damit umgehen sollte. Natürlich bestand die Möglichkeit, dass Olga Kusainov ihren Mann umgebracht hatte oder hatte umbringen lassen. Und weil viele Menschen in ihrem Umfeld wussten, wie schlecht es um die Ehe der Kusainovs bestellt war, hatte Olga Kusainov den Angestellten ihres Mannes auch gleich umlegen lassen, damit es wie das Werk eines Serienkillers aussah. Alibis hatte sie keine, dafür aber Motiv und Möglichkeit. Allerdings konnte Florian seinerseits noch keine Beweise vorlegen, die auf sie selbst als Täterin hindeuteten oder auf jemanden, den sie engagiert hatte.

Florian wusste: Wenn er einen Schritt auf Lisa zugehen wollte, müsste er sie zu einem gemeinsamen Abendessen einladen. Mit ihr spazieren gehen oder ins Kino. Oder sich etwas anderes, etwas Besonderes ausdenken. Schlagartig wurde ihm klar, dass er nicht einmal genau wusste, was sich Lisa wünschen könnte. Er musste sich etwas überlegen. Dann würde man weitersehen. Wann Florian allerdings die Zeit dafür finden sollte, wusste er nicht. Ob er Mut brauchte, konnte er noch nicht einmal sagen. Dazu war er viel zu müde.

Verdammt.

Das fühlt sich so richtig Scheiße an.

Wenn er nicht tat, was Eddie wollte, würde er Ärger mit Eddie kriegen.

Erledigte er den Auftrag hingegen und fand jemand heraus, dass er den Job durchgezogen hatte, bekam er es mit den Leuten des Gärtners zu tun.

Wem schuldete er mehr? Eddie oder dem Gärtner?

Auf wessen Seite stand er oder sollte er sich schlagen?

Eddie hatte ihn in die Gang aufgenommen. Ihm sogar ein Chapter anvertraut. Aber als der Maulwurf die Wheely Devils hatte hochgehen lassen, war es der Gärtner gewesen, der ihn vor dem Knast bewahrt hatte.

Scheiße. Er wusste, dass er es durchziehen musste. Und er durfte sich nicht erwischen lassen. Sonst würden sie ihm schneller das Licht auspusten, als er »Fuck the world« sagen konnte.

SONNTAG

Kriminalhauptkommissar Florian Dreier liebte seinen Job, aber er hasste Wochenenddienste. Bei laufenden Mordermittlungen waren 16-Stunden-Tage keine Seltenheit. Und den Sonntag hielt Florian grundsätzlich für eine hervorragende Erfindung. Vor allem die Idee, dass man ihn zum Ausruhen verwenden sollte. Verbrecher hielten sich leider nicht an wünschenswerten Wochenendfrieden. Serienkiller schon gar nicht.

Gestern Abend hatte er sich noch schnell eine Tiefkühlpizza in den Ofen geschoben und sich auf die Couch gelegt, während die Pizza aufbacken sollte. Irgendwann war er vom lauten Piepen des Rauchmelders hochgeschreckt, der am Ende ohne Batterie auf der Arbeitsplatte neben dem Herd lag. Die Küche war voller Qualm und die Pizza schwarz. Schlimmeres war zum Glück nicht passiert. Völlig übermüdet und genervt hatte Florian vor dem Kühlschrank gestanden und Käse aus der Packung gegessen. Dann war er ins Bett gefallen und hatte bis um halb elf heute Morgen durchgeschlafen.

Der Wecker war auf 11 Uhr gestellt gewesen, aber die Saukälte in seiner Wohnung hatte Florian geweckt. Er musste wohl vergessen haben, nach der Panne mit der Pizza das Küchenfenster vor dem Zubettgehen wieder zu schließen. Wenigstens waren die Rauchschwaden abgezogen und es roch sehr frisch in der Wohnung.

Nun saß er mit den Kolleginnen und Kollegen zusammen im Besprechungsraum des Kommissariats an der Bielefelder Straße. Gegenseitig brachten sie sich auf den aktuellen Stand der Ermittlungen. Kornelius Bischoff leitete die Frühbesprechung und da Staatsanwalt Plöger nicht anwesend war, ging es professionell, sachlich und freundschaftlich zu.

Bischoff saß am Kopfende des Besprechungstisches. Alle

hatten frischen Kaffee vor sich stehen und hörten Bettina Lange zu, die die neuesten Erkenntnisse der Kriminaltechnik zur Spurenlage mit allen teilte. Florian saß neben Rohde, der kurz vor knapp in den Besprechungsraum gestolpert war, als schon keiner mehr daran glaubte, dass er überhaupt auftauchen würde. Außerdem waren die Pressesprecherin Natalie Barkhausen sowie die Kollegen Anja Fortkemper und Kai Krüger anwesend. Kai Krüger wurde im Haus gern »KK 2 vom KK 1« genannt. Florian wusste, dass Kai selbst das nur »mittellustig« fand, den kleinen Spaß aber akzeptierte.

»Neben den augenscheinlichen Verbindungen zwischen beiden Fällen wie prominenter und touristischer Fundort, Tötungsart, Ausrichtung der Leichen weist der Tox-Bericht ähnliche Mengen der Hellabrunner Mischung nach«, sagte Bettina Lange und Florian hörte ihr aufmerksam zu. »Außerdem sind die Handys von Behrendt und Kusainov immer noch verschwunden. Papiere und Portemonnaies haben wir in den abgestellten Fahrzeugen gefunden. Die Spurenlage in den Autos weist darauf hin, dass der Täter jeweils den Wagen des Opfers zum Transport der Toten verwendet hat.«

»DNA?«, wollte Florian wissen.

»Ja, natürlich. Ohne Ende. Was uns davon weiterbringt, wissen wir noch nicht, weil wir ja Vergleichsmaterial brauchen. Natürlich ist Kusainov als sein Chef schon in Behrendts Auto mitgefahren, also haben wir Anhaftungen und Fingerabdrücke von Kusainov gefunden. Die sind allerdings schon älter. Außerdem konnten wir nachweisen, dass Behrendts Mutter auf dem Vordersitz gesessen hat.«

»Auch nicht weiter verwunderlich«, brummte Rohde mehr zu sich selbst als zu den anderen.

Bettina nickte. »Wir haben auch noch ältere Spuren gefunden. In diesem Auto hat jedenfalls niemand Material hinterlassen, den wir in der Datenbank haben. Auffällig war allerdings, dass das Auto frisch ausgesaugt war, obwohl es von außen durchaus eine Wäsche hätte vertragen können. Dazu sage ich aber gleich noch was, wenn wir zu Kusainovs Fahrzeug kommen.«

»Gut, dann mach doch da bitte weiter, damit wir uns ein Gesamtbild machen können«, bat Bischoff, und wie im Reflex nickten fast alle in der Runde. Rohde guckte versonnen aus dem Fenster. Florian stieß ihn mit dem Ellbogen an.

»Genau«, sagte Rohde. Anja Fortkemper, die ihm gegenüber saß, schüttelte den Kopf.

»Kusainov war im Auto seiner Frau unterwegs. Da gibt es keine Spuren von Behrendt. Dafür ein Teilabdruck, den wir mit hoher Wahrscheinlichkeit dem Kleinkriminellen Kevin Drakiw zuordnen können. Er arbeitet für Kusainovs Malinka Magasin GmbH.« Bettina sah kurz zu Florian hinüber. »Florian?«

»Ja, wir haben inzwischen herausgefunden, dass Kusainov fast ausschließlich Leute mit Vorstrafen eingestellt hat. Nur er selbst, Behrendt und die kaufmännische Angestellte Helene Löwen sind sauber, falls man das bei den verdeckten Geschäften so bezeichnen will.«

»Das Verfahren wegen Geldwäsche wurde eingestellt«, wandte Bischoff ein.

»Ja, aber nur, weil Plöger …« Florian winkte ab. »Ach, vergiss es. Schön, dass er uns heute nicht reinredet.«

Alle nickten einstimmig.

»Morgen müsst ihr sowieso noch einmal in den Betrieb, um die Mitarbeiter zu befragen. Vielleicht weiß dieser Drakiw ja was.«

Florian nickte Bischoff zu. »Machen wir.«

»Jetzt kommen wir zu einem interessanten Punkt«, fuhr Bettina fort und hatte sofort wieder die Aufmerksamkeit von allen. Na gut, nicht von allen. Denn Rohde rutschte erst nervös auf dem Stuhl herum, las eine Nachricht in seinem Handy und stand dann wortlos auf.

»Du willst jetzt aber nicht einfach rausgehen?«, fragte Bischoff.

»Oh … ach so … sorry, wir haben einen Notfall«, meinte Rohde.

»Die Kinder haben zwei Elternteile und außerdem wohnen die Großeltern ebenfalls in der Gegend, soweit ich informiert bin.« Bischoff kochte.

»Ja … also … nee … ich meine … Kann ich nicht mal kurz rausgehen?«

»Wenn du anschließend vielleicht Zeit hättest, dich auf den Fall zu konzentrieren.«

»Ich klär das nur und bin gleich wieder da. Danke.«

Wie bei einem Tennisspiel waren die Blicke der Anwesenden zwischen Rohde und Bischoff hin- und hergegangen.

Bettina räusperte sich und zog die Aufmerksamkeit wieder auf sich. Florian bewunderte ihre Geduld und Coolness.

»In beiden Fahrzeugen fanden sich jeweils auf dem Fahrersitz Spuren von einer billigen Polyestermischung. Die wird bei der Produktion von Einsitzbezügen für Autositze eingesetzt. Um Verschmutzungen zu vermeiden, werden in Auto-Werkstätten die Bezüge über die Sitze der Kunden gezogen, wenn beispielsweise ein Mechaniker das Auto vom Parkplatz zur Hebebühne und zurück fährt.«

»Gute Arbeit«, sagte Bischoff. »Schlussfolgerung?«

»Soll ich?«, fragte Florian.

Bettina nickte. »Sure!«

»Der Täter schnappt sich sein Opfer. Betäubt es. Bringt es vermutlich an einen ruhigen Ort und dort um. Dann saugt er das Auto durch. Legt den Toten in den Kofferraum, schützt den Fahrersitz mit einem Schonbezug und fährt zum Ablageort. Dort platziert er die Leiche, wie wir sie vorgefunden haben. Anschließend stellt er das Auto an einer Stelle ab, wo wir es früher oder später aufspüren konnten. Er muss sich so kleiden, dass wir nach dem Aussaugen des Autos keine Spuren mehr finden können. Hab ich was vergessen?«

Bettina Lange schüttelte den Kopf.

Weinen half. Wenn sie wütend war, sie etwas loslassen oder der Traurigkeit ein Ventil geben wollte. Immer wieder staute sich aller Kummer im gesamten Körper. So wie ein großer Stausee, der, gespeist von stetigem Zustrom eines Flusses, von einer großen Mauer aus Beton gehindert wurde, weiterzufließen. In diesen Momenten schaute sich Tara Wolf alte Fotos an. Dann brach der Damm, und die Tränen kamen von ganz alleine. Das tat gut und reinigte die Seele.

Sie konnte sich nicht an ihren Vater erinnern. Manchmal, wenn es ganz still war, dann meinte sie, seine Stimme zu hören. Aber … konnte das sein? Sie wusste, dass er kurz vor ihrer Geburt gestorben war. So hatte es ihr ihre Mutter erzählt. In Taras Geburtsurkunde war unter »Eltern« nur ihre Mutter aufgeführt. Von ihrem Vater stand dort nichts.

Hatte er mit ihr gesprochen, als ihre Mutter mit ihr schwanger war? Tara vermochte es nicht zu sagen und hatte schon oft nachgefragt. Aber ihre Mutter sagte dann stets, sie könne sich nicht erinnern, ob es so gewesen sei. Vielleicht wollte sie es auch nicht. Sie meinte, es wäre gut so, wie es war. Er wäre ohnehin kein guter Vater geworden.

So hatte Tara schon früh verstanden, dass sie kein Wunschkind gewesen war. Ihre Mutter war damals gerade 20 gewesen und Tara hatte sich oft als Belastung gefühlt, worüber die Bilder ihrer Kindheit jedoch nichts erzählten. Im Gegenteil. Auf den wenigen gemeinsamen Fotos lachte ihre Mutter stets mit der kleinen Tara um die Wette. Meistens war Tara allein zu sehen. Wie sie im Sandkasten saß, die Kerzen auf einem Geburtstagskuchen auspustete, mit der Schultüte vor der Haustür stand oder ihren ersten Ballettauftritt hatte. Über zehn Jahre war sie zweimal in der Woche zum Tanztraining gegangen. Das hatte sie geliebt.

Noch heute flüchtete sich Taras Mutter in rosarote Fantasiewelten, die sie von ihrem realen Leben ablenken sollten, mit dem sie unzufrieden war und von dem sie sich enttäuscht fühlte. Sie las Nicholas Sparks und schaute sich mindestens einmal in der Woche »Vom Winde verweht« an. So war Tara zu ihrem Vornamen gekommen.

»Sowohl Behrendt als auch Kusainov wurden jeweils einen Tag vor ihrem Verschwinden und damit circa 36 Stunden vor dem Auffinden ihrer Leichen von einem Prepaid-Handy aus angerufen.« Da die Handys von Behrendt und Kusainov nicht gefunden worden waren, hatte sich Kai Krüger darum gekümmert, dass die IT-Spezialisten von den Netzbetreibern Zugriff auf die Verbindungsdaten bekamen.

»Jeweils dasselbe?«, fragte Florian Dreier.

»Nein, andere Nummer.«

»Standort des Anrufers?«

»Einmal Detmold. Einmal Lage. Supermarktparkplätze.«

»Überwachungskameras?«

»Fehlanzeige. Und die Funkzellenauswertung«, fuhr Kai fort, »ist nach derzeitigem Stand ebenfalls ergebnislos verlaufen. In Bad Salzuflen waren naturgemäß deutlich mehr Telefone im fraglichen Zeitraum an den Funkmasten angemeldet. Davon konnte die Mehrzahl den Anwohnern zugeordnet werden. Die verbleibenden gehörten zu späten Spaziergängern und den frühen Walking-Vögeln. Im Kalletal war kaum Traffic auf der Leitung, aber wir konnten alle Nummern zuordnen. Es gibt allerdings keine Übereinstimmung zu den eingewählten Telefonen in Bad Salzuflen. Daraus würde ich jetzt einfach mal schließen, dass unser Killer weiß, dass er sein Gerät ausschalten muss, wenn er unterwegs ist.«

Es war einen Moment still. Dann wollte Kornelius Bischoff wissen: »Konnten die privaten Laptops geknackt werden?«

»Nur der übliche Kram. Kleine Sauereien in den Browserverläufen, aber keine Hinweise auf Online-Dates, Kommunikation mit Geschäftspartnern oder etwas, das mit beiden gleichermaßen zu tun hatte«, sagte Kai Krüger und nahm einen Schluck Kaffee.

»Ich habe Proben von Lack und Holz aller Figuren genommen«, meldete sich Bettina Lange noch einmal zu Wort. »Sie stammen alle aus derselben Charge.«

»Du meinst, es hätte auch sein können, dass der Killer Halma-Kegel von verschiedenen Spielen nimmt?« Florian erinnerte sich an sein Gespräch mit Spielwarenhändler Detlev Niehaus.

»Richtig. Aber so viel Arbeit hat er sich dann doch nicht gemacht. Von den führenden Spieleverlagen habe ich erst von Ravensburger ein Feedback, aber das dürfte wohl repräsentativ sein. Danach ist es erklärtes Ziel, dass die Spielfiguren immer gleich aussehen, damit sie für möglichst viele verschiedene Spielevarianten benutzt werden können. Nur für besondere Ausgaben können kurzzeitig einmal andere Figuren eingesetzt werden. Von den Standardfiguren werden dann pro Jahr etwa 100.000 Stück auf den Markt gebracht.«

»Toll, wir sammeln Sackgassen«, meinte Anja Fortkemper.

»Nicht so schnell«, sagte Florian. »Wenn die Morde so penibel ausgeführt worden sind, könnte vielleicht doch das organisierte Verbrechen dahinterstecken.«

Bischoff schüttelte den Kopf. »Die russische Mafia, auf die ja auch die ganze Geldwäschegeschichte zurückzuführen ist, würde sich nicht so viel Mühe geben. Die Morde wirken chirurgisch und bis auf kleinste Detail geplant. Das machen Auftragskiller nicht. Sie lassen sich zwar nach Möglichkeit nicht erwischen, aber sie gehen doch eher etwas grobmotorischer vor. Und hinter der Penetration von Ohren und Nasenlöchern mit den verschiedenfarbigen Spielfiguren vermute ich einerseits eine Botschaft des Killers. Und andererseits hat das wirklich etwas Psychopathisches.«

»Und was wollen wir davon an die Presse herausgeben?«, wollte Natalie Barkhausen wissen.

»Nur *dass* Sergej Kusainov an einer unnatürlichen Todesursache verstorben ist. Auf keinen Fall ein Wort zum *Wie*«, entschied Bischoff.

Florian wusste nicht, ob sein Chef recht hatte. Einerseits hielt man damit Nachahmungstäter ab, andererseits gab es manchmal hilfreiche Tipps aufmerksamer Mitbürger.

Es schien so, als sei die Besprechung zu Ende, obwohl alle wussten, dass noch nicht alle Ergebnisse auf dem Tisch lagen und sie die weitere Vorgehensweise besprechen mussten. Rohde war schon aufgestanden, und Kai Krüger nahm aus seinem Becher den letzten Schluck Kaffee, der sicherlich schon kalt war. In diese scheinbare Aufbruchsstimmung hinein meldete sich Anja Fortkemper zu Wort und setzte damit den Doppelpunkt. »Sagt mal – jagen wir ein Phantom?«

Alle sahen sich betroffen an. Sie hatte ausgesprochen, was längst jeder von ihnen dachte. Befürchtete. Florian reagierte zuerst. »Wenn du es so melodramatisch ausdrücken willst – ja. Und wir alle müssen uns wohl damit befassen, dass dieses Phantom vermutlich noch nicht fertig ist. Vier Farben hat jedes Mensch-ärgere-dich-nicht- oder Pachisi-Spiel. Vier. Es gibt auch Spiele mit sechs Farben. Zwei Tote haben wir bereits: Behrendt und Kusainov. Und zwei Farben: Gelb und Grün. Welche Farbe ist die Nächste? Welcher Ablageort könnte infrage kommen? Wen hat der Killer bereits im Visier? Er ist kein Phantom, sondern einfach jemand, der saugut vorbereitet ist und dem wir bisher keinen Fehler nachweisen konnten.«

»Das gibt es nicht.«

»Nein. Normalerweise nicht.«

»Und was machen wir jetzt damit?« Peter Falke stand in Taras Wohnzimmer vor der großen Plexiglaswand und befestigte seine Collage aus Klassenfotos, Strichen, Klebezetteln und Namen in der unteren rechten Ecke der Wand. Von Westen her trieb der Wind dicke Regenwolken vom Höhenzug des Teutoburger Waldes bis nach Lemgo. Was sich an Regen vor den Südhängen des Teutos noch nicht entladen hatte, brachte oft Niederschlag nach Lippe.

»Wir suchen Verbindungen. Übereinstimmungen. Keine Ahnung. Schauen, ob irgendwas mit irgendwem irgendwie zusammenhängt. Ob Beziehungen aus der Vergangenheit in die Zukunft reichen. Erfahrungsgemäß schließen die meisten Menschen neue Freundschaften in Lebensphasen, die ebenfalls für sie neu sind. Schule. Ausbildung. Studium. Umzug. Mit Kindern ändert sich noch einmal viel. Aber am Ende bleiben nur wenige Menschen, mit denen man wirklich zu tun hat. Alte Freundschaften, die die Zeit überdauert haben. Verwandtschaft, weil Blut dicker ist als Wasser, Wein oder Bier.«

Der Geldwäschefall der Malinka Magasin GmbH mit dem ermordeten Logistikleiter Hans-Ullrich Behrendt und dem toten Geschäftsführer Sergej Kusainov sah an der Plexiglaswand aus wie ein Baum. Ganz oben das Bild von Arkadi Nefodow – nach Lous Recherchen und Florians Informationen war Nefodow ein ehemaliger KGB-Agent, der nun zu den mächtigsten Männern Russlands gehörte. Er unterhielt auf der ganzen Welt versteckte Konten, auf die das durch den Lebensmittelhandel gewaschene Geld floss. Zwischen ihm und Kusainov war der Ex-Speznaz Jevgenij Wojtschak geschaltet, der die Deutschlandgeschäfte Nefodows organisierte. Darunter hatte Tara mit der Hilfe von Lou und Peter das weitverzweigte Netz an Logistikdienstleistern und Einzelhandelsgeschäften dargestellt. Zahlreiche kleine Fotos mit Namen von Personen und Unternehmen befanden sich ebenfalls an der Wand.

»Gut«, sagte Peter. »Dann lass uns doch mal schauen, ob wir neben Ulli noch mehr Personen finden, die für oder mit Sergej gearbeitet haben.«

Beide stellten sich vor die Wand und begannen mit den optischen Vergleichen. »Hm«, meinte Tara, »nachdem du einige Namen herausgefunden hast, müsste es doch bestimmt für Lou plus irgendeiner Softwarelösung möglich sein, eine Verbindung zu finden.«

»Sei nicht so ungeduldig. Wir machen das jetzt zunächst visuell. Ganz old school mit dem Vorgang des intensiven Guckens. Morgen frage ich noch einmal bei der Schule, ob ich eine Namensliste bekomme. Oder überlässt du das Florian?«

»Ist ja erst einmal unsere Schnapsidee. Von daher wäre es mir lieber, wenn du das machen könntest. Und dann kann Lou schauen, was sie findet.«

»Toll. Ich rufe in meiner ehemaligen Schule an, behaupte, dass ich eine Liste für eine Ehemaligenfeier brauche, die ich gar nicht organisieren will. Genau mein Stil.«

»Du schaffst das schon«, lachte Tara und boxte Peter leicht gegen die Brust.

»Ich lüge nicht gern.«

»Tut niemand.«

»Das wiederum war gelogen.«

Tara trat einen Schritt vor. »Da. Ich glaube … das könnte doch Bettina Lange sein.«

»Woher kennst du denn Tina?«

»Sie leitet die Kriminaltechnik in Detmold und war schon oft als Zeugin der Staatsanwaltschaft im Gerichtssaal. Florian arbeitet übrigens mit ihr zusammen.«

»Dann streichen wir sie mal.«

»Ich glaube, das können wir wagen. Auch wenn manchmal das Unmögliche …«

»Ja, Shelly Holmes.«

»Und die Frau hier kenne ich vielleicht auch. Die Fotos sind ja schon älter. Aber sie sieht aus wie meine Trainerin in jung. Allerdings …«

»Ja?«

»Du hast Karoline Stefanie Hapke daruntergeschrieben. Meine Trainerin heißt Steffi Johannmeier.«

»Tja. In der Schule haben wir sie Karo genannt. Aber ich

erinnere mich an den doppelten Vornamen. Vielleicht ist sie es nicht. Vielleicht ist oder war sie verheiratet und hat nicht nur den Nachnamen geändert, sondern ihren Rufnamen gleich mit.«

»Soll es geben. Warte mal kurz.« Tara nahm ihr iPad, surfte auf die Seite des Fitnessstudios »KörperWerk« und zeigte Peter ein Foto von Steffi Johannmeier. »Und? Was meinst du?«

»Hm. Das könnte wohl das Mädchen sein, das in Bio neben mir gesessen hat und vorhatte, Ärztin zu werden. Wenn sie es sein sollte, hat irgendetwas ihre ursprünglichen beruflichen Pläne durchkreuzt.« Peter sah Tara nachdenklich an. »Findest du das verdächtig?«

»Nein. Eigentlich nicht. Das ist doch oft so, dass sich jemand beruflich umentscheidet oder irgendetwas dazwischenkommt. Wenn sie Medizin studieren wollte, könnte es ja auch ganz schlicht daran gelegen haben, dass sie mit ihrem Notendurschnitt den Numerus Clausus nicht erreicht hat und nicht zum Studium zugelassen wurde. Und was den Namen angeht – da gibt es ebenso viele gute Gründe. Aber wir bleiben natürlich aufmerksam.«

»Natürlich! Dann frag sie doch einfach, wenn du sie das nächste Mal beim Training siehst.«

»Zurück zur Frage, ob Kusainov irgendetwas angestellt hat, das seine Auftraggeber in Russland so verärgert hat, dass sie ihn und Behrendt liquidieren lassen. Hm … Während ich das sage, merke ich schon, dass das nicht ganz logisch klingt. Denn Kusainov war der Chef. Wenn sie beim Geldwaschen Geld unterschlagen haben, hätte er dann nicht zuerst umgebracht werden müssen?«, schlug Tara vor.

»Aber es könnte auch sein, dass sie Behrendt als Warnung getötet haben, um Kusainov die Chance zu geben, Geld zurückzuzahlen, das er nach Russland hätte überweisen müssen. Als Kusainov das nicht tat, oder die Warnung nicht ernst nahm, musste er auch sterben.«

»Du bist ein kluger Kopf, Peter Falke. An der Reihenfolge können wir also nicht unbedingt festmachen, ob die Morde mit den mafiösen Verflechtungen zu tun haben oder nicht.« Tara wandte sich wieder der Plexiglaswand zu und zeigte auf ein DIN-A4-großes Chart. »Hier, guck mal. Das hat Lou angefertigt.«

Auf der waagerecht liegenden Achse der Grafik waren Jahreszahlen und auf der senkrechten Achse Geldbeträge in Euro eingezeichnet. Zwei übereinanderliegende Kurven stiegen stetig nach rechts oben an.

»Umsätze?«, fragte Peter.

»Ja, die obere Kurve stellt die Umsätze der Malinka Magasin GmbH der letzten zehn Jahre dar. Die untere zeigt die Überweisungen nach Russland.«

»Verlaufen parallel.«

»Ja. Und was sagt uns das?«

»Lou hat natürlich nur die Geldbewegungen gefunden, die als offizielle Überweisungen durch die Welt wandern. Wenn Kusainov Bargeld unterschlagen hat, können wir ihm das zunächst nicht nachweisen. Jedenfalls sieht es offiziell gut für Kusainov aus. Falls die Mafia einen Maulwurf irgendwo im Unternehmen hat, muss der an einer Stelle sitzen, wo er einen Überblick über das Bargeld und die Transfers hat. Und dann muss er auch noch aus den Daten eines Ladens hochrechnen, dass in der gesamten Unternehmensgruppe etwas nicht stimmt.«

»Nein.« Peter schüttelte den Kopf. »Meinst du nicht, dass es für das gesamte Unternehmen zu kompliziert wäre, Kusainov zu eliminieren?«

»Gesellschaftsrechtlich ist die jetzige Situation jedenfalls nicht besonders einfach. Da sind eine Menge Fragen zu klären: Was passiert mit der GmbH? Erbt Kusainovs Frau oder gibt es andere Rechtsnachfolger? An wen fallen die Gesellschaftsanteile? Wer führt vorübergehend die Gesellschaft? Wird sie gegebenenfalls aufgelöst oder steht etwas anderes im Gesellschaftsvertrag?«

»Eine gewisse Informatikstudentin hat eine Menge Rechercheaufträge zu erledigen.«

»Ich rufe sie morgen an. Für heute ist es gut.«

»Wir haben immer noch kein Motiv, falls es *nicht* die russische Mafia war.«

»Nee, und diese Zweigleisigkeit finde ich auch echt anstrengend.«

»So. Das haben wir uns jetzt aber mehr als verdient.« Steffi Johannmeier kam um die Theke im Fitnessstudio »Körper-Werk« herum und reichte Bettina Lange einen großen Proteinshake. Außer ihnen war niemand mehr auf der Trainingsfläche. An einem Sonntagabend verbrachten die meisten Studiomitglieder Zeit mit ihren Familien, schauten »Tatort« oder ließen das Wochenende anderweitig ausklingen. Steffi und Bettina hatten ihr Training soeben mit einer heftigen Einheit Cardio auf dem Stairmaster abgeschlossen.

Bettina nahm ihren Becher und schnupperte an dem weißen Schaum, der sich oben auf dem Drink durch den Mixvorgang gebildet hatte. Vanille mochte sie am liebsten. »Dank dir. Das ist jetzt genau richtig.«

»Absolut.« Steffi setzte sich neben Bettina auf den Barhocker, trank einen Schluck und schaute versonnen auf die verlassene Trainingsfläche. Das Licht hatte sie bereits gedimmt und die Musik ebenfalls leiser gemacht.

»Sag mal«, sagte Bettina Lange, »kannst du dich noch an Leute aus unserer alten Stufe erinnern?«

»Schulzeit? Puh, das ist lange her.«

Bettina nickte. »Werden jetzt 20 Jahre, wenn mich mein schwaches Hirn nicht im Stich lässt.«

Steffi lachte. »Ausgerechnet du und schwaches Hirn.« Dann wurde sie wieder ernst. »Ich sehe hier weit und breit niemanden, der schlauer ist als du … oder schöner.«

»Ja nee, ist klar«, sagte Bettina und schüttelte den Kopf. Ihr blauer Pony klebte an der verschwitzten Stirn. »Obwohl – du hast recht. Ich halte mich durchaus für schlauer als die 15-Kilo-Hantelscheibe dahinten.«

Steffi streichelte Bettina sanft über ihre Schulterblätter. »Du weißt, wie ich das meine.«

Bettina räusperte sich und schaute Steffi an. »Hans-Ullrich Behrendt und Sergej Kusainov sind tot.«

»Oh!« Steffi hielt sich erschreckt die Hand vor den Mund. »Die waren doch mit uns …«

»Genau. Weißt du noch, wie die früher so drauf waren?«

»Ich habe gar keine Todesanzeigen gelesen.«

»Gab auch keine. Noch nicht, zumindest.«

»Du meinst, sie waren … Wie heißt das bei dir? Kunden oder Patienten wäre wohl das falsche Wort.«

Bettina nickte nur. Dass sie als Kriminaltechnikerin meist als eine der Ersten beim Tatort oder Fundort war, hatte sie Steffi vor einiger Zeit erzählt. »Opfer.«

»Opfer … hm.« Bettina schaute nachdenklich über die Trainingsfläche bis ganz nach hinten zur Spiegelwand, vor der eine gewaltige Sammlung von Kurzhanteln in einem Ständer friedlich aufgereiht nebeneinander lag. »Das ist ein komisches Wort, findest du nicht auch?«

»Ja. Da habe ich auch schon häufiger drüber nachgedacht. Vor allem, wenn sich dann später herausstellt, dass das Opfer vorher der Täter war.«

»Du meinst zum Beispiel, wenn ein Mann seine Frau oder seine Kinder jahrelang misshandelt hat, und dann halten die es nicht mehr aus?«

»Das kommt vor.«

»Gibt es denn Hinweise, dass Ulli und Sergej sowohl Opfer als auch Täter waren?«

Bettina schüttelte den Kopf. »Das darf ich dir nicht sagen.«

»Ach so, ja. Entschuldige bitte.« Steffi schwieg einen Moment, kam dann aber auf ihr Beispiel zurück. »Und was fühlst du, wenn die Frau erst durch die Ehehölle gegangen ist und dann lebenslang ins Gefängnis muss?«

»Ich fühle mich sehr unwohl. Es scheint manchmal so, dass es andere Möglichkeiten für die Frau gegeben hätte. Trennung vom Partner. Frauenhaus. Wegzug in eine andere Stadt. Aber wir haben eben auch Fälle, bei denen die Frau genau diese Möglichkeiten in Anspruch genommen hat, und der kranke Partner hat das nicht akzeptiert, sie gesucht, gefunden und ihr wieder etwas angetan. Sie schlimmstenfalls umgebracht, damit sie für immer sein ist. Das ist abartig und macht mich unfassbar traurig. Mit diesen Fällen im Hinterkopf bekommt der Mord oder Totschlag einer misshandelten Frau an ihrem Mann eine andere Bedeutung. Denn wir wissen: Es war tatsächlich der einzige Ausweg, ihr eigenes Leben zu retten, das sie nun allerdings im Gefängnis verbringen muss.«

»Das ist deprimierend.«

»Ist es.«

Beide Frauen hingen schweigend ihren Gedanken nach.

Dann ging ein Ruck durch Steffis Körper. »Du denkst doch über die Trainerlizenz nach?«

Bettina nickte. »Ich sag dir diese Woche noch Bescheid.« Sie lächelte Steffi an, wenngleich es aufgrund des vorangegangenen Gesprächsthemas ein etwas verkrampftes Lächeln war. »Aber ich würde mal sagen: Es sieht gut aus.«

»Würd' mich echt wahnsinnig freuen. Und was Sergej und Ulli angeht: Es tut mir natürlich echt leid und so«, sagte Steffi. »Und man soll ja auch nett sein, wenn jemand gestorben ist, aber ich hab die irgendwie nicht so toll in Erinnerung.«

»Genau so hab ich meine Sicht auf unsere ehemaligen Mitschüler meinen ermittelnden Kollegen auch geschildert.« Bettina überlegte kurz. »Wer gehörte wohl noch zu deren Clique?«

»Tja, da fragst du mich was.«

»Warum sind wir nochmal hier?«, wollte Rohde wissen.

»Wir wollen herausfinden, ob Frau Kusainov nur das Pech hatte, mit Sergej Kusainov verheiratet zu sein, oder ob die Dame eine wichtigere Rolle spielt.« Florian Dreier hatte sich bereit erklärt, mit Rohde zusammen die erste Schicht zu übernehmen. Sie saßen in ihrem VW Passat in einer Parkbucht schräg gegenüber Kusainovs Haus, weit genug von der nächsten Straßenlaterne entfernt, sodass man die Fahnder im Zivilfahrzeug nicht sofort von der Straße oder den umliegenden Häusern aus erkennen konnte. Später würden sie von Anja Fortkemper und Kai Krüger abgelöst werden.

Es war kurz vor 23 Uhr. Dicke Wolken verbargen den Mond, sodass es stockdunkel war. Im Haus der Kusainovs brannte noch Licht, das aus einem Fenster im Erdgeschoss nach außen drang. Dann wurde eine Leuchte im Flur betätigt, denn ein heller Schein fiel aus den milchigen Scheiben der Haustür nach außen. Kurze Zeit später verlosch auch diese Lichtquelle, und im Obergeschoss drang Licht aus den Schlitzen heruntergelassener Jalousien.

»Sie geht ins Bett«, brummte Rohde. »Jetzt wird es noch langweiliger. Was für eine dämliche Zeitverschwendung.«

Es war Florians Idee gewesen, Olga Kusainov zu überwachen.

In diesem Moment fuhr ein Geländewagen schwungvoll bis vor die Doppelgarage der Kusainovs.

»Vielleicht auch nicht.« Florian nahm das Nachtsichtgerät ans Auge. Automatisch dämpfte er seine Stimme, obwohl es unwahrscheinlich war, dass Olga Kusainov oder der Neuankömmling ihn hören konnten. »Seltenes Modell … warte … Luxusmarke. Ein Maserati. Levante.«

»Noch nie gehört«, sagte Rohde.

»Gesehen auch noch nicht?«, fragte Florian.

»Sehr lustig.«

»Du musst an deiner Laune arbeiten.«

»Und du an deiner Arroganz.«

»Wieso erzählst du mir nicht endlich mal, was bei dir zu Hause los ist?«

»Erzähl du lieber mal, wer da aussteigt.«

Florian konzentrierte sich auf die Fahrerseite des Fahrzeugs. Die Tür ging auf und als der Mann ausstieg, sah Florian, dass der sich kurz nach allen Seiten umschaute. Allerdings nicht auf die vorsichtige, sichernde Art, sondern selbstbewusst, besitzergreifend.

»Scheiße«, sagte Florian. Das Gesicht kannte er. Das erste Mal hatte er den Mann auf einem Foto in Harry Hellmanns Büro gesehen. Später immer wieder in der Akte über die Verflechtungen der Malinka Magasin GmbH in höchste russische Polit- und Machtkreise. »Das ist Jevgenij Wojtschak. Der lange Arm der russischen Mafia nach Deutschland.«

»Und was will der ausgerechnet hier?«

»Entweder ist Olga Kusainov die Nächste mit einem Loch in der Stirn …«

»Dann sollten wir besser eingreifen.«

»Das glaube ich nicht. Denk an das Tatmuster.«

Die automatische Außenbeleuchtung vor der Haustür der Kusainovs schaltete sich ein. Jevgenij Wojtschak stand einfach davor und wartete.

»Oder?«

»Warte es einfach ab.«

Als Olga Kusainov in einem dunkelroten Kimono die Haustür öffnete, breitete sie in einer fließenden Bewegung die Arme aus und zog Jevgenij Wojtschak ins Haus.

Warum ich? Warum ausgerechnet ich?

Warum ist mir das passiert?

Wenn sie mich nicht überredet hätten mitzukommen, wäre mir das erspart geblieben.

Wie weit müsste ich mit der Zeitmaschine zurückreisen, um den Lauf des Lebens so zu verändern, dass ich zum Zeitpunkt des Geschehens woanders gewesen wäre? Bis zur Einschulung in die fünfte Klasse, dann hätte ich sie nicht kennengelernt. Bis kurz vor Beginn der Party, dann hätten sich unsere Wege nicht gekreuzt.

Es ist müßig, sagt die Vernunft.

Es ist nicht deine Schuld, behauptet der Verstand.

Die Täter haben Schuld. Niemand sonst. Flüstert die Logik.

Und das Gefühl? Was will das Scheißgefühl? Diese launische Diva, die ihre Meinung von einer Minute zur anderen ändert.

Das Gefühl sagt: Töte sie.

Die Logik sagt: Es gibt keine andere Lösung.

Der Verstand sagt: Ich helfe dir.

Die Vernunft verkündet: Die Hälfte des Weges liegt bereits hinter uns. Den Rest kriegen wir auch noch hin. Gemeinsam werden wir es schaffen.

Es wird genau so laufen, wie ich es will.

So hat es begonnen. Und so wird es enden.

In einer Woche ist es vorbei.

Endlich!

ERLÖSUNG

Der Weg des Kriegers ist der Tod.
Wenn man sich zwischen Leben und Tod entscheiden muss,
soll man ohne Zögern den Tod wählen.
Das ist nicht schwierig,
wenn man nur entschlossen sein Ziel verfolgt.

Nach dem »Hagakure« (Ehrenkodex der Samurai)

MONTAG

Sie saß im Lotussitz auf den schneeweißen Fliesen in ihrem Wohnzimmer. Die Handflächen hatte sie flach vor der Brust zusammengelegt. Ihr Atem ging kontrolliert und langsam.

Noch vor einer halben Stunde war ihre Wut übermächtig gewesen. Auslöser war ein Artikel, den sie online in einer überregionalen Zeitung gelesen hatte. Ein Kinderschänder, der als Wiederholungstäter vor Gericht stand, war zu einem Jahr und acht Monaten verurteilt worden.

Zu einem Jahr und acht Monaten! Verdammt! Wie sollte so etwas abschrecken? Wen sollte so etwas abschrecken? Es war unfassbar, was für eine grünversiffte linksliberale Scheiße da in den Gerichten verzapft wurde. Kein Richter hatte den Arsch in der Hose, mal endlich auf Abschreckung durch hohe Strafen zu setzen. Und kein Justizminister zeigte Rückgrat, wenn es darum ging, das Strafgesetzbuch zu reformieren. Was war nur in diesem Land los? Wozu gab es diese verkackten Juristentage? Gab es irgendjemanden in diesem Land, der Angst davor hatte, mit 70 Stundenkilometern in der Stadt gepackt zu werden? Nein! Und warum? Die wenigsten wurden erwischt, und wenn, waren die Strafen im Verhältnis zu der Gefahr, in die der Fahrer seine Mitmenschen gebracht hatte, lächerlich niedrig.

Aber sie wusste, dass sie sich beruhigen musste. Sonst konnte sie ihre Aufgabe nicht erfüllen, die der Welt zeigen sollte, dass es so nicht weitergehen konnte.

Atmen und Meditieren.

Meditieren und Atmen.

Konzentrieren. Sich selbst in kluge Gedanken versenken, die auf das große jenseitige Ziel gerichtet waren. Abkehr von dummen weltlichen Gefühlen, welche sie plagten und im Jetzt gefangen hielten.

Meditieren über den unvermeidbaren Tod, so wie das

Hagakure es vorsieht. Der Ehrenkodex der Samurai war für sie schon lange zum täglichen Gebetbuch geworden. Viele der Weisheiten konnte sie auswendig und bezog sie in die Meditation mit ein.

Leise flüsterte sie im Takt ihres sich wie ein Bambusrohr im Wind wiegenden Oberkörpers: »Der gegenwärtige Augenblick kann wohl der entscheidende sein; der entscheidende Moment kann genau jetzt sein. Wenn du diese Momente für getrennte Dinge hältst, kannst du im Augenblick des Notfalls nicht bereit sein. Reiche und Arme, Junge und Alte, Erwachte und Verblendete – alle müssen sterben; der Tod kommt zu jedem von uns. Jeder macht sich freilich glauben, er sei der Letzte, der sterben müsse, nachdem alle anderen diesem unausweichlichen Schicksal begegnet wären; niemand hegt einen Gedanken an den nahenden Tod, der jeden Moment an seine Tür klopfen kann. Wenn es irgendeine Formel im Umgang mit dem sicheren Tod gibt, liegt sie in der Vorstellung, dass nichts, was man tut, den Tod vermeiden kann, das eigene Leben nichts als ein leerer Traum ist. Hast du das begriffen, sei niemals unaufmerksam gegenüber dem Schatten des Todes, der dicht um deine Füße herumschleicht. Erspare dir keine Mühe, früh darauf vorbereit zu sein.«

Endlich hatte sie Ruhe gefunden. Ihre Gedanken waren klar.

Heute, Georg, wirst du sterben. Und ich bin der Tod, der um deine Füße schleicht. Bist du bereit?

»Gymnasium der Stadt Lage. Beckmann. Guten Morgen.«

»Guten Morgen, Frau Beckmann. Mein Name ist Peter Falke, und ich war bis vor 20 Jahren Schüler Ihrer Schule.«

»Oh, das ist ja interessant. Schön, dass Sie anrufen. Was können wir für Sie tun?«

»Es geht um ein Stufentreffen, und da wäre es toll, wenn Sie mir mit den Namen und Adressen helfen könnten. Geht das irgendwie?«

»Ja.« Frau Beckmann lachte freundlich. »Das lässt sich bestimmt einrichten. Wie Sie sich vielleicht vorstellen können, haben wir Anfragen wie Ihre häufiger, aber dafür gelten natürlich bestimmte Datenschutzbedingungen.«

»Das verstehe ich.«

»Am besten wäre es, Sie kommen zu uns ins Schulbüro. Wir würden dann schon einmal eine Liste Ihres Jahrganges heraussuchen und Sie müssten uns nur noch quittieren, dass Sie die Daten ausschließlich für die Planung des Ehemaligentreffens verwenden. Auf keinen Fall dürfen Sie die Namen und Adressen für kommerzielle Zwecke benutzen oder an Dritte weitergeben.«

Peter überlegte kurz, aber Mordermittlungen waren wohl eher nichtkommerzielle Zwecke. Bei den Dritten dachte er an Tara und Lou, aber wenn er es nur an Lou weitergab, war sie ja keine Dritte, sondern nur eine Zweite. Sinndehnung der deutschen Sprache, dachte Peter. Semantisch etwas fragwürdig, aber er hatte ja auch keinen Deutsch-Leistungskurs belegt.

»Das ist machbar. Was brauchen Sie dann von mir?«

»Nur Ihren Personalausweis.«

»Würde es morgen früh gehen?«

»Ja, das bekommen wir hin. Sagen Sie mir bitte noch einmal Ihren Namen.«

»Peter Falke.«

»Gut. Habe ich notiert. Und Sie haben vor 20 Jahren Abitur gemacht?«

»Ja, genau.«

»Dann habe ich jetzt alles, Herr Falke. Dann bis morgen.«

»Wunderbar. Vielen Dank, und ich schaue dann morgen früh bei Ihnen rein.«

Peter hasste es, andere Menschen anzulügen. Guter Zweck hin oder her. Das war ein blödes Gefühl. Sofort plagte ihn ein schlechtes Gewissen, von dem er wusste, dass es noch eine ganze Zeit lang anhalten würde.

Es sei denn, er würde wirklich eine kleine Abi-Revival-Party organisieren. Aber vorher würde es noch die Beerdigungen zweier ehemaliger Mitschüler geben.

»Du siehst scheiße aus«, sagte Kornelius Bischoff, den Florian Dreier heute Morgen ziemlich unausgeschlafen als Erstes aufsuchte.

Sie würden erst später eine Besprechung in größerer Runde haben, wenn sie Olga Kusainov befragt hatten. Damit wollte Florian allerdings warten, bis sich Jevgenij Wojtschak nicht mehr bei ihr befand. Die trauernde Witwe hatte sich scheinbar schnell getröstet. Oder sich gar nicht trösten müssen, weil sie schon länger eine Affäre mit dem langen Arm der russischen Mafia in Deutschland unterhielt. Daraus ließ sich vielleicht ein Motiv für den Mord an Sergej Kusainov ableiten. Wie das dann allerdings mit Behrendt zusammenhing, konnte Florian noch überhaupt nicht sehen. Aber zum Generieren weiterer Erkenntnisse war das geplante Verhör schließlich da.

»Danke. Das habe ich mir in letzten Tagen aber auch mühsam erarbeitet. Dazu die Überwachung …« Florian gähnte.

»Du bist noch nicht mal 40.«

»Ja, das stimmt mich auch nachdenklich.«

Bischoff schaute Florian an. »Ihr sollt eigentlich Überstunden *ab*bauen. Nicht auf! Das wird den Steuerzahler gar nicht freuen.«

»Ich wollte schon immer einmal wissen, wer dieser Steuerzahler eigentlich ist. Falls du ihn mal triffst, stell ihn mir bitte vor. Der scheint mir manchmal merkwürdige Ansichten zu vertreten.«

»Wie bist du eigentlich darauf gekommen, nicht einzuschreiten, als Wojtschak aufgekreuzt ist? Hattest du keine Sorge, dass er Frau Kusainov etwas antun könnte? Er ist ein Killer. Und kommt auch in unserem Fall als Verdächtiger infrage.«

Florian nickte langsam. »Ermittlerinstinkt. Nenn es Ahnung. War so ein Gefühl.« Er hasste sich selbst für diesen Satz. Intuition war genau das, was ihn zwar einerseits an seinem ehemaligen Partner Angus Buchanan so fasziniert hatte. Andererseits hatte genau diese Intuition sie nicht selten in verzwickte Situationen gebracht, die später nur schwer zu erklären waren. Und Tara agierte ebenfalls oft in diesem Spannungsfeld aus klugen Schlussfolgerungen und purer Emotion.

»Toll. Jetzt fängst du an wie dein toter Ex-Partner. Gibt's auch 'ne Begründung?«

»Ja. Natürlich. Es passt einfach nicht in das bisherige Tatmuster. Er ermordet nicht quasi unsichtbar erst zwei Männer und fährt dann auffällig zum Haus der Witwe des einen, wo ihn jeder Nachbar sehen könnte.«

»Glaubst du nicht, seine Organisation verfügt über ein ganzes Heer von Cleanern?«

»Doch, das glaube ich. Aber sie können nicht alle Nachbarn töten und verschwinden lassen, nur weil Wojtschak einmal unvorsichtig war.«

»Könnten sie schon, aber du hast recht. Das passt nicht ins Bild. Unser Täter hat sich schon vor der Tat extrem umsichtig verhalten«, fasste Bischoff seinen Gedankengang zusammen.

»Eben.«

»Haben wir eigentlich Vergleichsmaterial von Jevgenij Wojtschak?«

»Nein. Bisher nicht. In einer Datenbank von Interpol existiert lediglich ein Teilabdruck. Und eben die Fotos, mit deren Hilfe ich ihn identifiziert habe.«

»Sag mal. Es ist doch nur ein Team vor Ort? Was ist, wenn sie getrennt wegfahren? Dann verlieren wir entweder Olga Kusainov oder Jevgenij Wojtschak. Ich glaube, du bist wirklich übermüdet.«

Florian lächelte. Seine Augen brannten. Aber er lächelte. »Da hab ich vorgesorgt. Trotz Müdigkeit. An seinem Auto klebt ein Sender.«

Jevgenij Wojtschak trat aus der Haustür. Die wenigen Schritte bis zu seinem Auto nutzte er, um zu dem grauen Passat Kombi hinüberzuschauen, der seit sechs Stunden auf der gegenüberliegenden Straßenseite parkte. Er vermutete, dass ihnen kalt war, und deutete mit einem knappen Nicken einen Gruß an. In Deutschland froren die Leute ja bereits, wenn es weniger als fünf Grad hatte. Plus. Lächerlich. Vielleicht hatten sie Standheizung in ihrem Zivilfahrzeug, es war ihm aber auch völlig egal.

Er griff in seine Manteltasche und zog das kleine Gerät hervor, das ihm schon unbezahlbare Dienste geleistet hatte. Zielstrebig suchte Wojtschak zuerst auf der Unterseite des

Fahrzeughecks. Nach weniger als einer halben Minute wurde er bereits fündig. Er nahm das kleine Kästchen und schaltete es aus. Das Verhalten von Bullen war ja so vorhersagbar.

Während er sich auf dem Weg über die Straße befand, öffnete die Zivilfahnderin auf der Fahrerseite bereits das Fenster. Jevgenij Wojtschaks Hände steckten in Handschuhen aus sehr teurem und äußerst weichem Leder. Er hatte nicht vor, den Bullen seine Fingerabdrücke zu liefern. »Schämt ihr euch gar nicht? Eine trauernde Witwe zu beschatten. Also wirklich!«, sagte er mit hartem russischen Akzent. Mit der Rechten legte er den Sender auf das Dach des Wagens. »Vielleicht könnt ihr ihn ja noch einmal bei jemandem verwenden, der ein wenig unaufmerksamer ist als ich.«

Die Beamtin schaute ihn unglücklich an. Der Kollege auf dem Beifahrersitz hielt seine Dienstwaffe, eine Walther P99, mit der rechten Hand auf dem Oberschenkel, in der linken hielt er locker sein Smartphone. »Okay«, sagte die Frau.

»Sie hätten auch einfach fragen können. Wie unter zivilisierten Menschen. Ich fahre jetzt in die Firma.«

Als Wojtschak die Straßenmitte erreicht hatte, drehte er sich noch einmal um. »Olga übrigens auch gleich. Betriebsversammlung. Alles klar?«

Florians Handy klingelte. Kai Krüger. »Morgen, Kai.«

»Wojtschak fährt los.«

»Bleibt bei der Frau. Wir tracken ihn über den Sender.«

»Du alter Romantiker. Der Typ ist ein Profi. Wenn der sein Auto irgendwo unbeaufsichtigt abstellt, checkt der das hinterher. Er hat seine Karre gescannt und uns den Sender aufs Dach gelegt.«

»Scheiße.«

»Er sagte, er fahre jetzt in die Firma. Damit meint er vermutlich Kusainovs Laden.«

»Ja. Hängt euch an Olga Kusainov. Ich fahre rüber zur Malinka Magasin GmbH.«

Helene Löwen wusste nicht, was sie machen sollte. Wie sie aus Unterhaltungen vor Arbeitsbeginn und in der Pause wusste, ging es den anderen Kolleginnen und Kollegen genauso wie ihr. Keiner konnte sich auf seine Arbeit konzentrieren. Niemand wusste, wie es weitergehen würde.

Hans-Ullrich war tot. Sergej war tot. Heute Morgen war alles anders als je zuvor.

Und nun? Wer sollte die Geschäfte führen? Würden sie jetzt alle arbeitslos werden? Viele Familien waren finanziell davon abhängig, dass die Frauen oder Männer hier oder in den Filialen Arbeit hatten. Das konnte man doch nicht einfach so den Bach runtergehen lassen.

Wenn es keinen Geschäftsführer mehr gab, konnte ihnen ja noch nicht einmal mehr jemand ein Arbeitszeugnis ausstellen. Würde das jetzt so ähnlich sein wie in einem Insolvenzverfahren, dass hier plötzlich ein Anwalt auftauchte und die Geschäftsführung übernahm? Helene hatte das schon einmal miterlebt, und es war eine Erfahrung gewesen, auf die sie gut verzichten konnte.

Oder würde Sergejs Frau Olga an seine Stelle treten? Helene kannte sich mit Erbrecht überhaupt nicht aus.

Olga Kusainov würde auch gleich dabei sein, wenn sie sich um 10 Uhr gemeinsam treffen wollten. Sozusagen eine

Betriebsversammlung. Erst einmal ging in den Abteilungen scheinbar alles so weiter wie bisher. Der Einkauf konnte sich um die Warenbeschaffung kümmern, der Verkauf um den Vertrieb. Helenes Kollege Yüksel Cabuk war schon letzten Donnerstag von Sergej als Vertretung für Hans-Ullrich Behrendt eingesetzt worden. Yüksel war der erfahrenste Lagerarbeiter im Unternehmen. Helene mochte den ruhigen Deutsch-Türken, der auch nach 20 Jahren in Lippe seinen fränkischen Zungenschlag nicht abgelegt hatte. Er blieb in den hektischsten Momenten entspannt und behielt den Überblick. Viel hing davon ab, ob sie sich einigen konnten, wie sie als Team zusammenarbeiten wollten.

Wie geplant hatte sie sich am Wochenende einen Überblick über offene Stellen in Ostwestfalen-Lippe informiert. Natürlich war sie bereit, ein paar Kilometer weiter zu fahren oder irgendwann sogar umzuziehen. Bis sich etwas Konkretes ergab, wollte Helene Löwen aber erst einmal weitermachen und die Kollegen, so gut sie konnte, unterstützen.

In diesem Moment betrat ein Mann ihr Büro. Sie war von den anderen am Empfang nicht vorgewarnt worden. Das missfiel ihr sehr. Sergej hatte nicht gewollt, dass jemand unangemeldet im Unternehmen herumlief. Und Helene empfand es nun auch als unangenehme Überraschung.

»Guten Morgen. Was möchten Sie hier?«, sagte sie daher ein wenig barsch.

»Aber, aber, liebe Helene, wer wird denn gleich so unfreundlich zu Freunden sein?« Er hatte eine moderne Frisur und war teuer gekleidet, soweit Helene das beurteilen konnte. Der Fremde versuchte seiner rauen Stimme einen sanften Klang zu geben, was aber umso bedrohlicher wirkte. Schlussendlich waren es seine Augen, die Helene Angst machten. Und die Tattoos auf seinen Fingerknöcheln widersprachen der schicken Kleidung und der sanften Stimme. Sie konnte zwar nicht erkennen, um was für Symbole es sich genau handelte, dennoch ahnte sie: Das verhieß nichts Gutes.

»Wer sind Sie und woher wissen Sie, wer ich bin?« Ihre Stimme zitterte. Darüber ärgerte sie sich sehr.

»Oh, wie unhöflich von mir«, säuselte er. »Mein Name ist Jevgenij Wojtschak und ich bin … nun, sagen wir mal … ein Organisator. Und nach dem Ableben des seligen Sergej Kusainov kümmere ich mich darum, dass die Geschäfte hier weitergehen.«

Er sah Helene kalt an. Es fühlte sich für sie an, als würde er in ihren Kopf eindringen und ihre Gedanken heraussaugen. Also versuchte sie, nichts zu denken, was natürlich nicht funktionierte. Ihre Gedanken rasten. Sergej ist alles, aber nicht selig. Was will der Typ? Meine Güte, ist der gruselig. Wenn das der neue Chef wird …

»Und weil du, liebe Helene, dich am besten mit allem hier auskennst, haben wir uns gedacht, es wäre am sinnvollsten, wenn du Geschäftsführerin wirst.« Jevgenij Wojtschak ließ offen, wer »wir« war.

»Ich? Was? Geschäftsführerin? Aber das geht doch nicht. Ich kann nicht … Ich weiß doch gar nicht …«

»Oh doch. Wir glauben, dass du eine Menge weißt. Über Sergej. Über das Geschäft. Die Finanzbewegungen. Mit diesem Wissen können wir dich ja schlecht ziehen lassen.« Er machte eine kurze Pause und ließ seine Worte wirken. »Was meinst du?«

Das, so wurde Helene schlagartig bewusst, war kein Vertragsangebot, das man annehmen oder ablehnen konnte. Das war eine Drohung.

Was hatten Sergej und Ulli bloß angestellt, dass sie sterben mussten?

Und sie war mittendrin in diesem Albtraum und kam nicht heraus.

Sein Handy summte. Da er gerade allein im Büro war, schaute er sofort nach.

Eine Nachricht von einer unbekannten Nummer: »Who's next?«

Was sollte das?

Dann ein Foto. Noch ein Foto.

Beinahe wäre ihm das Handy aus der Hand gefallen.

Das konnte doch nicht wahr sein. War das ein makabrer Scherz?

Waren das echte Fotos?

Ja, verdammt. Die Gesichter ... Das waren Sergej und Hans-Ullrich.

Wollten die ihn verarschen?

Dann die nächste Nachricht: »Ich weiß, was du vor 20 Jahren getan hast!«

Verfluchte Scheiße. Er wusste auch, was er vor 20 Jahren getan hatte. Die verdammte Nacht hatte sein Leben verändert. Die Zeitabschnitte, in denen das Verdrängen funktionierte, wurden immer länger. Aber wenn die Erinnerung kam, war es hart. Doch was hätten sie danach tun sollen? Sich entschuldigen? Das wäre ja einem Geständnis gleichgekommen. Und dann?

Was jetzt? Was sollte er jetzt nur tun?

Die Polizei verständigen?

Harald anrufen?

Sein Herz raste. Kalter Schweiß brach ihm aus allen Poren.

Die Bürotür öffnete sich und seine Kollegin kam herein. Balancierte zwei Kaffeebecher auf einem schmalen Tablett.

»Alles okay bei dir? Du bist ja ganz blass. Ist etwas passiert?«

»Jaja«, sagte er schnell. »Alles bestens. Hab nur ein wenig Kopfweh. Brauch wohl einfach einen Kaffee.« Er lachte verkrampft. Aber so, wie seine Kollegin schaute, glaubte sie ihm nicht.

Endlich! Ein Blick auf den Absender genügte. Tara Wolf riss den grauen Briefumschlag aus Recyclingpapier ungeduldig auf.

Sie überflog den Inhalt und stieß erleichtert die Luft aus. Jetzt erst bemerkte sie, dass sie für einen kurzen Moment verkrampft aufgehört hatte zu atmen.

Er hatte zugestimmt. Es wurde Zeit, dass sie mit Eddie Hart persönlich redete. Er war der Kopf der Wheely Devils gewesen, einer kriminellen Gang, die sich nach außen als Rockerclub gab, tatsächlich aber ihr Geld mit illegalen Geschäften verdient hatte. Nun saß Eddie Hart in der Justizvollzugsanstalt Fuhlsbüttel in Hamburg ein, was er Angus Buchanan zu verdanken hatte. Und dort würde Tara mit ihm sprechen.

Sie musste ihm gegenübersitzen, ihm in die Augen schauen, wenn sie ihn fragte, warum er Angus auf diese brutale Art hatte ermorden lassen. Am Tag ihrer Hochzeit. Vor dem Altar und allen Gästen. Und was am schlimmsten war – an ihrer Seite. Sein Blut auf ihrem Kleid. Ein strahlender Maitag, zumindest bis zu dem hinterhältigen Anschlag. Und sie war, auch wenn das klischeehaft klang, eine strahlende Braut gewesen. Glücklich, den Mann gefunden zu haben, mit dem sie den Rest ihres Lebens verbringen wollte. Auch das ein klischeebeladener Satz, aber genau so hatte es sich für sie beide angefühlt.

»Er wollte dich töten lassen, Tara. Und jetzt willst du ihn besuchen? Glaubst du ernsthaft, du kommst da heil an? Das ist doch eine Falle. Außerdem … Das ist eine brutale Bikergang. Angus hat sie hingehängt. Verraten. Und weil er berechtigte Angst vor Rache hatte, hat er sich hierhin versetzen lassen, um aus der Schusslinie zu kommen. Sie haben ihn trotzdem gefunden und umgebracht. Manchmal sind die Verhaltensstrukturen ganz einfach.« Peter Falke sah Tara mit einem Blick an, den Tara als traurig bezeichnen würde. Mit dem Brief in der Hand war sie direkt zu ihm hinübergelaufen.

»Genau das bezweifle ich. Da muss mehr sein. Ich spüre das«, entgegnete sie.

»Hast du vergessen, was seine Leute dir angetan haben?«

Angus Buchanan hatte als verdeckter Ermittler in Hamburg gearbeitet und sich bei den Wheely Devils eingeschleust. In fünf Ortsgruppen, sogenannten Chapters, erpresste die Gang unter dem Deckmantel eines Wach- und Sicherheitsdienstes Schutzgeld, dealte mit synthetischen Drogen und war in Hamburg und Umgebung die Nummer eins im Waffenhandel. Zwei Jahre hatte es gedauert, dann ließ Angus Eddie Harts Gang hochgehen, um den Sumpf aus Schutzgelderpressung, Waffenschmuggel und Drogenhandel auszutrocknen. Bei der finalen Razzia wurden Drogen, automatische Waffen, Schutzwesten, Munition, Macheten und

Schwerter mit einem Marktwert von fast fünf Millionen Euro sichergestellt. Ein großer Ermittlungserfolg, dennoch war etwas schiefgegangen, einige Mitglieder konnten entkommen und untertauchen. Sie blieben verschwunden, bis sie in der St.-Marien-Kirche in Lemgo aufgetaucht und die Trauung von Tara und Angus in ein Blutbad verwandelt hatten.

Tara schüttelte energisch den Kopf. »Nein, Peter. Natürlich habe ich das nicht vergessen. Wie könnte ich? Aber ich glaube nicht, dass er mir eine Falle stellen will.«

»Und was lässt dich das denken?«

»Der Killer, der sich selbst ›der Gärtner‹ nennt und von dem wir inzwischen wissen, dass er aus Falkenhagen stammt und Constantin Consigliere heißt, hat bei der Hochzeit ›nur‹ Angus erschossen. Mich nicht. Dann hat Florian für mich Informationen beschafft und wurde daraufhin angeschossen. Das haben wir damals schon als Fehlschlag des Gärtners eingeschätzt. Florian hätte vermutlich bei dem Anschlag sterben sollen. So sehe ich das übrigens immer noch. Außerdem haben wir gemerkt, dass wir nicht so einfach über offizielle Kanäle an ihn herankommen. Irgendjemand hält seine Hand über ihn. Das ist doch alles mehr als verdächtig.«

»Und dein Unfall im Dezember? Du warst fast zwei Monate außer Gefecht. Er hat dich verfolgt. Dich gejagt. Was für eine Erklärung hast du dafür?«

»Vielleicht wollte er nur mit mir reden, damit ich aufhöre, ihn zu suchen.«

»Ja, und die Schildkröte ist aus Versehen in das Maul des Alligators gefallen.«

»Ich bin keine Schildkröte.«

»Dann lass mich wenigstens mitkommen.«

»Das würdest du machen?«

»Tara!«

»Du hast recht. Danke, du Lieber. Ich überlege es mir.«

»Aber warte nicht zu lange. Sonst hab ich was anderes vor.«

»Ist klar«, sagte Tara, und beide mussten lachen.

Verfluchter Mist. Sergej und Hans-Ullrich waren tot.

Und als ob das nicht schon schlimm genug war, bekam er auch noch Fotos davon. Warum bloß?

Georg Schaper hatte am Donnerstag in der Lippischen Landeszeitung darüber gelesen, dass ein unbekannter Toter im Bad Salzufler Kurpark gefunden worden war. Am Samstag war dann online die Nachricht veröffentlicht worden, dass es einen Leichenfund im Extertal am Patensteig gegeben hatte. Mit Ulli und Sergej hatte er die Mitteilungen natürlich nicht in Verbindung gebracht.

Konnte es sein, dass sie sich nach all den Jahren rächen wollte?

Der Abend damals war wirklich sehr lustig gewesen. Zu Beginn jedenfalls. Sie wollten noch weiterfeiern, als der offizielle Teil bereits zu Ende war. Schon leicht angetrunken waren sie in Sergejs Hütte gefahren. All der Wodka. Sicher, das war keine Ausrede. Das war es nie. Er hätte es verhindern können. Sogar müssen. Wie oft hatte er sich das vorgeworfen? Statt einer schönen Erinnerung, die man Jahre später noch lachend teilt, hatten sie richtig große Scheiße gebaut.

»Papa! Kommst du runter? Lego spielen?«

Nun waren die Bilder wieder da. Böse Bilder, die er lange

verdrängt hatte. 20 lange Jahre. Die er vergessen wollte. Auch ihre Schreie und ihr Wimmern wollte er vergessen.

Nun hatte sie erst Ulli gefunden. Dann Sergej. Würde sie auch zu ihm kommen? Davon musste er ausgehen. Schließlich hatte er die Fotos bekommen.

Oder gab es eine andere Erklärung? Georg Schaper fiel keine ein. Zumindest nicht für den Moment. Wie er es auch drehte und wendete, es lief auf eines hinaus: Sie war zurück. Wo auch immer sie in den letzten Jahren gewesen war.

Und sie wollte Rache.

Adresse und Telefonnummer standen schon lange nicht mehr im Telefonbuch. Seine Frau und er hatten beides schon vor einigen Jahren löschen lassen, um den unerwünschten Werbeanrufen einen Riegel vorzuschieben. Natürlich wusste er, dass es andere Wege gab, sich Zugang zu Adressen und Telefonnummern zu verschaffen. Und – das fiel ihm erst jetzt auf – sie hatte ja auch seine Handynummer herausbekommen.

»Paaaaapaaaaaa!«

»Ja, Leon. Sofort!«

»Du sagst immer sofort, und dann dauert es wieder soooo lange.«

Tara Wolf klebte den Brief an die linke der beiden Plexiglaswände in ihrem Wohnzimmer und trat einen Schritt zurück, um das Gesamtbild auf sich wirken zu lassen. Würde das Gespräch am nächsten Sonntag ihr Leben wieder einmal verändern? Was würde es mit ihr machen, mit dem Mann zu sprechen, der derart viel Macht besaß, dass er Ermittlungen blockieren und scheinbar unangetastet Menschen töten lassen konnte? Wie tief war der Sumpf wirklich, in den Angus hineingeraten und in dem Tara bereits bis zu den Knien versunken war? Vor allem: Warum war Hart tatsächlich ins Gefängnis gegangen? Handelte der Gärtner überhaupt in Eddie Harts Auftrag? Wie viel war von der alten Gang, den Wheely Devils, nach Angus' verdecktem Einsatz noch übrig? Das alles ließ Tara schon lange keine Ruhe, und sie fragte sich, ob sie auch nur auf eine ihrer Fragen eine Antwort bekommen würde.

Oder hatte Peter recht damit, dass alles gar nicht so kompliziert und schlussendlich auf eine primitive Racheaktion zurückzuführen war?

Tara schüttelte den Kopf. Wieder drehte sie sich mit ihren Fragen im Kreis. Sie musste auf andere Gedanken kommen und versuchte, unvoreingenommen und frisch auf die ebenfalls verwirrenden Zusammenhänge auf der rechten Wand zu schauen. Sie starrte auf die Gesichter und Namen der Klassenliste, die Peter Falke angefertigt hatte.

Ein Name fiel ihr auf. Er kam ihr bekannt vor.

Sie blätterte die Geldwäscheakte der Malinka Magasin GmbH auf. Genau … Georg Schaper … Zeuge der Verteidigung. Sachbearbeiter im Firmenkundengeschäft der Sparkasse Lemgo. Als Banker von Kusainov hat er ausgesagt, alles ginge mit rechten Dingen zu. Im Gerichtssaal hatten sich Schaper und Kusainov distanziert verhalten. Niemals wäre sie darauf gekommen, dass die beiden sich schon seit ihrer Schulzeit kannten.

Die Frage war nun, ob Schaper tatsächlich glaubte, dass alle Geldtransfers korrekt abliefen oder ob er Kusainov und dessen Geschäfte deckte und sich ebenfalls auf die eine oder andere Art bereicherte.

Ich muss Florian anrufen, dachte Tara. Während sie sich auf den Weg in den Flur machte, wo sie ihr Smartphone beim Hereinkommen abgelegt hatte, klingelte es bereits.

»Hi, Lou, wie geht es dir?«

»Hey, Tara. Och, eigentlich ganz gut. Oder nee. Sogar sehr gut. Ich habe nämlich die Verbindung gefunden.«

»Welche Verbindung denn?«

»Es hat mir einfach keine Ruhe gelassen. Erst dachte ich, irgendwie ist die Russenmafia-Geschichte entweder eine Sackgasse oder so ein großer Krake, dass ich gar nicht weiß, wo ich ansetzen soll. Und wenn man ein bisschen gräbt, merkt man schnell, dass das alles ganz schön große Arschlöcher sind. Was so rein erkenntnistechnisch aber keinem weiterhilft.« Lou kicherte leise. »Also habe ich mich noch mal so richtig konzentriert und tatsächlich etwas gefunden.«

Tara konnte nur ahnen, wie lange sich Lou durch die unterschiedlichsten Quellen gehackt hatte. »Eine Verbindung zwischen Kusainov und der Mafia? Ich hoffe, du bist sehr vorsichtig. Mit denen legt man sich nicht ungestraft an.«

»Ja, logisch. Klar bin ich vorsichtig. Denkst du, ich hätte keinen Schiss? Falls – und ich sage bewusst: falls! – tatsächlich jemand merken sollte, dass ich in seinem System war, führt die Spur nur bis zu einem Server in Malaysia.«

»Das glaube ich dir jetzt einfach mal.«

»Kannst du. Also: Es ist manchmal so einfach. Unglaublich, dass wir das nicht früher gemerkt haben.«

»Was denn?« Lou machte es wirklich spannend. Aber das hatte sie sich nach ihrer Arbeit selbstverständlich auch verdient. Tara hielt das gerne aus.

»Olga Kusainov ist eine geborene Abramowitsch.«

»Und? Da klingelt nichts bei mir.«

»Muss es auch nicht. Ihre Mutter war zwar nie verheiratet, aber es gibt natürlich trotzdem einen Erzeuger. Und ihr Vater heißt … Pjotr Wojtschak.«

»Du meinst …?«

»Ich meine nicht nur, ich weiß es sogar. Olga Kusainov ist die Halbschwester von Jevgenij Wojtschak.«

»Wow! Du bist der Hammer!«

»Danke. Macht ja auch Spaß. Vor allem, wenn man was rausfindet. Hoffe, das hilft irgendwie weiter.«

»Davon gehe ich aus. Ich informiere jetzt sofort Florian.«

»Ja, cool. Mach das.«

»Und du lernst jetzt wieder für deine Prüfungen, ja?«

»Klaro!«

Tara ließ das Telefon erst gar nicht kalt werden. Sie rief direkt bei Florian an und erzählte ihm, was Lou ihr gerade berichtet hatte.

»Ihr habt also herausgefunden, dass Olga Kusainov die Halbschwester von Jevgenij Wojtschak ist? Wie das denn … ach, nee. Erzähl's mir besser nicht.«

»Lou halt.«

»Toll, danke, das weiß ich jetzt auch. Hättest dich ruhig etwas früher melden können.«

»Wieso? Ich hab das auch gerade erst erfahren.«

»Na, das kann ich dir sagen. Weil wir dachten, er wäre ihr Liebhaber.«

»Uh. Du meinst … beim Verhör?«

»Ja.«

»Das ist peinlich.«

»So was von.«

Einen Moment schwiegen beide sich am Telefon an.

»Tara?«

»Ja, Flo.«

»Noch irgendetwas?«

Tara überlegte kurz, ob sie Florian davon erzählen sollte, dass sie sich am Sonntag mit Eddie Hart treffen wollte. »Ja. Mir ist da gerade noch eine Verbindungslinie aufgefallen. Der Banker von Kusainov. Georg Schaper. Ist auch mit Kusainov und Behrendt in die Schule gegangen.«

»Scheiße.«

»Ja.«

»Ich fahre gleich los.«

Georg Schaper betrat seine Doppelgarage durch die feuersichere Verbindungstür zwischen Hauswirtschaftsraum und Garage. Der Bewegungsmelder reagierte sofort und steuerte die in der Garagendecke eingelassenen Strahler an. Der Raum wurde in weißes Licht getaucht. Mit einer routinierten Bewegung betätigte Georg Schaper den Schalter links neben der Tür und das elektrische Sektionaltor fuhr leise nach oben.

Es war schwierig gewesen, seiner Frau zu erklären, warum er noch einmal wegmusste. Beruflich hatte er es nicht begründen können, denn aufgrund der sehr geregelten Arbeitszeiten in der Bank kam das so gut wie nie vor. Und der Skatabend war erst am Mittwoch. Also hatte er gesagt, ein Freund habe Probleme und wolle mit ihm reden. Was ja irgendwie auch stimmte. Er hatte schon lange keinen Kontakt mehr zu Harald Steinsiek gehabt und sich dagegen entschieden, ihn anzurufen. Ein paarmal war er kurz davor gewesen, hatte sich die Worte zurechtgelegt, dann aber nicht gewusst, wie er das am Telefon erklären sollte. Ob unangekündigt aufzutauchen besser war, bezweifelte Georg Schaper. Eine bessere Idee hatte er jedoch nicht gehabt. Außerdem verschaffte die Fahrt ihm noch etwas Zeit zum Nachdenken. Aufgeregt und nervös ließ er den Autoschlüssel auf den Betonboden fallen, hob ihn auf und stieg dann in seinen Mercedes-C-Klasse-Kombi.

Er saß einen Moment auf dem Fahrersitz, ohne den Wagen zu starten. Irgendetwas fühlte sich anders an. Es roch fremd. Die Wahrnehmung war kaum zu einem Gedanken geworden, da spürte er etwas Kaltes am Nacken. Metall?

»Sie ist geladen und entsichert. Also bewegst du dich nur sehr langsam und tust genau, was ich sage.«

Er hatte ihre Stimme anders in Erinnerung. Aber nach dem, was heute passiert war, gab es für die Anwesenheit einer Frau mit einer Pistole in seinem Auto nur eine Erklärung. Ulli und Sergej waren tot. Nun wollte sie ihn.

Wie schon so oft in seinem Leben, wenn es darum ging, Verantwortung zu übernehmen, suchte er Ausflüchte. Einen Ausweg. Die Entscheidung für die Heirat hatte seine Frau getroffen. Das Haus wollte seine Frau. Und Leon, sein Sohn, war ebenfalls eine Entscheidung seiner Frau gewesen.

»Wenn wir jetzt in die Bank gehen, wird die Alarmanlage ausgelöst. Mit meiner Schlüsselkarte komme ich nur zu den regulären Arbeitszeiten hinein. Und für den Tresorraum …«

»Idiot. Verarsch mich nicht. Du weißt, warum ich hier bin.«

Georg Schaper widerstand dem natürlichen Reflex zu nicken. »Okay!« Wenn er doch nur die Polizei verständigt hätte. Dann hätte er zwar seine Tat gestehen müssen, die ihn ins Gefängnis brächte, aber er könnte wenigstens am Leben bleiben. Er hatte sich anders entschieden. Gehofft, eine andere Lösung zu finden, sodass niemand etwas von dem erfuhr, was damals passiert war. Zu spät.

»Fahr los.«

»Wohin?«

»Fahr los.«

»Ich bewege mich, um den Wagen anzulassen und die Gänge zu wechseln.«

»Wie professionell.« Sarkasmus troff aus der Stimme. »Fahr einfach. Wenn du was probierst, bist du tot.«

»Und wenn ich nichts probiere?« Er wollte Zeit gewinnen. Musste überlegen, was er tun könnte.

»Dann überlebst du die Fahrt.«

»Das ist ein Anfang.« Er musste es schaffen, zu ihr durchzudringen. Würde eine Entschuldigung ihre Meinung vielleicht ändern? Er wollte es wenigstens versuchen. Vielleicht ergab sich auch ein Moment, in dem sie unaufmerksam war und er sie überwältigen konnte. Wenn er ehrlich war, wusste er nicht, wie das gehen könnte. In Filmen, ja, da kriegten die Helden so etwas hin. Er musste jedoch schon heftig pusten, wenn er die zwei Treppen in der Bank hochstieg. Aber wer nicht wagte, verlor sein Leben. »Ich habe deine Warnung ernst genommen und war grad auf dem Weg zu Harald. Wenn ich da nicht ankomme …«

»… wird es niemand merken. Oder ist aus dem feigen Arschloch, das du einmal warst, vielleicht ein korrekter Typ geworden?«

Verdammt!

»Und jetzt?«, wollte er wissen, als sie nur wenige Minuten später in Blomberg auf dem verlassenen Aldi-Parkplatz angekommen waren. Seine Stimme hatte einen bangen Klang. Sie zitterte. Er hasste sich dafür.

»Jetzt wechseln wir die Plätze. Du kletterst ganz langsam und vorsichtig auf den Beifahrersitz. Mach keine falsche Bewegung, sonst klebt dein Hirn von innen an der Windschutzscheibe.«

Er hatte einfach keine Idee für einen Ausweg. Also tat er, was sie verlangte. Es war nicht so einfach, über die Mittelkonsole zu klettern, wenn man 40 Kilo Übergewicht mit sich herumschleppte. Er stöhnte, aber er schaffte es.

»Schnall dich an.«

Aus den Augenwinkeln nahm er den Beginn einer schnellen Bewegung wahr. Dann spürte er den Einstich im Oberarm.

»Guten Abend. Mein Name ist Florian Dreier und das hier ist mein Kollege Bernd Rohde. Wir sind von der Kripo in Detmold und möchten gern mit Herrn Schaper sprechen. Ist er zu Hause?« Beide zeigten der Frau, von der Florian annahm, dass es sich um Frau Schaper handelte, ihre Dienstausweise. Am Klingelschild und Briefkasten stand nur »Schaper«. Paare, die nicht verheiratet waren oder bei der einer der Partner einen Doppelnamen trug, hatten dann auch meist beide Namen an der Tür.

Florian sah das Wechselbad der Gefühle im Gesicht der Frau. Zunächst die Panik, wenn Polizisten vor der Tür stehen und man das Schlimmste erwartet, das einem geliebten Menschen zustoßen kann. Dann die teilweise Erleichterung, dass die Beamten nur mit ihm reden wollten. Gleichzeitig wieder die Angst, er könnte etwas angestellt haben oder in etwas Illegales verwickelt sein. Auf die Rolle eines Zeugen kamen die wenigsten.

»Nein, tut mir leid. Mein Mann wollte noch mit einem Freund was trinken gehen.«

»Dürfen wir trotzdem bitte kurz reinkommen?«

»Ach so, ja, natürlich.«

Jessica Schaper ließ Florian und Rohde nicht weiter in

den Flur des Hauses eintreten, als nötig war, um hinter den beiden die Haustür wieder zu schließen.

»Ist Papa wieder da?«, rief eine Kinderstimme aus dem Obergeschoss des Hauses.

»Nein, Leon. Geh bitte wieder ins Bett.«

»Wer ist denn da?«

»Nur … ähm … erzähl ich dir gleich.«

»Na gut. Kommst du gleich noch hoch und liest mir was vor?«

»Ja, natürlich.«

Florian fiel auf, dass er keine sich entfernenden Kinderschritte hörte.

»Wo ist Ihr Mann denn?«

»Das weiß ich nicht.«

Der Blick verriet Florian, dass sie es wirklich nicht wusste und dass sie diese Tatsache durchaus selbst irritierte.

»Wissen Sie, wie der Freund heißt, den Ihr Mann treffen wollte?«

»Nein. Er … ich …«

»Kommt das häufiger vor, dass Ihr Mann sich mit jemandem verabredet, und Sie wissen nicht, wo oder mit wem?«

»Eigentlich nicht. Natürlich erzählt er mir nicht von jedem Meeting oder Geschäftsessen. Aber abends weiß ich normalerweise, wo er ist.«

Oder Sie glauben, dass Sie es wissen. »Geben Sie mir bitte seine Handynummer und das Autokennzeichen.«

Jessica Schaper diktierte Florian die gewünschten Nummern und Zeichenfolgen.

»Bitte rufen Sie uns an, wenn er sich meldet oder nach Hause kommt«, sagte Florian und gab ihr seine Visitenkarte.

»Egal wie spät?«

Florian nickte energisch. »Jederzeit!«

Schon auf dem Weg von der Haustür zurück zum Auto wählte Florian. »The Person you have called is temporarily not available. The person …«

»Scheiße. Wir schreiben ihn zur Fahndung aus. Auto. Person. Handy-Ortung.«

»Vielleicht ist alles ganz harmlos, und er sitzt irgendwo in einer Bar und trinkt ein Bier«, meinte Rohde, der offensichtlich keine Lust hatte, sich die nächste Nacht um die Ohren zu hauen.

»Dann hätte er wohl kaum sein Handy ausgeschaltet.«

»Im Kaiserkeller hätte er beispielsweise keinen Empfang. Und wenn er bei einer oder einem Geliebten ist …«

»Im Moment gehen wir vom Schlimmsten aus.« Dann machte Florian alle notwendigen Anrufe.

Keule hatte sich entschieden. Was blieb ihm auch anderes übrig?

Eddie machte Druck. Wollte, dass er sich endlich um den Gärtner kümmerte.

Offensichtlich hatte es den keinesfalls beeindruckt, als Catweazle ihm die Botschaft von Eddie überbracht hatte, nicht weiter auf eigene Faust etwas gegen die Witwe des Maulwurfs zu unternehmen.

Nur einen Satz hatte er von Eddie bekommen: »Wer nicht hören will, muss fühlen.«

Morgen. Morgen würde er sich darum kümmern.

Aber nicht allein. Kein Mensch war so bescheuert und trat dem Gärtner allein gegenüber.

Die Jungs waren informiert.

Gemeinsam würden sie das hinkriegen.

Das mussten sie. Er wollte nicht zu denjenigen gehören, die von Eddie Hart zur Rechenschaft gezogen wurden.

DIENSTAG

Der erste Tag seit mindestens zwei Wochen, an dem es nicht regnete oder der Nebel einem die Stimmung vermieste. Die Luft war klar und kalt. Langsam tauchte die aufgehende Sonne das Barockschloss Schieder und die umliegenden Gebäude in helles Winterlicht. Die Bäume im Osten des Schlosses warfen lange Schatten, und Florian Dreier war froh, dass die Grundschule durch die Baumreihe vom Schloss getrennt war. Er konnte Kinder fröhlich spielen hören, während er auf dem Parkplatz vor der Biologischen Station Lippe stand, die in der ehemaligen Bergscheune untergebracht war. Die Scheune war ein beeindruckendes Bruchsteinbauwerk, 75 Meter lang und fast 17 Meter breit. Seinerzeit konnte man hier große Mengen Erntegut lagern.

Im Notarztwagen wurde die 19-jährige Nina Sommersell betreut, die in der Biologischen Station ihr freiwilliges ökologisches Jahr absolvierte und den Toten gefunden hatte. Florian hoffte sehr, dass Nina heute über nichts anderes mit ihren Kollegen, ihrer Familie und ihren Freunden sprechen würde, als ihr morgendliches Erlebnis, damit sie es so schnell wie möglich verarbeitete. Sie tat ihm leid. So wie ihm alle leidtaten, die das Pech hatten, Opfer einer Straftat zu werden oder ein Opfer zu finden.

Bettina Lange kam auf Florian zu. Sie hatte vier Beweismitteltütchen in der linken und eine Pinzette in der rechten Hand.

»Lass mich raten«, sagte Florian.

Bettina nickte. Unter der Kapuze des weißen Schutzanzugs schimmerte es rot. Sie hatten schon Wetten abgeschlossen, wann Plöger irgendetwas mit Pumuckl sagen würde. Bettina hatte fröhlich dagegen gewettet, weil sie Plöger bezüglich Kinderbüchern für so ungebildet hielt, dass er vermutlich nicht wusste, dass es den kleinen frechen Kobold überhaupt gab. »Vier Halma-Kegel, wie wir sie ja in spielzeugmäßig richtigem Deutsch jetzt nennen. Rot. Aus Holz.«

»Die Nummer drei.«

»Ja, die Nummer drei. So ein Mist. Ihr wart so dicht dran gestern Abend.«

»Nicht dicht genug.« Hätte Tara ihn früher angerufen … hätte, hätte, hätte. Verdammt. Er konnte Tara nicht die Schuld geben. Schließlich war er der Ermittler, der die Verbindung hätte finden müssen. Viel früher, um Georg Schaper retten zu können. »Und sonst?«

»Wie gehabt. Vermutlich wieder Teilmantelmunition. Kein Handy. Keine Autoschlüssel. Keine Papiere. Aber …«, Bettina sah Florian unglücklich an, »… wir wissen dieses Mal ja auch, wer er ist.«

»Stimmt. Wenigstens die Identifizierung ging schnell. Beängstigend schnell.«

»Offiziell muss aber noch seine Frau …«

»Ich weiß. Aber das halte ich für eine Formalität. Zumindest für uns. Wie geht es dir damit?«

Bettina zuckte mit den Schultern. »Ist ein komisches Gefühl und langsam frage ich mich, wer noch auf der Abschussliste steht.«

»Das fragen wir uns alle. Es muss eine Verbindung zwischen den dreien geben. Nur sehen wir sie nicht. Noch nicht. Und wir wissen außerdem nicht einmal, ob wir an der richtigen Stelle suchen.«

»Solange wir nichts anderes haben …«

Florian nickte und rieb sich die Hände. »Ganz schön kalt heute Morgen.«

»Ich lese schon die Schlagzeile: ›Kalte Füße motivieren Kommissar zu schnellen Ermittlungserfolgen‹.« Bettina lachte Florian an. »Ich nehme auch einen Kaffee.«

»Im Becher oder als Fußbad?«

»Fußbad wäre gut. Ich mach jetzt erst mal weiter.«

Florian Dreier wusste, dass die Malinka Magasin GmbH ihr Geschäftskonto bei der Sparkasse in Lemgo hatte, obwohl der Firmensitz in Detmold war. Alte Freundschaft, dachte er und ging zum Auto.

Er nahm den kleinen Block aus der Innentasche seiner Jacke und schrieb sich eine kurze To-do-Liste, damit er keinen Aspekt vergaß, den er noch recherchieren oder überprüfen wollte. Das war umso wichtiger geworden, seit er sich auf Rohde nicht mehr zu 100 Prozent verlassen konnte. Auch jetzt erreichte Florian nur Rohdes Mailbox.

Dann machte er sich auf den Weg zu dem Teil seines Jobs, der ihm am schwersten fiel. Die Angehörigen mussten über den Tod eines geliebten Menschen informiert und, wenn es irgendwie ging, vorsichtig befragt werden. Manchmal gelang es. Manchmal nicht. Die Menschen reagierten sehr unterschiedlich. Er hatte schon alles erlebt. Von völlig hysterischen Ausbrüchen, bei denen die Verwandten oder Ehepartner um sich schlugen, bis hin zu Ohnmachtsanfällen oder einer katatonischen Reaktion, wenn jemand nur noch dasitzen und vor sich hinstarren konnte. Fast alle fragten warum, klagten an oder flehten eine Gottheit oder die Überbringer der Nachricht an, dass es sich doch um einen Irrtum handeln müsse. Es gab aber auch diejenigen, von denen Florian völlig überrascht wurde. Etwa die gefasst wirkende Ehefrau eines Selbstmörders, die ihn hereingebeten und ihm eine Tasse Kaffee angeboten hatte. Oder die erleichterten Menschen. Auch die gab es, die zugaben, froh zu sein, dass der Tote endlich weg war. Tot und aus ihrem Leben verschwunden. Wie Olga Kusainov.

Diese Reaktionen mischten sich in Florians Erinnerung

mit Bildern der Wohnungen und den Gerüchen nach Essen, Katzenpisse, feuchtem Hund, Räucherstäbchen, Vanillekerzenduft oder eben den Menschen, die sich in den Wohnungen oder Häusern befanden.

Jessica Schaper war vorgewarnt. Sie und ihr Sohn taten ihm leid. Florian hatte ein flaues Gefühl in der Magengegend. Das hörte auch nach all den Jahren nicht auf. Vielleicht war es auch gut so. Solange er dieses Gefühl hatte, dachte Florian, waren ihm die Menschen nicht egal. Aber … war das gut oder schlecht für ihn? Er fragte sich, was er wohl bei den Schapers erleben und im Anschluss daran in der Sparkasse bei Kollegen über Georg Schaper erfahren würde.

Der Geruch in der Schule war noch genau so, wie Peter Falke ihn in Erinnerung hatte. Schule roch so. Und die Gefühle, die er dabei gehabt hatte, waren sehr unterschiedlicher Natur gewesen. Es gab Erinnerungen an gute Zeiten, in denen er Spaß mit seinen Freunden oder Erfolgserlebnisse im Unterricht gehabt hatte. Genauso fielen ihm Situationen ein, in denen er sich von Lehrern ungerecht behandelt gefühlt hatte, die Welt zusammengebrochen war, weil er Liebeskummer gehabt oder eine schlechte Note bekommen hatte.

Nun hielt er die Liste in den Händen. 79 Namen. Und er stellte betroffen fest, dass er sich an einige dieser Namen nicht einmal erinnern konnte. Bis zur zehnten waren sie in drei verschiedenen Klassen gewesen. Vom Sehen, ja, da hatte er vermutlich alle gekannt. Aber die Namen? Jetzt nach

20 Jahren wirklich ein Problem. Die Ehemaligen aus seiner Klasse kannte er natürlich alle. Aber aus den Parallelklassen gab es einige, mit denen er keine gemeinsamen Kurse gehabt hatte. Da fehlte einfach die Schnittmenge.

Die Damen im Schulsekretariat waren sehr nett zu ihm gewesen. Hatten sich gefreut, dass er ein Wiedersehenstreffen organisieren wollte, und fragten ihn, ob auch Lehrer eingeladen würden. Peter hatte sich sehr unwohl gefühlt. Das war wirklich eine blöde Idee gewesen, das Stufentreffen vorzuschieben. Florian Dreier wäre mit einem Gerichtsbeschluss viel einfacher an die Daten gekommen, die Peter ihm jetzt ohnehin aushändigen musste. Das hatte er Tara versprechen müssen. Dennoch schickte er das Foto der Liste nicht nur an Florian, sondern auch an Lou und Tara.

Peter Falke machte sich auf den Weg vom Schulzentrum am Werreanger in Lage zu seinem Arbeitsplatz im Lippischen Landesmuseum in Detmold. Allerdings würde heute sein Forschungsinteresse weder in Stein eingeschlossenen Knochen noch Sedimentmikroskopierungen gelten.

Nach Hans-Ullrich Behrendt und Sergej Kusainov war nun auch Georg Schaper tot – und neben Florians Ermittlerteam bewegte auch Tara, Lou und Peter die eine große Frage: Wer aus der alten Stufe hatte noch geschäftlich mit Kusainov zu tun gehabt? Und womit hatten sie sich aus Sicht des Killers den Tod verdient?

»Bettina Lange und Peter Falke können wir ausschließen.« Florian Dreier hatte Peters Foto der Stufenliste ausgedruckt und an die Weißwandtafel in seinem Büro gehängt. Gerade strich er die zwei Namen durch.

Rohde schüttelte energisch den Kopf. »Sorry, aber wir schließen überhaupt niemanden aus. Wir haben die beiden weder befragt, noch halte ich es für eine gute Idee, dass Bettina überhaupt noch am Fall mitarbeitet.«

»Du vertraust keinem, oder?«

»Nein. Warum sollte ich? Wenn du auf der Liste ständest, würde ich doch auch keinen Unterschied machen.«

»Na, klasse. Und was schlägst du vor?«

»Wieso soll ich was vorschlagen? Du hast dich doch hier zum Leiter der Ermittlungen aufgeschwungen und wirfst mir hin und wieder einen kleinen Brocken hin, mit dem ich mich beschäftigen darf. Sag du's mir.«

»Hör mal …«

»Nee, echt. Immer kritisierst du mich, nur weil ich eine Familie habe, um die ich mich kümmere und die mir wichtiger ist als dieser frustrierende Scheißjob hier.«

»Das ist dein gutes Recht. Und du musst mich auch nicht mögen …«

»Ich kann dich gut leiden. Du gehst mir nur mit deiner besserwisserischen Art manchmal auf den Geist.«

Florian wusste, dass sie dieses Gespräch führen mussten. Sich miteinander auseinandersetzen. Er hielt nur den Zeitpunkt für völlig ungeeignet. Schließlich mussten sie eine lange Liste an Namen abarbeiten. Namen, die zu befragende Personen repräsentierten. Sie mussten herausfinden, in welcher Beziehung sie heute oder in der Vergangenheit zu den drei Toten standen oder gestanden hatten.

In dem Moment kam ihm eine Idee, wie er das Ganze abkürzen konnte.

»Ich kann dich auch gut leiden«, sagte Florian zu Rohde.

»Und es tut mir leid, wenn du den Eindruck hattest, ich hätte dich falsch behandelt. Das wollte ich nicht. Machst du jetzt mit der Liste weiter? Ich muss nochmal mit Helene Löwen sprechen.«

»Wer ist Helene Löwen?«

Das fragte er doch jetzt wohl nicht im Ernst. »Die Sekretärin von Sergej Kusainov.«

»Siehst du? Genau das meine ich. Du agierst schon wieder völlig autistisch.«

Der ausgemergelte Pferdeleib bäumte sich mit letzter Kraft auf. Den elenden Kopf nach hinten gereckt, die Vorderläufe in der Luft. Die kalte Wintersonne stahl sich durch offen liegende Rippen und warf lange Schatten gen Osten. Der dürre Reiter hatte die Kontrolle verloren und stützte sich mit seinem Speer am Boden ab, um nicht vollends abgeworfen zu werden.

Der »Sturz der apokalyptischen Reiter« vor dem Eingang des Lippischen Landesmuseums brach die Idylle des beschaulichen Spazierweges Ameide, der am Schlossgraben entlangführte. Im Osten des Fürstlichen Residenzschlosses lag der Schlosspark, den der Prinz für die Öffentlichkeit freigegeben hatte.

Tara Wolf spürte stets die gleiche seltsame Faszination, wenn sie an der düsteren Skulptur vorbeiging. Immer gingen ihr ähnliche Gedanken durch den Kopf: Die Endlichkeit des Lebens und die Bedrohung der Existenz durch unvorhersehbare Ereignisse schwelen unter der Oberfläche der täglichen Geschäftigkeit. Du weißt, dass das Böse überall lauert, verdrängst diese Erkenntnis meist erfolgreich und beziehst sie in den seltensten Fällen auf dich selbst. Wenn dir dann etwas zustößt, fragst du dich, wie du so unvorbereitet, ignorant und unreflektiert leben konntest.

Es waren nur wenige Meter vom Landgericht Detmold über die Paulinenstraße, an der Innenstadtwache in der Grabbestraße vorbei bis zum Landesmuseum gewesen, wo sie sich mit Peter verabredet hatte. Tara fand es thematisch sehr passend, dass sich eine Buchhandlung an der Straße befand, die an den bedeutenden Dramatiker Christian Dietrich Grabbe erinnerte.

»Lou hat schnell gearbeitet«, sagte Tara wenig später zu Peter Falke.

»Ich weiß, dass wir sie brauchen. Aber wir sollten mehr Rücksicht auf ihre Prüfungen nehmen.«

»Sie hat gesagt, dass es ihr Spaß macht und okay für sie ist. Außerdem tut ihr die praktische Arbeit gut.«

»Ist ja nicht neu, dass ich das insgesamt kritisch sehe, aber wenn wir so Florian unterstützen und die Ermittlungsgeschwindigkeit etwas erhöhen können …«

»Keine Ahnung. Ich hoffe es.«

Peter schob die Computertastatur unter den Bildschirm und legte verschiedene Ausdrucke nebeneinander. »Ich fasse unsere Datensituation mal zusammen, ja? Wenn man sagt, was man denkt, hört man es und merkt besser, wenn irgendwo ein logischer Fehler steckt.«

»Steile Theorie.«

»Wieso? Ist dir das noch nie so gegangen, dass du nachts die tollsten Ideen hattest, dann morgens aufgewacht bist und feststellen musstest, dass bei Tageslicht betrachtet doch alles nicht so klasse ist?«

»Doch. Klar.«

»Siehst du. Also, darf ich?«

»Ich bitte darum.« Tara stellte sich hinter Peter, der am Schreibtisch saß, und schaute von oben auf die Blättersammlung.

»Hier stehen 79 Namen auf der Liste. Wir müssen davon ausgehen, dass die Liste stimmt und vollständig ist. Es handelt sich um die Kopie eines alten Ausdrucks. Seit wir unseren Schulabschluss gemacht haben, wurde zweimal das Computersystem gewechselt, und nach Aussage der Schulsekretärin sind im aktuellen Datenbankbestand nur die Schülerdaten der letzten fünf Jahre.«

»Also können die Daten deines Jahrgangs zwar nicht gehackt werden, weil sie digital nicht mehr vorliegen, aber die Liste könnte manipuliert worden sein.«

»Ja, das wäre möglich. Aber für den Moment würde ich mich erst einmal darauf konzentrieren, was wir haben und nicht, was eventuell falsch sein oder fehlen könnte.«

»Einverstanden. Nehmen wir das als Arbeitsbasis.«

»Von den 79 Personen sind drei in der letzten Woche gestorben, und nach Lous Recherchen sind zwei weitere ebenfalls nicht mehr am Leben. Ein Selbstmord und ein Verkehrsunfall.«

»Wusstest du von den beiden anderen Toten?«

»Nein. Weiter im Text. Bleiben 74. Ich bin so frei und ziehe mich selbst auch noch ab, weil ich weiß, dass ich weder eine geschäftliche Beziehung zu Sergej hatte noch aus anderen Gründen als Mörder infrage komme.«

»Ach was.«

»Glaubst du mir nicht?«

»Doch sofort. Aber vielleicht kommst du noch als Opfer in Betracht, doch machen wir erst einmal weiter bei der Frage der Identitätsklärung. Macht also 73.«

»Korrekt. Zwei haben sich gegenseitig geheiratet und leben und arbeiten inzwischen in den USA. Portland, Bundesstaat Oregon. Keine Einreise in die Bundesrepublik in den letzten 3 Monaten.«

»Lou ist der Hammer.«

»Eher ein Schweizer Taschenmesser mit 100 Gadgets.«

»Du bist so ein Poet.«

»Das ist mir neu.«

Tara lachte und boxte Peter auf den Arm. »Und ein Meister des Understatement.«

»Wenn du meinst.«

»Eigentlich nicht.«

»Wir sind bei 71. Davon sind 36 weiblichen und 35 männlichen Geschlechts. Von den Frauen kennen wir weitere zwei, nämlich Florians Kollegin Bettina Lange und deine Trainerin, wobei sie zu den 23 in Deutschland verbliebenen Frauen gehört, die heute einen anderen Nachnamen haben als vor 20 Jahren.«

»Und die Männer? Es können ja nicht nur Frauen bei Heirat ihren Namen wechseln.«

»Fehlanzeige. Alle ganz konservativ.«

»Wer von denen wohnt noch in Lippe oder in der Region?«

»Hm … Warte mal … Das muss ich erst noch zusammenrechnen.« Peter ging mit dem Finger langsam die Adressliste durch und zählte leise mit. »42 plus Bettina Lange plus Karo beziehungsweise Steffi plus ich macht 45.«

»Was ist mit den anderen?«

»Kommt drauf an, wie weit wir den Kreis ziehen wollen.«

»Na ja, es könnte ja auch sein, dass jemand … sagen wir mal … in Dortmund wohnt, als Dienstleister für die Malinka Magasin GmbH arbeitet und auf der Abschussliste steht.«

»Oder aus München alle drei Tage angefahren kommt, um jemanden umzulegen.«

»Ja, Peter. Wenn nicht nur die Opfer, sondern auch der Täter aus euren Reihen stammt.«

»Und jetzt?«

»Jetzt erzählen wir das alles Florian, und danach geh ich zum Training.«

Wie das manchmal mit vermuteten Abkürzungen so war, landete man mit ihnen hin und wieder in einer Sackgasse. Helene Löwen war kein einziger der Namen auf Florians Liste bekannt vorgekommen. Er war mit ihr jedoch so verblieben, dass Florian sich noch einmal melden würde, wenn er alle Namen auf einen möglichen Wechsel beispielsweise durch Heirat überprüft hatte. Peinlicherweise war ihm das erst während des Gesprächs aufgefallen. Wider besseres Wissen und guter Vorsätze war er einfach zu forsch vorgegangen.

Zurück im Büro war Rohde nicht da. Florian ertappte sich dabei, dass er erleichtert war, sich nicht vor seinem Kollegen rechtfertigen oder mit ihm auseinandersetzen zu müssen. Er meldete sich an seinem Computer an und sah, dass er eine Mail von Tara im Posteingang hatte. Das angehängte Dokument nötigte ihm Respekt ab, gleichzeitig ärgerte er sich. Über sich, über Tara, über irgendwie all das Chaos, das ihn umgab.

Zu allem Überfluss kam Rohde zur Tür hereingeschlurft. Lustlos. Genervt. »Ah, Außeneinsatz beendet? Ich komm grad aus der IT. Sie suchen die Adressen für uns raus und checken, wer von denen noch seinen ursprünglichen Namen hat. Sonst kommen wir ja nicht weiter. Und wie war es bei dir?«

»Gute Arbeit, Bernd. Klasse Idee mit der IT«, sagte Florian kleinlaut, auch wenn die Vorgehensweise selbstverständlich war, in einer solchen Ermittlungsphase die Computerspezialisten aus dem KK 3 einzubeziehen. Aber er hatte nun einmal zu schnell agiert. Obwohl – es wäre ja immerhin auch möglich gewesen, dass er mit Helene Löwen einen oder mehrere Treffer gelandet hätte. »Frau Löwen konnte keinen Namen als bekannt identifizieren, und wir haben dann noch in der Vertriebsabteilung, der Disposition und im Lager gefragt. Bisher waren zwar ausschließlich Leute mit leitenden Jobs betroffen, aber es könnte ja auch ein Lkw-Fahrer sein oder ein Maler, der im Unternehmen etwas instand gesetzt hat, oder der Mechaniker, der die Firmenwagen wartet …«

»Man muss jede Chance nutzen«, gab Rohde zu.

Florian nickte. Machte sein Kollege etwa ein Friedensangebot? Während Florian noch überlegte, wie er es Rohde beibringen konnte, dass die komplette Liste mit aktualisierten Namen, Adressen und Telefonnummern bereits seit einigen Minuten in seinem Mailpostfach schlummerte, sagte Rohde: »Kannst du mit Anja und Kai weitermachen? Ich muss los.« Aha. Das war also kein Friedenswind gewesen, sondern ein laues Ich-verpisse-mich-Lüftchen.

»Du musst los? Ist grad ungünstig. Wir haben echt viel zu tun. Ich habe keine Lust, noch eine Leiche zu finden.«

»Du wirst in deinem Berufsleben noch mehr als eine Leiche finden. Das ist dein Job.«

»Ja, und dein Job ist es, Mörder zu finden und Straftaten zu vereiteln.«

»Weißt du, wie viel Überstunden ich auf dem Tacho habe?«

»Rechnest du auch gegen, wenn du später kommst oder früher gehst?«

»Nachtschicht, Florian. Nachtschicht. Vorgestern. Du erinnerst dich? Wir sehen uns morgen früh.«

Catweazle war schon länger nicht mehr in der Werkstatt gewesen, Tiny hingegen jedoch noch keine fünf Minuten aus der Tür, da hörte der Gärtner, wie draußen ein Auto mit großem Motor vorfuhr. Sein erfahrenes Gehör vermutete ein altes amerikanisches Modell mit mindestens fünf Litern Hubraum.

Er war gerade dabei, den Umbau an Jens Beckhusens Bike vorzubereiten. Morgen wollte er damit anfangen.

Die Werkstatttür ging auf. Sie waren zu viert. Alle trugen schwarze Motorradkombis und dazu Helme mit verspiegelten Visieren. Jeder von ihnen hatte ein stabiles Metallrohr in der Hand.

Der Gärtner lachte kurz auf und sagte dann: »Mensch, Keule. Lasst den Scheiß. Ihr fahrt in voller Montur in deinem Möchtegern-A-Team-Van vor und denkt, ich wüsste nicht, dass du es bist und was ihr vorhabt?«

»Catweazle hat dir gesagt, dass du die Finger von der Witwe lassen sollst.«

»Und?«

»Eddie weiß, dass du weitermachst.«

»Soso. Was Eddie nicht alles weiß – und was genau ist sein Problem? Warum spricht er mit euch und nicht mit mir? Du musst Eddie ja ne richtig fette Sache schulden, dass du springst, wenn er mit dem Finger schnippt. Erzähl mal, Alter. Worum ging es?« Wenn Keule hier mit drei weiteren kampferprobten Typen auftauchte, war es ernst. Fieberhaft überlegte der Gärtner, wie er an seine Wumme kommen sollte, die unter seinem Schreibtisch klebte.

»Tja«, sagte Keule. »Eddie hat damals …«

Der Gärtner ging einen Schritt in Richtung Büro.

»Halt! Bleib hier. Wir klären das jetzt. Scheiße, und es geht dich verdammt nochmal gar nichts an, was zwischen Eddie und mir gelaufen ist.«

Beschwichtigend hob der Gärtner beide Hände und machte einen weiteren Schritt. »Alles gut, Mann. Ich hol uns jetzt ein Bier aus dem Kühlschrank und wir reden, okay?«

Einer der vier Schläger holte aus und schlug den Scheinwerfer von Jens Beckhusens Maschine ein.

»Ich glaube, wir haben einen gemeinsamen Bekannten«, sagte Tara Wolf fröhlich.

»Ach echt?« Steffi Johannmeier schaute Tara interessiert an.

»Kann es sein, dass du mit jemandem namens Peter Falke in die Schule gegangen bist?«

»Peter Falke? Ja, klar. Wir haben in Bio nebeneinander gesessen. Falls das derselbe Peter ist. Woher kennst du ihn?«

»Er wohnt in meiner Straße im Haus gegenüber. Und er ist dabei, ein Jahrgangsstufentreffen zu planen. Da hab' ich alte Fotos gesehen und auf einem dachte ich: Hey, das könnte doch meine Trainerin sein.«

»Stimmt. Da kursieren bestimmt noch peinliche alte Aufnahmen.« Steffi lachte. »Und Peter will echt ein Stufentreffen organisieren?«

»Ist viel Arbeit, aber er denkt darüber nach.«

»Dann warten wir das mal ab. Gibst du mir seine Nummer?«

»Sehr gerne. Aber sag mal, er hat dich als Karo Hapke in Erinnerung …«

Steffi schaute Tara ernst an und Tara befürchtete schon, dass Steffi sagen würde, das ginge niemanden etwas an.

»Weißt du, manchmal passiert einem großer Scheiß, und dann willst du mit dem alten Leben nichts mehr zu tun haben. Bei uns in der Familie war das so. Mein Vater hielt es irgendwann nicht mehr aus … mit mir und meiner Mum. Nachdem er uns verlassen hatte, nahm meine Mum ihren Mädchennamen wieder an, und mir kam es komisch vor, so zu heißen wie mein Vater. Außerdem wollte ich nicht mehr die alte Karo sein.«

»Oh, danke für deine Offenheit. Das verstehe ich nur zu gut.« Mehr als Tara zugeben wollte. »Hat es geholfen?«

Steffi wiegte den Kopf hin und her. »Na ja …«, sagte sie gedehnt. »Ein bisschen schon. So ganz gereicht hat der Namenswechsel als Einzelmaßnahme natürlich nicht. Aber jetzt habe ich meinen Weg gefunden.«

»Macht keinen Scheiß, Jungs«, sagte der Gärtner und sah sich nach etwas um, mit dem er sich gegen Keule und seine dämlichen Schergen zur Wehr setzen konnte.

Nach dem Scheinwerfer nahm sich der Schläger die Rückspiegel der nagelneuen Harley Davidson vor, sagte, dass dies erst der Anfang sei, und begann anschließend, genüsslich auf den Tank einzuprügeln. Der Gärtner schnellte nach vorne und warf sich auf den Typen, dem das 250 Kilo schwere Motorrad auf die Beine kippte. Er jaulte vor Schmerz auf, was durch den Helm gedämmt wurde. Der Gärtner entriss ihm die Metallstange.

In diesem Moment traf ihn der erste Schlag auf den Rücken. Seine dicke Lederweste hielt einiges ab. Der zweite traf seine rechte Wade. Der Schmerz war mörderisch, aber der Gärtner wusste, wenn er das hier überleben wollte, durfte er ihm nicht nachgeben. Der dritte Schlag galt seinem Kopf. Aber er sah ihn kommen, riss blitzschnell die Stange hoch, die er gerade erst erbeutet hatte, und parierte den tödlichen Angriff.

Er drehte sich auf die Seite und trat dem Typen mit voller Wucht gegen die Schienbeine. Die waren zwar durch die Motorradstiefel geschützt, dennoch sackte der Kerl unter Schmerzgeschrei nach hinten. Keule und Nummer drei waren immer noch aufrecht. Nummer eins versuchte stöhnend, sich unter der Maschine hervorzuziehen.

Offensichtlich wollte Keule es selbst zu Ende bringen: Er holte aus, traf aber nur die Schulter des Gärtners, weil der sich zumindest ein wenig vom Schlag abwenden konnte. Der Gärtner verlor die Metallstange und rollte sich blitzschnell zur Seite, sodass Keules zweiter Schlag nicht den Körper, sondern nur mit voller Wucht den Fußboden traf. Beton spritzte, und Keule fluchte dumpf unter seinem Motorradhelm.

Der Gärtner richtete sich stöhnend halb auf. Sein rechter Arm hing nutzlos herab. Nummer drei war schon fast über ihm und holte mit beiden Armen für den finalen Schlag aus. Die Chance ließ sich der Gärtner nicht entgehen und verpasste dem Angreifer mit der linken Faust einen Aufwärtshaken in die Weichteile. Wie in Zeitlupe sackte er auf die Knie.

Aus dem Augenwinkel sah der Gärtner verschwommen, wie zwei Dinge gleichzeitig passierten. Keule hatte sich von seinem Schlag gegen den Fußboden erholt und kam langsam auf ihn zu. Außerdem stand plötzlich ein weiterer Hüne in der Werkstatttür und fragte: »Was ist denn hier los?« Tiny!

»Ich habe es mir überlegt.«

»Ja? Und?« Steffi Johannmeier sah Bettina Lange erwartungsvoll aus ihren großen blauen Augen an.

Bettina lächelte. »Danke, dass du mir vertraust. Ich mache die Trainerausbildung.« Sie hatte den Krebs besiegt, der über viele Jahre ihr Leben zur Hölle gemacht hatte. Immer die Ungewissheit, ob sie es überleben würde. Vor drei Jahren hatte sie dann endlich begonnen, sich nach der langen Krankheit wieder in ihren Job zurückzukämpfen, und freute sich nun auf eine neue Herausforderung.

»Das finde ich absolut großartig. Und du bist genau die Richtige.«

Die Frauen umarmten sich.

»So, jetzt muss ich aber los.« Bettina war nur kurz zum Training gefahren, um sich abzulenken und auszupowern. Durch die körperliche Anstrengung bekam ihr Gehirn manchmal einen neuen Impuls, den Bettina dringend benötigte, wenn sie und das Ermittlungsteam, mit dem sie zusammenarbeite, keine Fortschritte machten.

»Schön, dass du da warst. Und deine Entscheidung ist genau richtig.«

»Danke, du Liebe.« Bettina machte eine kurze Pause, weil sie überlegte, ob sie sagen sollte, was sie sagen wollte. Dann tat sie es einfach: »Ach, noch was.«

»Ja?«

»Pass bitte gut auf dich auf.«

»Natürlich.« Steffi lächelte. »Lieb von dir. Gibt es einen bestimmten Grund, dass du das sagst?«

»Hm … na ja … irgendwie schon. Ich muss dich warnen.«

»Wovor?«

»Das ist … intern. Aber dennoch: Es ist schon wieder ein Mitschüler von uns gestorben.«

»Was?«

»Ja, Georg Schaper.«

»Wie – jetzt hat es auch den Georg erwischt?«

Bettina nickte. »Genau.«

»Und jetzt denkt ihr, irgendjemand bringt Leute aus unserer Stufe um.«

Bettina zuckte mit den Schultern. »Was soll man sonst denken?«

»Gibt's denn ein Motiv? Habt ihr Verdächtige? Das ist ja gruselig.«

»Darüber darf ich dir natürlich nichts sagen, aber sei bitte vorsichtig, ja?«

»Klar. Außerdem bin ich ja schon ein großes Mädchen.«

Jahrelang habe ich mir das Gehirn zermartert und mich gefragt: Warum ich? Was habe ich falsch gemacht? Hatte ich etwas zu Aufreizendes an? Habe ich einem von euch ein Signal gegeben?

Wir wollten doch einfach nur, dass die Party noch nicht zu Ende ist. Und da war die Waldhütte von Sergejs Eltern doch genau die richtige Stelle, um noch weiterzufeiern. Ich war wohl zu blauäugig. Hab darauf vertraut, dass wir uns schon so lange kennen. Falsch. Nicht einmal im Traum wäre ich darauf gekommen, dass so etwas passieren könnte. Niemals. Wir kannten uns ewig. Schulfreunde. Wie soll man auch ahnen, dass ihr zu so etwas fähig seid. Wäre nie auf die Idee gekommen, dass mir so etwas passieren könnte. Nicht in dieser Konstellation. Nicht mir!

Wir sind neun Jahre zusammen zur Schule gegangen. Ich habe Sergej in Mathe geholfen, wie oft hat Ulli bei mir Deutsch abgeschrieben.

Warum habt ihr euch genommen, was keinem von euch zustand? Wie kann man einem anderen Menschen so etwas antun? Den man lange kennt und doch mag? Was für ein kranker Scheiß ging da in euren verdrehten Hirnen vor?

Ja, jetzt kenne ich natürlich jede verdammte Statistik, dass Vergewaltigungen und Missbrauch genau dort stattfinden, wo man sich kennt. Bekannte. Freunde. Verwandte. In über 75 Prozent aller Fälle kennen sich Opfer und Täter.

Und nicht nur da bin ich in schlechter Gesellschaft. Denn ich gehöre zu den über 80 Prozent der Frauen, die nicht angezeigt haben, was ihnen angetan wurde.

Scheiße. Scheiße. Scheiße.

Schweine. Schweine. Schweine.

Wobei ich den Tieren jetzt unrecht tue. Schweine würden so etwas einander gar nicht antun. Ja, okay. Schlechtes Bei-

spiel. Schweine fressen alles, sogar sich gegenseitig. Bis zum letzten Knorpel.

Sie würden auch euch fressen, wenn ich mit euch fertig bin. Der perfekte Mord. Kein Opfer. Keine Tat.

Aber das ist nicht das, was ich will. Ich will, dass sie euch finden. Endlich bin ich wütend! Nicht mehr nur verletzt, traurig und voller Selbstzweifel. Das ist nun vorbei.

Jane hat mich gerettet. Die Akte Jane. Ein ziemlich schwacher amerikanischer Action-Reißer mit Demi Moore in der Hauptrolle. Darin soll und will sie als erste Frau das knallharte Ausbildungsprogramm der Navy Seals schaffen. Muss sogar ihrem Master-Chief auf die harte Tour zeigen, wo die Grenzen sind, als der ihr an die Wäsche will. Schauspielerisch nicht ganz so glorreich. Demi hat dafür eine Goldene Himbeere kassiert. Aber mich hat sie emotional total abgeholt. So tough wollte ich werden.

Jeden verdammten Tag stand ich auf und fragte mich, warum ich noch lebe. Und dann … eines Tages … stehe ich auf und tue, was getan werden muss.

Ich habe Zeit gebraucht für die Entscheidung, es überhaupt tun zu wollen. Aber Zeit hatte ich ja genug.

Bei jedem der Toten werden sie fragen: Warum? Wo ist die Verbindung?

Und wenn sie den Zusammenhang verstanden haben: Warum erst jetzt?

So eine scheinheilige Frage kann nur jemand stellen, der keine Ahnung von den Schmerzen hat. Der nicht weiß, wie viel Kraft ich aufbringen musste, um ins Leben zurückzukehren, das nicht das Leben ist, von dem ich einst träumte. Das Leben, das mir genommen worden ist.

Konzentration auf das Wesentliche ist alles.

Ich habe einen Artikel in einer großen deutschen Tageszeitung gelesen. Da behauptet doch tatsächlich eine Frau, sie hätte es gern erlebt, vergewaltigt zu werden. Nur so hätte sie erfahren können, wie sich ihr Geist von ihrem Körper löst. Na, herzlichen Glückwunsch. So eine dämliche Kuh.

Jetzt meditiere ich. Ich kenne meine Aufgabe. Und die lautet: Rache. Euch töten.

Das Hagakure empfiehlt, die Welt als einen Traum zu betrachten.

Wenn du einen Alptraum hast, wirst du aufwachen und dir sagen, dass es nichts weiter gewesen ist als ein Traum.

Man sagt, dass es sich ebenso verhält mit dieser Welt, in der wir leben. Oder zu leben glauben.

IM LETZTEN JAHR

Montag, 22. Mai – 23.48 Uhr

Hartmut rieb sich begeistert die Hände. Sie hatte angebissen.

Er würde bis zur Besinnungslosigkeit Spaß mit ihr haben.

Sein Spaß. Ihre Besinnungslosigkeit.

Dann musste sie sterben.

Wie ihn allein der Gedanke daran schon erregte.

Er war gerade von der Spätschicht nach Hause gekommen, saß vor seinem Rechner und hatte schnell noch einen Blick in die Message-Box seines Profils geworfen. Er hatte sie am Haken.

Ein langer Güterzug ratterte langsam auf der anderen Straßenseite vorbei. Harmut spürte die Vibration, an die er sich noch immer nicht gewöhnt hatte. Der Lärm hinderte ihn daran, bei geöffnetem Fenster zu schlafen. Und das hasste er.

Normalerweise schlief er erst einmal nach Schichtende. Es war anstrengend in der Endmontage, wo immer etwas schiefgehen konnte. So ein Auto würde er sich allerdings nie leisten können. Mehr als sein klapperiger alter Polo war nicht drin. Und den brauchte er auch nur für besondere Anlässe.

Hartmut fuhr täglich die knapp fünf Kilometer mit dem Rad bis zum Werk, das sich nur einen Steinwurf entfernt von Dresdens Altstadt befand. Hier von seiner kleinen Wohnung zwischen Eisenbahntrasse und Kleingärtnerkolonie aus, dann auf der Albertbrücke über die Elbe bis zum Straßburger Platz.

Doch heute war kein normaler Tag. Heute war ein besonderer Tag. Ein besonders guter Tag. Das konnte auch das nicht enden wollende Rattern des überlangen Güterzuges nicht ändern.

Adrenalin und Erregung hielten ihn noch wach.

Sie *wollte* sich tatsächlich mit ihm treffen. Und sie *würde* sich tatsächlich mit ihm treffen.

Nun ja, nicht mit ihm. Sondern mit dem charmanten und verständnisvollen Mann, den er ihr im Profil vorgaukelte. Er hatte gelernt. Machte keine Anfängerfehler mehr. Mittlerweile wusste er, wie man ein Fake-Profil anlegte und dann so agierte, dass auch erfahrene Online-Flirterinnen irgendwann einem Date zustimmten.

Ihrem letzten Date.

Er genoss die wundervolle Zeit mit ihnen. Hartmut war sehr gerne mit ihnen zusammen. Es dauerte ihm eigentlich nie lange genug. Aber wenn seine Opfer vor Schmerz besinnungslos wurden, verlor er den Spaß und beendete mit einem gezielten Schnitt den Abend.

Auch hier hatte er dazugelernt. Schmerzlich dazulernen müssen. Das erste Mal hatte er sie am Leben und zudem seine DNA zurückgelassen. Das war mehr als dumm gewesen, denn so konnte sie ihn identifizieren und gegen ihn aussagen. Vom erdrückenden DNA-Beweis ganz zu schweigen.

Aber die Staatsanwaltschaft hatte ebenfalls Fehler gemacht. Und nach zwei Jahren war er wieder draußen gewesen.

Die Zeit im Gefängnis hatte er nicht ungenutzt verstreichen lassen, sondern sich intensiv mit psychologischer Fachliteratur beschäftigt, mit deren Hilfe er letztendlich die elend langen Befragungen und Untersuchungen der Gutachter gemeistert hatte. Ja, er hatte die Zeit gut genutzt. Sich persönlich weiterentwickelt, wie er es nannte. Jetzt war er schlauer. Vor allem war er geduldiger geworden. Konnte warten. Planen. Und konzentriert vorgehen, wenn es so weit war.

Samstag, 27. Mai – 19.56 Uhr

Da stand sie. Eigentlich hatte er vor ihr da sein wollen. Aber da sie ihm nun mal zuvorgekommen war, nutzte er die letzten Schritte auf sie zu, um den ersten Eindruck in sich einzusaugen. In Sekundenbruchteilen hatte sein Hirn die optischen Informationen verarbeitet und wie Blitze zuckten Bilder durch seinen Kopf, die vergangenes Erleben und zukünftiges Geschehen zu einem genussvollen Feuerwerk entzündeten.

Natürlich war der kleine Park im Brühlschen Garten nur der Treffpunkt. Die Nähe zu der Brühlschen Terrasse sollte ihr Sicherheit geben. Er hatte sie eingeladen, in einem Café mit schöner Aussicht auf die abendliche Elbe etwas trinken zu gehen. Von hier oben sah man die erleuchtete Semperoper zwar nicht, aber sie waren ja auch nicht in dem Bierwerbespot.

Sein Herz schlug schneller und pumpte das Adrenalin in jede Faser seines Köpers. Das würde ein Fest, denn in natura war sie noch schöner als auf den Fotos, die er in- und auswendig kannte. Die unendlich langen Beine, die wundervoll gewellten roten Haare – pure Energie pulste durch seine Adern.

Sie hatte seine Schritte auf dem Kiesweg gehört und drehte sich um.

»Hallo!«

Sie lächelte ihm zunächst zurückhaltend zu. Als sie aber die Blume in seiner Hand entdeckte, kam sie ihm einen Schritt entgegen: »Michael!«

»Ich hatte es dir ja versprochen …« Er fuhr sich mit der Hand über die frisch rasierte Wange. Er benutzte das Foto eines Typen, der ihm zwar ähnlich sah, der aber einen Dreitagebart trug.

»Schön, dich endlich in echt zu sehen!«

Er räusperte sich. »Hallo, Stella!«, begann er erneut und begrüßte sie jetzt formvollendet mit einer angedeuteten Verbeugung, lächelte charmant und verkürzte den Abstand zu ihr auf Armlänge, um ihr die weiße Orchidee zu überreichen.

Die rechte Hand locker und wie zufällig unter ihrem Schal verborgen griff sie freudestrahlend mit der Linken nach der Blume und verkürzte dadurch den Abstand nochmal um einen halben Schritt. Ihre weiblich geschmeidigen Bewegungen erweckten den Eindruck, als wolle sie ihn umarmen, um ihm – wie einem vertrauten Freund – einen Kuss auf die Wange zu hauchen.

Das überraschte ihn, weil er sie bisher als eher schüchternen Menschen eingeschätzt hatte. Ihre Hände sahen seltsam weißlich aus. Und glatt.

Noch mehr überraschte ihn der plötzliche Schmerz in der Brustgegend, als die Büsche und der Weg begannen, sich um ihn herum zu drehen. Er musste husten, hörte sich aber nur röcheln und sackte auf die Knie. War wie gelähmt. Die panischen Befehle, die sein Gehirn verzweifelt aussandte, kamen an den Nervenenden nicht mehr an.

Die Augen weit aufgerissen sah er sie fragend an. Aber plötzlich entsprachen ihre Züge gar nicht mehr dem vertrauten Gesicht, das er sich schon so unendlich oft angesehen hatte.

Die Welt um ihn herum drehte sich immer schneller. Es pochte, nein es dröhnte in seinen Ohren und plötzlich kam der Kiesweg auf ihn zugestürmt. Dann war alles ganz dunkel. Und still.

Samstag, 27. Mai – 19.59 Uhr

Als sie so weit war, richtete sie sich auf. Kontrollierte ihren Atem und überprüfte mehrfach, ob sie nichts übersehen hatte. Dann drehte sie sich um und ging auf dem Kiesweg entlang, der zum Terrassenufer führte.

Sie nahm die Perücke ab, zog die billige grüne Strickjacke aus, die sie erst gestern Morgen gekauft hatte, und stopfte beides in eine Tüte. Die Latexhandschuhe verstaute sie in einem wiederverschließbaren Gefrierbeutel in ihrer Handtasche. Genau so verfuhr sie mit dem Messer, das sie bereits an seiner Hose abgewischt hatte.

Es war schwer gewesen diesmal. Sehr schwer. Auch das Risiko war nach allem viel größer als bisher. Nicht nur wegen der exponierten Stelle, an der sie sich für das Date mit ihm verabredet hatte.

Aber sie hatte es tun müssen. Denn so wie es aussah, war sie die Einzige, die ihn stoppen konnte. Und genau das war gelungen. Er würde keiner Frau mehr wehtun. Gegen ihren Willen in sie eindringen. Sie würgen und schlitzen. Sich an ihren unvorstellbaren Schmerzen weiden, um dann irgendwann zu entscheiden, dass ihr Leben genau jetzt zu enden habe.

Lautes Gejohle und hemmungsloses Lachen schallten ihr entgegen. Sie verließ den Weg und ging gedeckt von den ausladenden Ästen einer Strauchkastanie über die Wiese Richtung Terrassenufer.

Von einem Touristendampfer wehte der Abendwind Bruchstücke von New-Orleans-Jazz herüber.

MITTWOCH

Sie hatten wieder einmal keinen Ansatzpunkt. Wenigstens sah er keinen. Und heute Morgen in der Frühbesprechung waren alle anderen genauso ratlos gewesen wie er auch.

Jevgenij Wojtschak stand rund um die Uhr unter Beobachtung. Er wohnte bei seiner Schwester und hielt sich entweder im Haus der Kusainovs oder in der Malinka Magasin GmbH auf. Von dem einen oder anderen Restaurantbesuch oder Supermarktaufenthalt einmal abgesehen. Offensichtlich kümmerte er sich um das Geschäft. Sie konnten auch nicht feststellen, dass er Kontakt zu jemandem aufnahm, der für ihn einen blutigen Auftrag übernahm. Wojtschak agierte klug, sonst wäre er nicht so erfolgreich. Und Florian ging davon aus, dass Wojtschak sich der Überwachung durch sie bewusst war. Er würde sich also hüten, irgendetwas zu tun, was auch nur im Geringsten mit einer Straftat in Zusammenhang stand.

Die Liste der ehemaligen Mitschülerinnen und Mitschüler von Behrendt, Kusainov und Schaper hielt Florian ohnehin für ein zweischneidiges Schwert. Alle zu befragen war ein mühsames und langwieriges Unterfangen. Einerseits mussten sie Informationen zu dem Beziehungsgeflecht innerhalb der damaligen Jahrgangsstufe bekommen. Andererseits, falls nicht nur die Opfer auf dieser Liste standen, sondern auch der Killer selbst, wäre dieser gewarnt. Zudem war damit unmöglich geworden, die Öffentlichkeit herauszuhalten. Die Pressesprecherin Natalie Barkhausen hielt den Kontakt mit den hiesigen Medien, aber sie bewegten sich auf einem schmalen Grat, weil man die Bevölkerung nicht in Panik versetzen wollte. Es wurden nur wenig Informationen herausgegeben, denn sie hatten nicht unbegründet Angst davor, dass andernfalls der Serienmörder einen Spitznamen bekam. Und was läge aufgrund der Halma-Kegel in Kombination mit den Fundorten näher als der »Mensch-ärgere-dich-nicht-Killer« oder »Pachisi-Mörder«.

Sie hatten sich aufgeteilt. Florian musste noch vier Telefonate und zwei persönliche Vernehmungen erledigen. Das Paar in Amerika hatte er noch nicht erreicht. Irgendwie kam immer die Zeitverschiebung dazwischen. Er war müde und frustriert. Rohde hatte offensichtlich auch keine Lust mehr zum Telefonieren. Er stocherte gelangweilt auf seiner Tastatur herum.

Kai Krüger kam herein. »'n Abend die Herren. Alles klar soweit?«

»Wie Kloßbrühe«, sagte Rohde träge.

»Ist bei uns auch nicht anders …«, er machte eine dramatische Kunstpause, »… gewesen.«

»Lass hören.« Florian drehte seinen Bürostuhl in Kai Krügers Richtung.

»Machste mal bitte die Tür zu?«, sagte Rohde.

KK 2 vom KK 1 schüttelte den Kopf. »Anja kommt auch gleich noch rüber. Ich fange aber schon mal an. Sie weiß bereits Bescheid.«

»Und was will sie dann hier noch?«, nölte Rohde.

»Wir sind ein Team«, wies Florian ihn zurecht.

Kai ließ sich nicht irritieren. Er hatte mehrere Farbausdrucke in der Hand, von denen er jetzt einen auf den Tisch legte. »Es hat gedauert, aber wir haben endlich Vergleichsfälle. Letztes Jahr im November wurde im Stadtpark in Wien ein Toter gefunden, der vermutlich mit einer neun Millimeter hingerichtet wurde. Teilmantelmunition. Erstens war das in Österreich und die Info kam jetzt erst von Interpol, und zweitens ging der Schuss in die Brust, also keine direkte Übereinstimmung. Darum hat das alles so lange gebraucht.«

»Patronenhülse? Projektil?«, wollte Florian wissen.

Kai schüttelte den Kopf. »Weder noch. Aber es gibt etwas Interessantes zu dem Opfer.«

»Er hatte Verbindungen zur russischen Mafia«, schlug Rohde hoffnungsvoll vor.

»Nein«, nahm Anja den Gesprächsfaden auf, die gerade zur Tür hereingekommen war. Sie nickte Florian und Rohde zu. »Er war ein verurteilter Vergewaltiger, der aufgrund eines Gutachtens nach einem halben Jahr freikam, dann erneut zuschlug und wieder verurteilt wurde. Wegen guter Führung bekam er schon nach weiteren fünf Monaten Hafterleichterung und hatte mehrere Stunden pro Woche Freigang. Dabei hat es ihn dann erwischt.«

»Und warum meint ihr nun, dass das ein neuer Ansatzpunkt ist?« Florian schaute skeptisch. »Unsere drei Toten sind weder vorbestraft noch haben wir etwas gefunden, das sie in Verbindung zu einem Sexualdelikt bringt. Die IT hat alle technischen Geräte der drei durchsucht. Rechner, Laptops, Handys, Tablets. Nichts, bis auf den …«, Florian malte angewidert Anführungszeichen in die Luft, »… normalen, frei zugänglichen Pornokram.«

»Richtig«, sagte Kai. »Aber da sind noch zwei Fälle.« Er legte zwei weitere Farbbilder auf die Tischplatte und deutete auf das eine. »Hartmut Jänsch. Aus Dresden. Als er letztes Jahr im Mai mit einem perfekt geführten Stich ins Herz und durchschnittener Kehle im Brühlschen Garten aufgefunden wurde, war er wegen Vergewaltigung verurteilt, aber auf Bewährung draußen. Hatte einen Hilfsarbeiterjob bei VW. Und er war offensichtlich noch aktiv. Denn man fand bei ihm Isolierband, Kabelbinder, einen nagelneuen Kopfkissenbezug und ein riesiges Tranchiermesser. Alles fein säuberlich und von außen unsichtbar in seinem Sakko verborgen. Das alles konnte zwei nicht aufgeklärten Vergewaltigungen mit Todesfolge im Dreivierteljahr vorher zugeordnet werden. Er suchte sich seine Opfer über eine Dating-Website. Der Mörder wurde nicht gefasst. Bis es ihn selbst erwischte.«

»Und der dritte?«, hakte Florian nach.

»Ähnliche Vorgeschichte. Oldenburg.«

Florian atmete tief ein, sah einmal in die Runde und atmete dann wieder aus. »Das heißt also: Alle Opfer waren Täter der schlimmen Sorte. Und der Killer hat sie sich geholt, weil sie aus den verschiedensten Gründen frei rumlaufen und weitermachen konnten? Boah, da steckt aber Zündstoff drin. Selbstjustiz. Vielleicht zwar aus der Robin-Hood-Ecke, aber Selbstjustiz.«

»Das ist noch nicht alles«, sagte Anja. »In allen drei Fällen sind die nachfolgenden Ermittlungen auf ganz kleiner Flamme gekocht worden. Stellt euch das mal vor. Ein Mörder und Vergewaltiger treibt sein Unwesen. Die Menschen in der Stadt haben Angst. Er wird eingesperrt. Kommt frei. Macht weiter. Und dann kommt der Rächer ohne Gesicht und befreit die Gesellschaft von dem Widerling, weil Justiz und Gutachter versagt haben. Zeig mir mal die Menschen, die dem Rächer ans Zeug flicken wollen.«

»Selbstjustiz ist trotzdem scheiße«, sagte Florian, wenngleich er merkte, wie wenig überzeugend seine Stimme bei dem Satz und in diesem Kontext klang. Als Polizist konnte er aber auch nicht anders, als diese Ansicht vehement zu vertreten. Dann fuhr er fort: »Ihr meint jetzt also«, Florian schaute zwischen Anja und Kai hin und her, »Behrendt, Kusainov und Schaper könnten auch etwas auf dem Kerbholz haben, von dem nur der Mörder etwas weiß?«

Anja und Kai nickten.

»Das ist aber eine sehr gewagte Arbeitshypothese«, meldete sich Rohde zu Wort.

»Hast du eine bessere?«, wollte Anja von ihm wissen. »Ich will ja gar nicht behaupten, dass der Rächer, der letztes Jahr in Dresden, Wien und Oldenburg zugeschlagen hat, ein und dieselbe Person ist oder dass eine Verbindung zu unseren Mordfällen und nach Lippe besteht. Aber ausschließen möchte ich es auch nicht.«

»Okay«, sagte Florian. »Wir versuchen herauszufinden, ob es im Umfeld unserer drei Opfer, zum Beispiel im Betrieb, Beschwerden wegen sexueller Belästigung gab. Wenn wir jetzt die letzten Leute von der Liste abtelefonieren und besuchen, sind wir auf dem Ohr besonders aufmerksam.«

Florian überlegte, ob es vielleicht besser war, Helene Löwen dieses Mal zu Hause aufzusuchen.

»Was wolltest du denn noch?«, fragte der Gärtner. Er spürte kaum Schmerzen. Der Tropf ließ eine hohe Dosierung Schmerzmittel in seine Adern laufen. Dafür war er den Ärzten dankbar.

»Hatte mein Handy vergessen«, brummte Tiny, der neben dem Bett stand. Er hatte versucht, sich in einen der Besucherstühle zu quetschen, passte aber nicht zwischen die Armlehnen. Und der Hocker, der unter dem Waschbecken stand, hatte nur dünne Metallrohrbeine, denen Tiny sein Gewicht nicht anvertrauen wollte. Also stand der Hüne neben dem Bett seines Freundes und blickte traurig auf ihn herab.

»Wie jeden zweiten Tag«, sagte der Gärtner.

Tiny nickte. »Wie geht's dir?«

»Scheiße. Die pumpen mich mit Drogen voll, sodass ich kaum was spüre, aber ob das mit dem Arm wieder was wird, steht noch in den Sternen.«

»Hm.« Tiny war kein Mann vieler Worte. Mit den meisten Situationen war er überfordert. Aber er war ein Mann der Tat.

»Wo hast du sie hingebracht?«

»Na, wohin schon? Hab sie hinten in den Van gepackt und vor Santa Fu abgestellt.«

Der Gärtner wollte lachen, hustete aber nur heiser. Sie hatten auch irgendetwas über seine Lunge gesagt, woran er sich jedoch nicht erinnern konnte. Alles verschwamm im Nebel der hohen Schmerzmitteldosierung. »Welcher Tag ist heute?«

»Mittwoch.«

»Dann war das erst gestern?«

»Ja.«

»Scheiße.«

Tiny drückte vorsichtig die linke Hand des Gärtners, in der eine Kanüle befestigt war. »Ich sitze draußen und passe auf dich auf.«

»Oh, Herr Dreier. Guten Abend!«

»Hallo, Frau Löwen. Bitte entschuldigen Sie, dass ich Sie zu Hause aufsuche, aber ich habe noch eine wichtige Frage.«

»Alles gut. Kommen Sie doch bitte herein. Möchten Sie etwas trinken?«

»Nein, danke. Das ist nett von Ihnen, aber ich will nicht lange stören.«

»Ach so. Ja, dann … Sie stören nicht. Ich … na ja … hab's mir grad etwas gemütlich gemacht, darum …« Helene

Löwen sah etwas verunsichert an sich herunter. Sie hatte zwar eine Jogginghose an, die allerdings hervorragend saß und ihre kräftigen schlanken Beine toll aussehen ließ.

»Ist mir gar nicht aufgefallen«, log Florian. »Aber Sie sehen gut aus.« Das war ihm so herausgerutscht, aber die seltsam gemütliche Stimmung mit dem gedimmten Licht im Flur der Wohnung und die flackernden Kerzen im Wohnzimmer hatten ihn mehr irritiert, als es ihm selber lieb war. Es war, als wäre er aus der bösen Welt dort draußen an einen Ort katapultiert worden, der Heimat und Willkommensein ausstrahlte.

Helene Löwen räusperte sich. »Möchten Sie nicht vielleicht doch etwas trinken?«

Konzentration, Flo. Konzentration! »Nein, danke. Es geht um eine etwas schwierige Frage. Von daher wäre es schön, wenn Sie offen antworten könnten, auch wenn es Ihnen vielleicht merkwürdig oder unangenehm vorkommt.«

»Fragen Sie.« Sie wirkte fast enttäuscht, dass Florian nicht mit ins Wohnzimmer gekommen war. Jetzt ärgerte er sich über sich selbst. Eine so kniffelige Frage hätte er vielleicht doch besser in einem etwas entspannteren Rahmen stellen sollen.

»Sie kennen sich ja in Ihrem Betrieb gut aus. Und so, wie ich Sie einschätze, haben Sie auch ein gutes Gespür für Zwischenmenschliches.«

»Nicht so sehr, wie Sie vielleicht annehmen. Aber: ja, könnte sein.«

Florian nickte, holte tief Luft und fragte dann so sanft er konnte: »Gab es schon einmal Beschwerden wegen sexueller Belästigung bei Ihnen?«

Langsam schüttelte Helene Löwen den Kopf, aber Florian hatte gesehen, wie ihr Blick kurz panisch flackerte und ihr Gesicht krampfte. Dann hatte sie sich wieder unter Kontrolle. »Nein, das gab es bei uns noch nicht. Zumindest nicht in der Zeit, in der ich dort arbeite. Und ich müsste es ja wissen, weil so etwas über meinen Tisch gehen würde.«

»Das hatte ich mir auch so gedacht.« Florian schaute Helene Löwen an. Er wartete darauf, dass sie weitersprach. Schweigen halten die meisten Menschen in Gegenwart eines Fremden nicht aus und reden dann oft einfach weiter.

»Allerdings habe ich die Stelle bei der Malinka ja erst seit knapp zwei Jahren. Was davor gewesen ist, weiß ich nicht.«

»Hm«, sagte Florian nur.

Helene sah ihn an. Verschränkte die Arme vor der Brust, nahm sie wieder herunter und strich sich unsicher über die Oberschenkel. »Wenn ich Ihnen jetzt was erzähle, was sonst niemand weiß …«

»… dann erfährt das erst einmal auch niemand anderer.«

»Was heißt denn ›erst einmal‹?«

»Sollte es ermittlungsrelevant sein und später vor Gericht bedeutsam werden, würde es möglicherweise weitere Personen geben, die es wissen müssten.«

»Und wenn es sich um eine tote Person handelt?«

»Sergej Kusainov?«

Helene nickte. Tränen liefen ihr über die Wangen und stille Schluchzer schüttelten sie. Florian trat einen Schritt auf sie zu und sie ließ es geschehen. Behutsam nahm er sie in den Arm.

Mit so einer Reaktion musste man immer rechnen und sich dann professionell verhalten. Florian merkte, wie unglaublich müde er war und dass er am liebsten auf der Stelle eingeschlafen wäre. Die körperliche Nähe fehlte ihm, und er genoss den kurzen Moment mit heftig schlechtem Gewissen.

Als die Schluchzer nachließen, sagte Helene Löwen: »Er … ich … wir … Es ist mir so peinlich.« Sie löste sich von Florian und zog die Nase hoch. »Ich hatte eine kurze

Affäre mit Sergej. Und irgendwann haben wir dann auch …« Sie schüttelte den Kopf und rieb mit beiden Händen die Tränen weg. »Ich meine, ich wusste, dass er verheiratet ist und so. Dass man das natürlich nicht macht. Aber ich war einsam, verstehen Sie?«

Und wie Florian das verstand. Er nickte nur.

»Jedenfalls, ich hatte noch nicht mit so vielen Männern Sex und … ach, das wollen Sie gar nicht hören, oder?«

Florian strich ihr sanft über den Arm. »Doch, das möchte ich hören. Ich verstehe Sie gut.«

»Ja? Wirklich? Ich komme mir so unglaublich dumm vor.«

»Das müssen Sie nicht. Wir alle machen einmal etwas, worauf wir nicht stolz sind.«

»Sie auch?«

»Wenn Sie wüssten …«

Helene Löwen schaute Florian eine Zeit lang an. Dann sagte sie leise: »Er war sehr brutal zu mir.« Nach einem kurzen Moment ergänzte sie: »Also nicht zu Anfang. Da war es schön. Aber dann irgendwann … Ich wollte das nicht. Nicht so. Aber er hat nicht aufgehört. Es hat so wehgetan.« Ihr Blick ging ins Leere und sie fing wieder an zu weinen.

Florian nahm eine Packung Tempos aus der Jackentasche. Er reichte Helene ein Papiertaschentuch.

Sie hielt es einfach in der Hand. Ließ die Tränen laufen und schaute zu Boden. Irgendwann hob sie den Blick. »Er hat mich vergewaltigt.«

Verständnisvoll sah Florian Helene Löwen an.

»Das habe ich niemandem erzählt. Noch nie.«

Florian ging langsam auf sie zu und sagte: »Ein Wasser wäre jetzt schön.«

Eine Stunde später, als Florian wieder draußen an der frischen Luft und auf dem Weg zu seinem Auto war, dachte er mehrmals: Scheiße, was war das denn? Wie unprofessionell kann man eigentlich sein? Ach, egal. Manchmal muss man Mensch sein. Ich hätte sie doch in der Situation nicht alleine lassen können. Nein, das habe ich richtig gemacht.

Und jetzt? Jetzt müsste ich eigentlich noch mit Tara sprechen, damit wir uns gegenseitig auf den Ermittlungsstand bringen. Mann, irgendetwas läuft gehörig schief in meinem Leben. Ich fahre aus beruflichen Gründen von einer Frau zur nächsten, habe, soweit ich das nach aktuellem Stand der Dinge beurteilen kann, aber keine Freundin. Und was mindestens so schlimm ist: noch nicht einmal einen Freund, mit dem ich einen saufen gehen und über den ganzen Scheiß sprechen kann. Mein Leben ist echt schräg.

DONNERSTAG

Weil die Besprechung erst auf 10 Uhr terminiert war, hatte Florian Dreier heute Morgen auf dem Weg in die Kreispolizeibehörde noch Zeit gehabt, Olga Kusainov zu befragen. Nach ihren Aussagen war Sergej mit ihr nicht grob umgegangen. Sie hatte sich furchtbar darüber aufgeregt, dass Florian ihrem Mann so etwas unterstellte und wollte von ihm wissen, welche Schlampe so etwas behauptete. Florian hatte ihr schauspielerisches Talent bewundert und die Aussage als wenig glaubwürdig eingestuft. Schließlich konnte man ihre Reaktion schon fast als »erfreut« bezeichnen, als Florian sie am letzten Samstag über den Tod ihres Mannes in Kenntnis gesetzt hatte.

Später würden sie noch das berufliche und private Umfeld von Hans-Ullrich Behrendt und Georg Schaper abklopfen müssen. Aber immerhin gab es einen neuen Ansatzpunkt, wenngleich dies nur ein dürrer Strohhalm war, an den er sich klammern konnte.

»Also«, begann Florian die Zusammenfassung seiner Schlussfolgerung aus den bisherigen Erkenntnissen der vermuteten Tathergänge und identifizierten Fundorten.

Neben Staatsanwalt Plöger und Florians Chef Kornelius Bischoff waren Bernd Rohde, Bettina Lange, Anja Fortkemper, Kai Krüger und Natalie Barkhausen anwesend. Alle folgten aufmerksam seinen Ausführungen. »Hans-Ullrich Behrendt wurde vergangene Woche in der Nacht von Dienstag auf Mittwoch ermordet. Sergej Kusainov von Freitag auf Samstag und Georg Schaper haben wir am Dienstag gefunden. Es liegen also immer genau drei Tage zwischen den Morden. Heute ist Donnerstag. Nach der Zeitrechnung und Struktur des Serienkillers müsste er heute – vermutlich gegen Abend – den vierten Mord begehen. Und die Leiche im Laufe der zweiten Nachthälfte zu morgen mit schwarzen Spielfiguren in Nase und Ohren ablegen.«

»Oder blauen. Es gibt auch Spiele mit blauen Spielfiguren.« Staatsanwalt Dr. Henning Plöger stand gelangweilt am Fenster. Keine seiner Theorien hatte sich als stichhaltig erwiesen und er war quasi beleidigt, dass der Täter weder von der Russenmafia beauftragt worden noch im Jägermilieu zu finden war.

»Ja, Herr Doktor Plöger. Oder blauen«, sagte Florian und atmete langsam aus. »Wenn der Killer seinem Muster treu bleibt, ist davon auszugehen, dass wir das nächste Opfer in diesem Bereich hier finden werden.«

Florian zeigte auf eine Karte vom Kreis Lippe, die er mitten auf eine der Weißwandtafeln im Besprechungsraum gehängt hatte. Darüber war eine Folie mit einem maßstabsgerechten Muster eines Mensch-ärgere-dich-nicht-Spiels befestigt. Unten links, wo beim Spiel die schwarzen oder blauen Spielfiguren stehen würden, waren die vier Felder mit einem roten Kreis umgeben, den Florian mit einem dicken Edding-Stift gemalt hatte. Die Gemeinde Augustdorf lag genau in diesem Kreis.

»Ich wusste nicht, dass Sie eine Fortbildung in Predictive Policing belegt haben, Dreier.«

»Müssen Sie auch nicht.« Florian schüttelte verärgert den Kopf. »Hierbei geht es um Logik, Herr Staatsanwalt. Pure Logik. Keine Software. Kein Sammeln und Abspeichern von Daten. Ist doch in diesem Fall gar nicht nötig. Hier im Bad Salzufler Kurpark …«, Florian zeigte oben links auf die vier gelben Spielfelder, »… wurde Hans-Ullrich Behrendt tot aufgefunden. Auf dem Wanderparkplatz Patensteig lag Sergej Kusainovs Leiche.« Florian legte die flache rechte Hand über die vier grünen Spielfelder, oben im Nordosten der Lippe-Karte. »Und hier unten …«, der Kommissar wies auf die roten Spielfelder rechts unten auf der Karte, »… liegt der Fundort der Leiche von Georg Schaper. Wir müssen also davon ausgehen, dass der Killer irgendwo in Augustdorf oder der Senne den nächsten Toten ablegen wird.«

»Warum hast du keinen Pachisi-Spielplan genommen, sondern Mensch-ärgere-dich-nicht?«, fragte Kornelius Bischoff.

»Wo ist denn da der Unterschied?«, wollte Plöger wissen.

»Pachisi ist der ursprüngliche Name dieses alten, aus Indien stammenden Würfelspiels«, sagte Florian Dreier. »Insofern entscheidet jeder Spielehersteller selber darüber, welche Farbe an welcher Ecke des Spiels angesiedelt ist. Das Farbmuster der bisherigen drei Morde weist allerdings darauf hin, dass sich der Killer an einem Mensch-ärgere-dich-nicht-Spiel orientiert. Das ist aber nichts anderes als die Eigenmarke eines Spieleverlages, die auf der alten Pachisi-Struktur basiert.«

»Ach, das meinen Sie.« Plöger reckte sein Kinn vor. »Das wusste ich natürlich.«

Alle im Raum nickten anerkennend. Keinem von ihnen war dieser Sachverhalt vor den Ermittlungen und Untersuchungen bekannt gewesen.

»Und was schlägst du vor?« Bischoff schaute ernst und konzentriert auf die Karte.

»Bisher waren die Fundorte stets Stellen mit einer bestimmten Bedeutung für die Stadt oder Gemeinde. Wir können wohl davon ausgehen, dass sich das auch beim vierten Opfer nicht ändern wird.«

»Sie sehen also den nächsten Toten voraus, nehmen aber den Killer nicht vorher fest? Was sind Sie denn für Ermittler? Was sollen wir der Presse sagen? Wir müssen doch irgendetwas haben!«, unterbrach Staatsanwalt Plöger ihn vorwurfsvoll.

Florian fuhr unbeirrt fort. »Es könnte im Industriegebiet am Nord-West-Ring ebenso sein wie auf oder – was aufgrund der Zugangskontrollen wahrscheinlicher ist – vor dem

Kasernengelände. Man kommt ja nicht einfach so in eine Kaserne. Außerdem waren die Ablageorte bisher immer touristischer Natur, sodass der Wanderparkplatz zum Augustdorfer Dünenfeld und das Ölbachtal ebenso infrage kommen wie die Einstiege in das Wandergebiet Furlbachtal. Da der Killer seine Opfer an diesen Orten nur ablegt, nachdem er sie getötet hat, muss er irgendwann mit dem Auto dort hinfahren. Das ist unsere Chance.«

»Und jetzt glauben Sie, dass so ein Rieseneinsatz Sinn macht?« Plöger.

»Das glaube ich nicht nur. Das erwarte ich sogar.« Dreier.

»Zum jetzigen Zeitpunkt haben wir gar keine andere Möglichkeit, als das Netz so engmaschig auszuwerfen, wie es eben geht.« Bischoff.

»Das heißt, morgen früh haben wir eine weitere Leiche, aber auch den Mörder?« Plöger.

»Ich kann Ihnen weder das eine noch das andere versprechen.« Dreier.

»Gut. Denn ich will keine neue Leiche. Und schlecht. Denn ich will den Killer.« Plöger.

»Dann sind wir uns einig.« Bischoff.

»Nicht so schnell.« Staatsanwalt Dr. Henning Plöger tigerte nervös im Besprechungsraum auf und ab. »Was aber tun Sie, um zu verhindern, dass es eine vierte Leiche gibt?«

»Wir suchen eine Verbindung zwischen den drei bisherigen Toten. Und da gibt es mehrere Ansatzpunkte: Sie hatten beruflich miteinander zu tun und sie sind zusammen in die Schule gegangen. Das Problem ist nur, dass wir aus der ehemaligen Stufe niemanden gefunden haben, der ebenfalls in das berufliche Umfeld der drei einzuordnen wäre«, erklärte Anja Fortkemper.

Florian hatte sich mit den anderen vor der Sitzung abgestimmt. Sie wollten Plöger nichts von ihrem neuen Verdacht erzählen, dass der Killer möglicherweise sexuelle Übergriffe der Ermordeten rächte. Denn es lag nahe, dass der Staatsanwalt dann völlig austickte. Sie würden dem Ansatz weiterhin akribisch nachgehen. Sollten sich die Erkenntnisse verdichten, konnten sie Plöger ja immer noch informieren.

»Dann muss es in der Schulzeit etwas geben, das sie angestellt haben«, sagte Plöger.

»Gut möglich«, bestätigte Anja Fortkemper. »Das haben wir uns auch überlegt und einige Mitschüler ausfindig gemacht und befragt. Nichts.«

»Keinen Verdacht?« Plöger.

»Doch natürlich.« Fortkemper.

»Und zwar?« Plöger.

Kai Krüger ergriff das Wort. »Ich habe gestern Abend zwei übereinstimmende Aussagen aufgenommen, wonach es Partys in einer Hütte gegeben haben soll, auf die Kusainov Zugriff hatte. Wir konnten allerdings keine Grundbucheintragungen finden, die wir Kusainov zuordnen konnten.«

»Haben Sie wenigstens jemanden gefunden, der an den Partys teilgenommen hat?«, wollte Plöger wissen.

»Bisher nicht. Wir arbeiten noch an der Liste.«

Lena Schneider und ihr Kollege Simon Landwehr hielten einen alten grünen Opel Omega Kombi an. Das Auto hatte abgedunkelte Fondscheiben und der Fahrer machte weder Anstalten, den Motor auszuschalten, noch die Scheibe auf der Fahrerseite herunterzulassen. Mit der linken Hand klopfte Simon an die Scheibe und sagte laut: »Fahrzeugkontrolle. Machen Sie bitte den Motor aus und lassen die Scheibe herunter.«

Endlich öffnete sich das Fenster. Der Motor lief weiter.

»Guten Abend, die Herren«, sagte Simon Landwehr zu den beiden Männern und schaute dabei gleichzeitig in den hinteren Bereich des Opels, um zu überprüfen, ob sich noch weitere Personen im Fahrzeug befanden. »Machen Sie bitte den Motor aus.«

»'n Abend, Officer. Was'n los?«

»Machen Sie bitte den Motor aus.«

»Ja, is' ja schon gut.«

Endlich drehte der Mann den Schlüssel herum. Der alte Motor des Fahrzeugs lief einen Moment lang nach. Was sich der Beifahrer in seinen gewaltigen schwarzen Bart murmelte, konnte Simon nicht verstehen. Ebenso wie der Beifahrer trug der Fahrer einen Undercut und seinen Bart sehr lang. Die würden besser in einen alten getunten S-Klasse-Mercedes passen, dachte Simon spontan, aber manchmal tut es einem Klischee auch ganz gut, gebrochen zu werden.

»Führerschein und Fahrzeugpapiere bitte.«

»Was'n los? Such'n Se wen oder was?«

Simon Landwehr stand ruhig an der Seite des Fahrzeugs und Lena Schneider sicherte ihren Kollegen, indem sie sich auf der rechten Seite des Autos auf Höhe der B-Säule positioniert hatte und alle drei Männer im Auge behielt. Ebenso wie Simon hatte sie ihre rechte Hand am Holster.

»Gleich haben wir es geschafft. Dann sind wir da.« Sie schaute nach rechts zu ihm herüber, aber er reagierte nicht. Manchmal versuchte er, etwas zu sagen, aber es kam nur unverständliches Gebrabbel. Speichel lief ihm aus dem rechten Mundwinkel. Sein Kopf hing ein wenig zum Seitenfenster hin.

Die Blinklichter ein wenig weiter vorne auf der Straße sahen nach der Polizeisperre aus, von der sie über ihre Polizeifunk-App bereits Bescheid wusste. Ihr Auto war das dritte in der Schlange.

Glückwunsch! Ihr habt also endlich einmal die richtigen Schlüsse gezogen. Gute Idee mit den Straßensperren. Auch der Ort passt. Nur einen kleinen Denkfehler habt ihr gemacht. Mal schauen, wann euch das auffällt.

Sie beobachtete, wie die Beamten bei den Fahrzeugen in der Schlange weiter vorne vorgingen.

Als sie an der Reihe war, hatte sie ihr Fenster auf der Fahrerseite bereits heruntergefahren.

»Guten Abend«, sagte der Uniformierte. »Verkehrskontrolle. Führerschein und Fahrzeugpapiere bitte.«

»Natürlich.« Sie kramte in ihrer Handtasche herum. Wie immer war sie auf die Situation vorbereitet. »Bin ich zu schnell gefahren?«

»Nein. Routinekontrolle.«

»Gut.« Sie glaubte ihm nicht, denn sie wusste ja, dass er auf der Suche nach ihr war. Dann reichte sie ihm das Gewünschte.

»Ich bin gleich wieder da.« Er nahm die Papiere und ging zum Streifenwagen. Sie ging davon aus, dass er den Namen abglich. Die Papiere waren teuer gewesen. Der Name darauf stand auf keiner Liste. Solange der Polizist keine Abfrage im Einwohnermelderegister veranlasste, war alles in Ordnung. Sie war sich absolut sicher, dass er das heute Abend nicht bei jedem machen würde, der nicht auf seiner Liste stand.

Ausgerechnet in dem Moment, als der Uniformierte zurückkam, brabbelte der Mann auf dem Beifahrersitz neben ihr kurz etwas.

Der Beamte schaute irritiert. »Geht es ihm gut?«

Sie schüttelte den Kopf und hoffte, dass er nicht auch die Papiere ihres Beifahrers sehen wollte. »Nicht wirklich. Meinem Freund wurden heute zwei Weisheitszähne gezogen. War ziemlich übel. Irgendetwas mit den Nerven, sodass der Doktor immer wieder nachspritzen musste.«

Mitleidig nickte der Polizist und gab ihr endlich die Papiere zurück. Hakte dennoch nach: »So spät noch?«

»Tja, wenn Sie in leitender Position tätig sind, können Sie sich nicht einfach für einen Zahnarzttermin freinehmen. Mir wäre es auch lieber, er würde mal etwas kürzertreten.«

»Ja, mein Zahnarzt bietet seit Neuestem auch Samstagstermine an.«

Was sie einen Scheiß interessierte. Trotzdem sagte sie brav: »Der Service in unserem Land ist besser als sein Ruf.«

Der Uniformierte nickte. »Dürfen wir noch einen Blick auf Ihr Warndreieck und den Verbandskasten werfen?«

»Natürlich! Soll ich aussteigen?«

»Brauchen Sie nicht. Bleiben Sie besser bei Ihrem Freund.«

Ja, das fand sie auch. Und betätigte die Fernentriegelung.

Außerdem wusste sie ja, dass die Geschichte mit dem Warndreieck nur vorgeschoben war. Erstens durften sie den Kofferraum ohne Durchsuchungsbeschluss überhaupt nicht anschauen, es sei denn, der Fahrzeugführer wäre damit einverstanden. Und zweitens suchten sie ein Auto mit einer Leiche im Kofferraum. Aber erstens würde sie nicht auf dem Beschluss bestehen und zweitens saß die zukünftige Leiche zwar sediert, aber noch lebendig auf dem Beifahrersitz.

»Okay. Vielen Dank. Sie können weiterfahren. Noch einen schönen Abend und gute Besserung für Ihren Freund.«

»Ihnen auch einen schönen Abend, sofern man das bei Ihrer Aufgabe wünschen kann. Und danke! Ein wenig wird es noch wehtun, aber dann hat er es hinter sich.«

FREITAG

Freitag. Viertel vor acht. Kriminalhauptkommissar Florian Dreier war vor zehn Minuten völlig fertig ins Bett gekippt. Die Bilanz des nächtlichen Einsatzes war bezüglich des Serienkillers frustrierend. Keine Spur. Er war ihnen nicht ins Netz gegangen. Plöger würde toben.

Ansonsten: Die Kollegen Schneider und Landwehr hatten ein dubioses Pärchen aufgegriffen, das ein Reh angefahren und es sich anschließend einfach in den Kofferraum geladen hatte. Darüber hinaus waren nur zwei getunte Fahrzeuge stillgelegt worden, die keinen TÜV mehr hatten, und kurz nach Mitternacht waren drei oder vier Alkoholverstöße festgestellt worden. Florian erinnerte sich nicht mehr so genau.

Er war todmüde und frustriert. Gleichzeitig aufgeregt, weil er befürchtete, jeden Moment angerufen und an den neuen, den vierten Tatort innerhalb von nur zehn Tagen gerufen zu werden.

Das leise »Pling« ließ ihn sofort hochschrecken. Nun war er doch kurz eingedöst. Er hätte sein Handy lautlos stellen müssen, um ein wenig Ruhe zu bekommen. Stöhnend griff er nach seinem Mobiltelefon. Er hatte eine Nachricht erhalten, öffnete sie und erkannte, dass sie GPS-Koordinaten enthielt.

Scheiße. Absender unbekannt. Nummer unterdrückt. Das bedeutete vermutlich, dass der Killer von seinem Muster abgewichen war und heute kein Fußgänger eine Leiche finden würde.

Er kopierte die geografischen Koordinaten sofort nach Google Maps und sah seine Befürchtung bestätigt. Dort, in der Senne nahe Augustdorf, leuchtete die rote Markierung auf dem Dach eines Hauses, das sie längst hätten ausfindig machen müssen.

Auf dem Weg in die Küche wählte er bereits Bischoffs Nummer und stellte auf Lautsprecher. Als Kornelius dranging, war Florian schon dabei, sich Koffeintabletten aus der Packung zu drücken.

»Müsstest du nicht schlafen?«

»Es ist, wie wir gedacht haben. Eine Hütte in Augustdorf. Aber wir haben etwas übersehen. Ich habe gerade eine Nachricht mit Koordinaten bekommen, die ich schon an dich und die KT weitergeleitet habe.« Florian hoffte, dass die Computerspezialisten in der Kriminaltechnik mit ihrem geballten IT-Know-how herausfinden konnten, wo die Nachricht abgeschickt wurde und, optimalerweise, von wem. Wenn jemand in seinen Einstellungen die Sichtbarkeit der Nummer ausschaltete, konnte sie im Normalfall dennoch von der KT ausgelesen werden. In diesem Fall hatte Florian allerdings nicht besonders viel Hoffnung.

»Okay, aber …«

»Kannst du bitte dafür sorgen, dass ein Mobiles Einsatzkommando bereit ist, wenn ich ankomme, damit wir sofort ausrücken können? Außerdem brauche ich Anja, Kai und Bettina.«

»Hast du nicht Bernd vergessen?«

»Rohde? Ach so, den rufe ich selbst an«, redete Florian sich heraus.

»Und wenn du wieder falschliegst?«

»Der Einsatz wird beweisen, dass ich nicht falschgelegen habe. Es sei denn, jemand erlaubt sich einen üblen Scherz mit uns.«

Bischoff schwieg kurz. Dann sagte er: »Bis gleich.«

Heute war sitzungsfrei. Nicht untypisch für einen Freitag. Dennoch arbeitete Tara Wolf in ihrem Büro im Landgericht Detmold. Ein Pott Kaffee stand vor ihr. Daneben lagen die Fallakten für die Verhandlungen in der nächsten Woche. Ein Fortsetzungstermin stand an, auf den sie sich bereits gut vorbereitet hatte. Aber das Berufungsverfahren am nächsten Dienstag lag ihr noch ein wenig quer. Zu viele Ungereimtheiten aus ihrer Sicht. Mit diesem Verfahren wollte sie sich jetzt noch einmal beschäftigen und die ihr vorliegenden Informationen über das Wochenende sacken lassen.

Bevor sie die erste Akte aufschlug, nahm Tara einen Schluck Kaffee und begann auf ihrem Handy eine Nachricht an Lou Ritter zu tippen. Lou musste heute eine Klausur schreiben und Tara wollte ihr noch alles Gute wünschen. Lou sollte wissen, dass Tara an sie dachte.

Kaum hatte sie die Nachricht abgeschickt, erschienen auch schon die zwei Häkchen unter der Nachricht. Gut. Tara lächelte zufrieden in sich hinein.

Im selben Moment klingelte ihr Handy.

»Guten Morgen, Lou. Na, wie fühlst du dich?«

»Hi, Tara. Alles okay. Mir ist natürlich nicht ganz wohl wegen der Prüfung, aber darum rufe ich nicht an.«

»Sondern?«

»Ich hab die Hütte gefunden«, sagte Lou.

»Wow! Klasse. Kusainovs Partyhütte – wie ist dir das denn gelungen?« Peters Erinnerungen nach könnte sie sich irgendwo in der Senne befunden haben. Und so eine abgelegene Hütte war natürlich ein perfekter Ort, um jemanden in Ruhe zu töten.

»Genau die. Sie ist aber nicht auf Kusainov eingetragen, dann hätten wir sie längst gefunden. Aber wir wollten uns ja ein wenig im Umfeld der Familie umschauen. Und: Tadaaa!

Seine Mutter steht als Eigentümerin in Grundbuch. Aber noch mit ihrem Mädchennamen. Valentina Levkin.«

»Du bist ein kluges Mädchen.«

Lou kicherte. Aber nur kurz. »Willst du die Adresse? Wollen wir da nachher hinfahren?«

»Ja, klar. Schick schon mal rüber. Und dann erzählst du mir bitte auch, wie du das herausgefunden hast.« In dem Moment kam schon die Nachricht mit den Adressinformationen. »Aber konzentrier du dich bitte erst mal auf deine Prüfung. Das ist heute wichtiger.«

»Mach ich. Obwohl … Meinst du, wir könnten da wenigstens mal gucken? Von außen, oder so?«

»Das dürfte wohl gehen. Ich ruf gleich mal Peter an.«

»Ja, das wäre mir auch lieber. Oder du sagst dem Florian Dreier Bescheid.« Lou holte tief Luft. »Oder, nee. Besser doch nicht. Wir fahren da hin, gucken uns das an. Und wenn es uns verdächtig vorkommt, können wir den ja immer noch informieren.«

»So sehe ich das auch«, sagte Tara. »Aber jetzt wünsch ich dir erst einmal konzentrierte Gedanken für die Klausur.«

Tara versuchte es zuerst bei Peter auf der Festnetznummer in seinem Büro im Lippischen Landesmuseum. Dann auf dem Handy. Noch einmal Festnetz. Noch einmal Handy. Sie überlegte kurz, bei der Zentrale des Landesmuseums nachzufragen, ob er in einer Besprechung war, entschied sich dann aber dagegen.

Anschließend schaute sie sich auf Google Maps an, wo Kusainovs Hütte lag. Mitten in der Senne. Die Adresse gehörte noch zu Augustdorf. Eigentlich müsste sie erst nach Hause, um sich feste Schuhe zu holen, weil man, so wie das auf der Karte aussah, ein Stück über einen Waldweg gehen musste. Aber von Detmold nach Lemgo und dann von dort aus nach Augustdorf – das wäre ein Riesenumweg und Zeitverlust. Wozu hatte sie ihre Dienstgummistiefel, die ihr extra für Beweisaufnahmetermine außer Haus zur Verfügung standen? Tara Wolf versuchte es noch einmal vergeblich bei Peter und fuhr dann los.

Ihr war klar, dass Lou sauer auf sie sein würde, wenn Tara ohne sie zur Hütte fuhr. Aber sie wollte Lou dem nicht aussetzen. Wer weiß, was sie dort vorfand. Tara wusste auch, dass es sicherer gewesen wäre, nicht alleine hinzufahren. Sie nahm sich vor, eine Nachricht zu schreiben, wenn sie angekommen war und bevor sie losging. Mit dem Gedanken beruhigte sie sich selbst. Ihr Herz schlug dennoch schneller als sonst.

Es gab zwei Möglichkeiten, wie man sich der Hütte nähern konnte. Von einem Wanderparkplatz oder dem Ende einer Wohnstraße aus. Tara hatte sich für die Wohnstraße entschieden, deren Ende in den sandigen Waldweg überging. Hier parkte sie, zog sich die Gummistiefel an und ging in den Waldweg hinein, in die Richtung, wo sie die Hütte vermutete.

Eigentlich hatte sie jetzt Lou oder Peter eine Nachricht darüber schreiben wollen, was sie nun vorhatte. Aber Lou saß gerade in der Prüfung und Peter wusste gar nicht, worum es überhaupt ging. Der Plan mit der Nachricht war ihr vorhin noch klug und sinnvoll vorgekommen. Jetzt verwarf sie die Idee. Sie müsste zu viel schreiben und erklären. Vermutlich würde es kritisches Feedback von Peter geben, und das konnte sie jetzt nicht brauchen.

Tara schaute noch einmal auf die Karten-App, um sich zu vergewissern, dass sie auch richtig war. Sah gut aus.

Sowohl Umgebungsinformationen als auch Koordinaten vom Satelliten waren korrekt und präzise. Der Waldweg führte in langen Schwüngen zu der Hütte, die so weit von der Straße entfernt lag, dass Kriminalhauptkommissar Florian Dreier sie erst entdeckte, als sich das Team ihr auf gut 100 Meter genähert hatte. Der Boden war sandig, typisch für die Sennelandschaft rund um Augustdorf. Hohe Kiefern bildeten einen lichten Wald, der die kleine Hütte umgab. Florian erinnerte sich an den würzigen Geruch, den die Nadelbäume im Sommer ausströmten. Jetzt, Ende Februar, roch es feucht und modrig.

Das Team bestand aus sieben Männern und drei Frauen. Allesamt erfahren im Außeneinsatz. Rohde war nicht dabei. Er saß in dem dunkelblauen Ford Transit, der auf dem Wanderparkplatz parkte. Darauf hatte Florian bestanden. »Du musst von hier aus agieren. Wir brauchen dich als Koordinator.« Bernd hatte nicht widersprochen. Er hatte wieder einmal nicht geschlafen letzte Nacht. Die Zwillinge hatten Mittelohrentzündung.

Wieder hatte sie ihre Position im Lotussitz eingenommen. Kontrollierte ihren Atem und die Herzfrequenz. Das Notebook stand vor ihr auf dem Boden und zeigte bewegte Bilder, die von den Kameras übertragen wurden. In neun Rechtecke war der Bildschirm eingeteilt. Drei Kameras hingen im Wald. Vier auf den Außenseiten der Hütte. Zwei weitere sendeten aus dem Innenraum. Auf den Waldkameras sah sie dabei zu, wie sich die schwarzen Gestalten langsam näherten. Sich gegenseitig sicherten und gleichzeitig die Umgebung im Auge behielten. *Ihr macht das sehr gut.*

Früher, beim Verstecken spielen als Kind, hatte sie es kaum ausgehalten, wenn sie ein Versteck gefunden und dort untergekrochen war. Würde sie der Sucher finden, weil ihr Versteck nicht gut genug war? Oder hatte er vielleicht gemogelt, sich die Augen nicht richtig zugehalten und dabei zugesehen, wo sich die Freunde versteckten? »Eins, zwei, drei, vier Eckstein, alles muss versteckt sein. Vorder mir … hinter mir … gilt es nicht … und an beiden Seiten nicht! Eins, zwei, drei, vier, fünf, sechs, sieben, acht, neun, zehn … Ich komme!«

Sie erinnerte sich daran, wie stark ihr Herz jedes Mal gepocht hatte. Sie war so aufgeregt gewesen, dass sie es nicht gewagt hatte sich zu bewegen. Obwohl sie wusste, dass sie den perfekten Moment abwarten und dann loslaufen musste, um sich freizuschlagen.

Heute hatte sie keine Angst. Alles passierte, was passieren sollte.

Ein entspanntes Lächeln lag auf ihrem Gesicht.

Doch was war das? Wer war die Person, die plötzlich aus dem Wald trat und auf die Hütte zuging? Die Gestalt kam näher. Von der Statur und der Bewegung her müsste es sich um eine Frau handeln. Jetzt war ihr Gesicht zu sehen.

Tara Wolf.

Was zur Hölle machte die hier? Verdammt, das konnte ja wohl nicht wahr sein. Machte Tara jetzt den schönen Plan kaputt?

Tut mir leid, Tara. Warum musstest du dich auch einmischen?

Florian Dreier schickte einen der beiden Scharfschützen auf eine Position, von der aus er gute Sicht und freies Schussfeld auf die Eingangstür der Hütte hatte. Der andere würde sich so auf der Rückseite der Hütte positionieren, dass alle Fluchtwege abgedeckt waren, sich beide Schützen aber nicht gegenseitig mit »friendly fire« belegen konnten.

Florian gab das Zeichen zum Ausschwärmen. Sie würden nichts dem Zufall überlassen und sich von allen vier Seiten nähern.

Aus den Fenstern drang gedämpftes Licht. Vorhänge, vermutete Tara Wolf. Eine Minute später bestätigte sich ihre Überlegung. Als sie an der Hütte war, konnte sie durch die Fenster nicht hineinsehen. Dunkler Stoff versperrte die Sicht ins Innere. Nicht einmal Schemen waren auszumachen.

Es gab nur eine Tür. Vorne.

Vorsichtig drückte sie die Klinke nach unten. Es war nicht abgeschlossen. Mit ruhiger, gleichmäßiger Bewegung schob sie die Tür auf. Die alten Scharniere machten eigenartige Knarr- und Klickgeräusche.

Als die Tür offen stand, hörte Tara nur noch ihren eigenen Atem. Sonst war es still.

Zwei Sätze des Hagakure beschrieben diesen Moment. Sie kannte den Text nicht nur auswendig, sie hatte auch den Sinn verinnerlicht. Das versetzte sie in die Lage, sich in Meditation hineinzuversenken und eine scharfe mentale Haltung einzunehmen, wie es das Hagakure nannte. Es hatte sie gelehrt, mit Leib und Seele an das eigene Ziel in genau diesem Augenblick zu glauben. Und dass beim Spiel ein Zuschauer mehr sieht als die Spieler.

Sie hatte ihr Ziel verfolgt und erreicht. Weil sie sowohl Spielerin war als auch Zuschauerin. Sie sah und fühlte mehr. Wenn nicht sogar … alles.

Wie jetzt. In dieser Minute.

In Florians Ohrhörer knackte es. »Hier Schütze eins. Touristin im Visier. Warte auf Anweisungen.«

Florian war noch etwa 30 Meter von der Hütte entfernt und sah ebenfalls dabei zu, wie eine Frau mit Regenmantel und Gummistiefeln zur Hütte ging und langsam die Tür aufschob. Von Florians Position aus war nicht zu erkennen, ob es sich bei der Person um eine Tatbeteiligte, also eine »Touristin«, oder um eine Unbeteiligte, also eine »Passantin«, handelte.

»Hier Leiter. Schütze eins: Kannst du etwas erkennen?«

»Negativ. Sie steht mit dem Rücken zu uns und hat die Kapuze auf.«

»Weiter aufrücken. Schütze eins: Position halten.«

Mitten im Raum stand ein Stuhl, auf dem ein Mann saß. Die Arme nach hinten gezerrt, wahrscheinlich gefesselt. Sein Kopf war so weit nach vorne gekippt, wie die Sehnen auf der Rückseite des Halses und die Knochen der Wirbelsäule es zuließen. Der Hinterkopf fehlte, und in der Herzgegend befand sich ein Einschussloch. Genau so, wie Tara das bereits auf den Tatortfotos gesehen hatte. Unter dem Toten hatten sich Blut und andere Körperflüssigkeiten in einer Lache gesammelt.

Über der Szene hing ein Pappschild, auf dem sorgfältig mit einem dicken Filzstift geschrieben stand:

Eins, zwei, drei, vier Eckstein, alles muss versteckt sein.
Vorder mir und hinter mir gilt es nicht,
und an beiden Seiten nicht!

1, 2, 3, 4, 5, 6, 7, 8, 9, 10, 11, 12, 13, 14, 15, 16, 17, 18, 19, 20 … !!!!!

Tara Wolf sah sich blitzschnell um. Entdeckte das blinkende rote Lämpchen. Sie erinnerte sich an das leise Klicken, das sie beim Hereinkommen gehört hatte.

Scheiße! Bis zu diesem Moment hätte Tara nicht gedacht,

jemals eine Sprengfalle zu sehen, die nicht als Beweismittel entschärft in ihrem Gerichtssaal lag.

»Hier Schütze eins. Sie kommt raus.«

»Ich seh's«, sagte Florian. Die Frau hatte zunächst ruhig in der Tür der Hütte gestanden, sich dann unvermittelt umgedreht und war nach draußen gestürmt. Dabei war ihr die Kapuze von der roten Wuschelmähne gerutscht.

Inzwischen war Florians Team bis auf zehn Meter an die Hütte herangekommen und alle, die zusahen, wie Tara heraus gestürmt kam, bemerkten auch ihren panischen Gesichtsausdruck.

Dann explodierte die Hütte, und die Detonation schickte einen riesigen Feuerball gen Himmel und mit ihm auch zahllose Holzstücke und Steinfragmente. Florian sah noch, wie Fenster zerbarsten und Tara auf ihn zugeflogen kam, dann wurde seine Schussweste von einem herabstürzenden Trümmerteil getroffen.

»Verdammte Scheiße, Tara. Was hast du dir denn bei diesem Alleingang gedacht? Wusste eigentlich irgendjemand, wo du bist? Und wie bist du überhaupt auf diese Hütte gekommen?«

Tara Wolf und Florian Dreier saßen erschöpft nebeneinander auf dem Trittbrett am Heck eines Rettungswagens, nachdem ein Sanitäter sie durchgecheckt hatte.

»Ich freue mich auch, dass es dir gut geht, Flo. Gut, dass du die Weste anhattest.«

»Ja«, brummelte Florian. »Das ist der Grund, warum wir bei diesen Einsätzen Schusswesten tragen und keine Regenjacken und knallgelbe Gummistiefel.«

»Die schöne Wachsjacke ist hin«, sagte Tara. Die Rückseite des Kleidungsstücks war verrußt und zerrissen. »Und warum unsere Dienstgummistiefel ausgerechnet gelb sind, das weiß ich auch nicht.«

»Das sind deine Dienstgummistiefel?«

»Na ja, ich wollte nicht nochmal nach Lemgo zurück, um feste Schuhe zu holen, und die Gummistiefel habe ich immer …«

»Ja, okay«, unterbrach Florian sie. »Also?«

»Ich starte mal mit Frage drei: Das hat Lou herausgefunden. Nachdem klar war, dass es hier keine entsprechende Immobilie gibt, die auf Kusainov direkt eingetragen ist, hat Lou es mit dem Mädchennamen seiner Mutter versucht. Valentina Levkin. Mehr weiß ich auch noch nicht. Aber sie lag ja wohl richtig.«

»Richtig! Und weiter?«

»Zu Frage eins: Ich wollte einfach mal gucken, ob es etwas mit der Hütte auf sich haben könnte. Denn so ein abgelegenes Häuschen wäre ja ein guter Ort, um … na ja …«

Florian schluckte. »… die Männer zu töten?«

»Genau. Das war es dann eigentlich auch schon.« Tara schaute nachdenklich in den Wald. »Was mich zu Frage zwei führt: nein!«

»Das war bescheuert.«

»Ich weiß.«

»Gut. Was soll ich denn jetzt Plöger und Bischoff erzählen, warum du hier warst?«

»Meinst du, ihr hättet den Sprengsatz entschärfen können?«

Florian schaute Tara lange an. Dann schüttelte er den Kopf. »Nein, wir waren aus demselben Grund hier wie du. Wir wollten mal gucken.«

»Ihr wolltet mal gucken? Mit dem großen Besteck? Verkauf mich nicht für blöd. Ihr habt doch was geahnt.«

»Okay. Ich hab heute Morgen eine Nachricht mit den Koordinaten bekommen.«

Tara dachte nach. »Der Killer hat sein System durchbrochen, denn hier sind Tatort und Fundort identisch. Meinst du, er ist nun fertig?«

»Tja. So ein Mensch-ärgere-dich-nicht-Spiel hat noch eine Menge weiterer Felder, auf denen Spielfiguren stehen können. Und den Zielbereich.«

»Ja, der Zielbereich. Der macht mir auch Sorgen.« Tara überlegte kurz, ob jetzt vielleicht ein guter Moment war, Florian zu erzählen, dass sie am Sonntag nach Hamburg fahren würde, um mit Eddie Hart zu sprechen. Aber sie sah die tiefen dunklen Ringe unter seinen Augen. Seine Haut sah grau und faltig aus. Daher entschied sie, ihn nicht damit zu belasten. Stattdessen sagte sie laut: »Scheibenkleister!«

»Ist das nicht Peters Schimpfwort?«

»Das heftigste, das du je aus seinem Mund hören wirst!«

Forian Dreier nickte müde: »Scheibenkleister!«

Florian war todmüde. Diesen einen Anruf noch. Nur noch diesen einen Anruf. Sie hatten immer noch nicht alle Ehemaligen von der Liste erreicht. Auch das nach Amerika ausgewanderte Ehepaar gehörte zu diesem Personenkreis. Minus neun Stunden. In den USA war es jetzt also endlich Mittag. Florian hatte sich mit den Eheleuten für ein Telefonat verabredet. Er hatte ihnen bereits per Mail mitgeteilt, dass vier ihrer Schulkameraden tot aufgefunden worden waren und er ihnen einige Fragen stellen wollte. Florian war nicht besonders motiviert, was dieses Gespräch anging, wollte sich aber später nicht vorwerfen lassen, er hätte nicht alle befragt.

Der Killer hatte sein Muster geändert. Und es war völlig offen, ob oder wie er weitermachen würde. Wenn er jetzt abtauchte, hätten sie überhaupt keine Chance mehr, ihn zu kriegen.

Immerhin war jetzt Ilona Krumbiegel zu sprechen. Wie man den Namen wohl auf Englisch aussprach?

»Yes. Hello, Mister Dreier. Das ist ja furchtbar, was da passiert ist. Wir werden nicht zu den Beerdigungen kommen. Bitte denken Sie nicht schlecht von uns, aber wir standen den Toten nicht besonders nahe. Und der weite Flug … Wir haben kleine Kinder … Ich hoffe, Sie verstehen das.«

Florian war so müde, dass er schon nicht mehr wusste, ob er auf die Aussage hin den Kopf schütteln oder nicken sollte. Was die Frau auf der anderen Seite des Atlantiks ohnehin nicht sehen konnte.

War das die normale Reaktion einer Frau, die ihre Mitschüler seit 20 Jahren nicht gesehen hatte, und nun erfuhr, dass vier von ihnen tot waren? Er hörte das jetzt schon zum wiederholten Mal: Keiner wollte mit den Toten befreundet gewesen sein. »Danke, dass Sie Zeit für das Telefonat haben, es gibt da ein paar Fragen, die ich an Sie habe.«

»Ja, sehr gerne, aber wahrscheinlich kann ich Ihnen gar nicht helfen.«

Nein, wahrscheinlich nicht. Florian versuchte, lautlos zu gähnen. Dann fragte er: »Alles ist wichtig. Wissen Sie etwas über eine Hütte, in der Sergej Kusainov manchmal Partys gefeiert hat?«

Es knackte in der Leitung, und Florian wusste nicht, ob es Probleme mit der transatlantischen Verbindung gab oder Ilona Krumbiegel sich bewegt hatte.

»Frau Krumbiegel?«

»Ja, ach so. Sorry. Nein, eigentlich nicht.« Es entstand schon wieder eine Pause. »Also … ich meine … Irgendwie wussten ja alle, dass Sergej eine Hütte hatte.«

Stimmt, dachte Florian. Das wussten irgendwie alle. Aber keiner war damals mit in der Hütte oder bei einer Party gewesen. So wie niemand Dieter Bohlen dabei zuschaute, wie er Menschen vor den Fernsehkameras niedermachte, und er trotzdem gewaltige Einschaltquoten hatte.

»Darum frage ich, Frau Krumbiegel. Viele wussten von den Partys und der Hütte, aber scheinbar war selten jemand dabei.«

»Hm.«

Sie überlegt, ob sie es mir sagen kann. Gut, dass ihr Mann nicht da ist, dann würde das hier ganz anders laufen. Laut setzte Florian nach: »Kennen Sie vielleicht jemanden, der mit bei einer Party war?«

»Ich überlege gerade. Ich glaube … also, wenn ich das recht erinnere, habe ich gehört …«

Florian wartete noch kurz. Dann sagte er leise: »Waren Sie vielleicht einmal dort?«

Sie kicherte. »Ja, ich glaube schon. Nach der Abi-Party. Das ist mir jetzt wirklich peinlich, aber ich war schon ziemlich angetrunken. Darum weiß ich das nicht mehr so genau. Aber wir sind noch zu Sergejs Hütte gefahren.«

Endlich! Gab es denn so was? Wie viel Geduld musste man eigentlich mitbringen? »Wissen Sie noch, wer alles dabei war?«

»Ja, darum ist es mir ja so peinlich, weil Sie denken könnten, ich wäre irgendwie verdächtig oder so.«

»Ich möchte nur eine Zeugenaussage von Ihnen.«

»Gut. Also … da waren Sergej, Ulli, der Georg und Harald.«

»Sie meinen Sergej Kusainov, Hans-Ullrich Behrendt, Georg Schaper und Harald Steinsiek?« Der Tote in der Hütte war heute zügig identifiziert worden.

»Ja, die meine ich. Und dann waren da noch die Karo, Andrea und ich.«

»Helfen Sie mir bitte gerade mit den Nachnamen.«

»Oh, das ist lange her. Ähm … Andrea Meier und … Karoline … warten Sie … ach, ja … Hapke.«

Florian überflog schnell die Liste und strich die beiden Namen mit einem Textmarker an. Andrea Meier war noch vor Studienbeginn bei einem Verkehrsunfall ums Leben gekommen. Ob Ilona Krumbiegel das wusste? Florian entschied sich, es dabei zu belassen und das nicht mit ihr zu besprechen.

»Und was haben Sie an dem Abend in der Hütte gemacht?«

»Gefeiert eben. Wodka getrunken. Gelacht. Getanzt. Warum? Meinen Sie, das hat etwas damit zu tun, dass die vier jetzt tot sind?«

»Das versuchen wir herauszufinden. An was können Sie sich noch erinnern? Gab es Streit? Oder im Gegenteil: eine Liebesbeziehung? Eifersucht?«

»Weder das eine noch das andere. Warten Sie. Ach ja, irgendwann haben Andrea und ich uns dann ein Taxi gerufen, und das war's dann.«

»Wann haben Sie die anderen wiedergesehen?«

Ilona Krumbiegel räusperte sich. »Gar nicht. Unsere Wege haben sich nach dem Abi getrennt, und da wir eh nur locker befreundet waren …«

Ilona Krumbiegel und Karoline Hapke waren die einzigen Überlebenden der Après-Abi-Party in Kusainovs Hütte.

»Sie wissen also nicht, was passiert ist, nachdem Sie die Hütte an dem Abend verlassen haben?«

»Ich weiß, das klingt jetzt komisch, aber … nein!«

Scheiße!

Florian starrte den Namen Karoline Stefanie Hapke an, der rot unterstrichen war, weil dahinter ein neuer Name stand: Stefanie Johannmeier. Zusätzlich war vermerkt, dass sie von Bettina vernommen worden war, weil die beiden sich aus dem Fitnessstudio kannten. Und noch ein Name stand dahinter. Natürlich.

Wenn er Karoline beziehungsweise Stefanie jetzt aufsuchte und sie die Killerin war, wäre sie gewarnt. Er brauchte einen Durchsuchungsbeschluss. Und … er konnte es nicht alleine machen.

Es half nichts. Er musste seine Kollegen wecken oder von der Couch holen oder wo auch immer sie sich um diese Zeit aufhielten.

SAMSTAG

Tara Wolf erwachte nicht freiwillig. Sie war ohnehin erst eingeschlafen, nachdem sie Voltaren-Tabletten genommen hatte. Seit der Explosion plagten sie starke Kopfschmerzen, und der Rücken tat ihr weh. Ihre Rippen machten sich auch wieder bemerkbar.

Tara blinzelte, aber es war stockdunkel. Draußen genauso wie in ihrem Schlafzimmer. Das Fenster stand auf Kipp, und sie hörte, dass es schon wieder regnete. Gleichmäßig rauschte das Wasser vom Himmel herab. Ungemütlicher Februar. In mehrerlei Hinsicht.

Sie spürte etwas Kaltes. Direkt an ihrer Schläfe.

»Was …?« Mehr ein Lallen als ein Wort. Von ganz tief unten strampelte sie sich vom Grund der Tiefschlafphase an die Oberfläche. Versuchte wach zu werden.

»Psssst. Ganz ruhig.«

»Wer …?«

»Gleich. Dir passiert nichts.«

»Ich richte mich jetzt auf und mache das Licht an«, sagte Tara schlaftrunken.

»Tu das, aber bitte sehr langsam. Ich habe eine Waffe auf dich gerichtet.«

»Steffi? Was machst du hier? Wie bist du hier hereingekommen? Und vor allem: Was soll der Quatsch? Spinnst du?«

Steffi Johannmeier sah Tara ruhig an. Sie saß auf der Bettkante. Die Pistole hielt sie mit der rechten Hand, die nun locker auf dem rechten Oberschenkel ruhte und auf Tara zeigte. Tara fuhr sich mit beiden Händen durch ihre völlig verwuschelten Locken und überlegte, ob sie Steffi treten oder auf eine andere Art außer Gefecht setzen konnte, verwarf den Gedanken aber gleich wieder. Steffi saß halb auf der Bettdecke, sodass Tara mit ihren Beinen kaum etwas unternehmen konnte. Im Übrigen wusste sie, in welch hervorragender körperlicher Form ihre Trainerin war. In der direkten Auseinandersetzung rechnete sie sich keine Chancen aus. Gegen eine Pistole sowieso nicht.

»Denk nicht mal dran«, sagte Steffi und lächelte Tara freundlich an. Das Lächeln war ernst gemeint. Das erkannte Tara. Vielleicht stimmte es ja, was Steffi vorhin gesagt hatte: Dir passiert nichts. So recht glaubte Tara allerdings nicht daran. »Ich werde es dir gleich erklären. Ich brauche dich. Das wirst du sicherlich verstehen, wenn du die Zusammenhänge kennst.«

»Warum ich? Worum geht es? Wir kennen uns doch noch gar nicht lange.«

»Weil du die Richtige dafür bist. Tut mir leid. Ich hatte das ursprünglich mit Peter Falke geplant, weil er auch in meiner Klasse war und ein wirklich Guter ist, aber als du in mein Leben kamst, wusste ich, dass ich das hier nur mit dir machen kann.«

»Ich fühle mich geehrt«, sagte Tara genervt.

»Lass das. Sarkasmus steht dir nicht.«

»Sehe ich anders.«

»Hör zu. Ich muss heute etwas zu Ende bringen. Etwas sehr Ernstes. Und dafür brauche ich dich. Als Freundin. Als Frau. Als Verbündete. Als jemand, der mich versteht und unterstützt.«

»Vielleicht sagst du mal, worum es hier überhaupt geht.«

»Ich möchte von Frau zu Frau zu dir sprechen. Und ich denke, dass du mich verstehen wirst. Aber ich möchte meine Geschichte zu Ende erzählen, und dafür brauche ich deine Zusicherung, dass du keinen Scheiß versuchen wirst.«

»So was wie weglaufen oder dich überwältigen?«

»Genau so etwas meine ich. Denn ich will dich nicht fesseln. Zumindest vorerst nicht.«

»Das wäre mir auch lieber. Okay, ich verspreche dir: Ich übersehe jetzt einmal, dass du hier eingedrungen bist und mich mit vorgehaltener Waffe geweckt hast. Und ich tue so, als wäre das ein Gespräch unter Freundinnen, auch wenn wir uns wirklich noch nicht lange kennen, und das nur, weil ich deine professionelle Hilfe für meine Regeneration brauchte. Ich ziehe mir jetzt was an, mach uns einen Kaffee, und dann setzen wir uns ins Wohnzimmer. Wäre das in deinem Sinne?«

»Gib mir dein Handy.«

»Dein Misstrauen ist sehr anstrengend.«

Steffi nickte. »Natürlich. Aber ohne Misstrauen wäre ich nicht so weit gekommen.«

»Wo auch immer das sein mag.«

Als Tara und Steffi in die Küche kamen, saß Angus bereits am Küchentisch.

Ach bitte, nicht jetzt. Das lenkt mich nur ab, sagte Tara in Gedanken zu Angus, der auf demselben Weg antwortete.

Ich werde dir helfen.

Wie willst du das denn machen?

Du wirst schon sehen.

»Ich hätte lieber einen grünen Tee«, sagte Steffi. »Kaffee ist mir zu säurehaltig.«

»Tja, tut mir leid«, sagte Tara. »In ›Taras Bistro‹ ist der grüne Tee leider gerade aus.« Während sie Kaffeepulver in den Filter und Wasser in den Tank der Maschine füllte, überlegte Tara, ob sie vorschlagen sollte, Peter doch hinzuzuziehen. Aber dann erkannte sie, dass es sich vermutlich mehr um ein Hin*ein*ziehen als um ein Hinz*u*ziehen handeln würde. Sie musste es irgendwie alleine hinkriegen. Und überleben. Das war das Ziel für den Moment.

»Ihr habt mich gesucht. Nun: Hier bin ich.«

»Wer hat … ach … was … du???« Tara drehte sich erschrocken um. Steffi – der Killer? Selbst wenn es stimmte – was wollte sie dann ausgerechnet hier? Das würde Tara noch herausfinden. »Du behauptest also, vier Männer umgebracht zu haben? Und gestern hättest du mich fast in die Luft gesprengt. Vielen Dank auch. Mir tut alles weh.«

»Das tut mir sehr leid.«

»Ach was!«

»Schon. Aber dir ist ja nichts passiert.«

Tara sah Steffi an. »Du bist der Mensch-ärgere-dich-nicht-Killer?«

Steffi nickte langsam. »Wenn du mich so nennen willst. Okay! Allerdings sind nicht nur vier Arschlöcher gestorben. Es sind insgesamt sieben. Ich musste üben, und die ersten drei haben es auch mehr als verdient gehabt. Weißt du, wir leben in einer kranken Welt …«

»Sieben?«

»Ja, vier hier in Lippe, einer in Dresden, einer in Wien, einer in Oldenburg.«

»Warum?«

»Das werde ich dir jetzt zunächst in Kurzform erzählen, damit du mich verstehst und unterstützt. Dann später noch einmal ausführlich, wenn noch weitere Personen anwesend sind.«

»Wer wird noch zu der Party eingeladen?«

»Gleich. Ich hoffe, dass du das für mich machst und zwei Personen anrufst. Dafür gebe ich dir dann dein Handy, aber ich möchte nicht, dass du irgendeinen Blödsinn versuchst.«

»Wir werden sehen.« Tara nickte unwillig.

Lass sie erzählen, riet Angus. Sie braucht das jetzt. Du machst das gut.

»Ich will dir nicht wehtun. Mach bitte einfach, was ich möchte.«

»Warum ich?«

»Du bist die einzige Richterin, die ich kenne. Du bist cool und tough. Du gehst deinen Weg. Und wenn dir etwas nicht passt, dann machst du es passend. Wir sind uns ähnlich.«

»Das wage ich zu bezweifeln, aber ich bin ganz Ohr.«

Steffi lehnte sich zurück und atmete langsam und konzentriert. »Ich vertraue dir. Weil ich glaube, dass du ein guter Mensch bist. Ich habe andere Freundinnen, aber du als Richterin weißt, was das Gesetz als richtig und falsch definiert. Trotzdem, oder gerade deshalb, weißt du auch, dass Gesetze manchmal zu unscharf formuliert sind. Oder, obwohl wir in Deutschland Gewaltenteilung haben, Gesetze bestimmte Personengruppen aus politischem Interesse benachteiligen.«

Tara legte den Kopf ein wenig schief und hörte konzentriert zu. Sie war müde und wartete noch auf den Kaffee. Wenn sie länger aufrecht saß, merkte sie erst recht, wie ihr alle Knochen von der Explosion wehtaten.

Steffi fuhr fort. »Und weil es mehr Straftaten gibt als Festnahmen. Und noch weniger Verurteilungen. Und wenn so ein Arsch verurteilt wird, ist die Strafe im Verhältnis zu dem, was er getan hat, viel zu gering. Die Männer mussten sterben, weil sie – wie es in eurem Jargon so schön sachlich heißt – Sexualstraftäter waren. Du weißt es selbst am besten, mit welch geringen Strafen so jemand davonkommt. Ist das gerecht? Nein, ist es nicht und wird es auch nie sein.«

Tara hielt die Luft an. Sie hatte Angst vor dem, was nun kam. Wusste aber, dass sie es nicht ändern konnte und es sich anhören musste.

Du schaffst das, sagte Angus ganz leise.

Aber ich will es nicht, hätte Tara am liebsten geschrien.

»Vor 20 Jahren habe ich mit Hans-Ullrich, Sergej, Georg und Harald gefeiert. Im Anschluss an unsere Abi-Party sind wir noch zu Sergejs Hütte gefahren. Am Anfang waren noch zwei andere Mädels da, aber die sind dann irgendwann gegangen. Es war lustig, wir haben getanzt, viel zu viel Wodka und anderen Scheiß durcheinander getrunken, und irgendwann kippte die Stimmung. Alle wussten nämlich, dass Ulli schwul war. Aber er selbst wollte es nicht wahrhaben. Und Sergej war ein Macho. Ein Wort gab dann das andere. Am Ende wollte Ulli den anderen beweisen, wie hetero er war und dass er es auch mit einer Frau tun würde. Keine Ahnung, warum er einen hochgekriegt hat. Vielleicht war er bi. Was weiß ich. Jedenfalls war ich die Einzige, die noch da war, und ich wollte natürlich nicht. Die anderen haben mich festgehalten und dann …« Steffis Blick schien auf einen Punkt weit hinter Tara gerichtet zu sein, fast so, als sähe sie die Vergangenheit wie einen Film, der an die Küchenwand projiziert wurde.

Tara stand langsam auf, ging um den Tisch und nahm Steffi in den Arm. Tara spürte, wie Steffi bebte.

»Als Ulli fertig war, wollten die anderen auch … und ich … Ich konnte nichts tun. Sie waren zu viert. Verstehst du. Zu viert gegen eine.«

Tara streichelte Steffi behutsam über den Kopf.

Die sprach einfach weiter, als wäre Tara gar nicht da. »Wer hätte mir geglaubt? Ich war freiwillig dort. Wir kannten uns gut aus der Schule. Seit Jahren. In welcher Ermittlung, in welchem Strafverfahren hätte ich Recht bekommen? Wären die guten Jungs mit einer hoffnungsvollen Zukunft verurteilt worden? Wer hätte mir geglaubt? Wer hätte mir geglaubt? …« Steffis Stimme wurde stetig leiser, während sie den Satz immer wieder aufsagte wie ein Mantra.

Tara nickte stumm. Sie kannte die Vielschichtigkeit der Probleme eines solchen Verfahrens nur zu gut. Der fehlende Mut, für eine Untersuchung in ein Krankenhaus zu fahren. Die Anzeige bei der Polizei. Das Martyrium, das Erlebte immer und immer wieder erzählen zu müssen. Am Ende wurde das Opfer von schlauen Strafverteidigern erneut zum Opfer gemacht. Wenn sie sich vorstellte, dass ein Idiot wie Staatsanwalt Plöger in einem solchen Verfahren die Anklage vertreten würde, verstand sie nur zu gut, dass Steffi diesen Weg nicht gegangen war.

»Therapie um Therapie. Tausend Gespräche. Es war ein langer, wirklich langer Weg aus der Dunkelheit, aus einem unfassbar tiefen Loch zurück an die Oberfläche. Ins Licht? Ich weiß es nicht. Sie haben mich gebrochen. Sie haben mir alles genommen, was ich damals hatte. Ein Leben. Eine Zukunft. Alles endete in dieser einen Nacht. Ich habe nicht studiert. Keinen Mann. Keine Kinder. Aber ich habe es geschafft, mich aus der Tiefe heraufzustrampeln und wieder Luft zu bekommen. Dieser lange Weg endet jetzt. Hier und heute.« Erschöpft hielt Steffi inne.

Tara ließ sie los und setzte sich ihr gegenüber wieder hin.

Du machst das super, sagte Angus.

Es fühlt sich nach dem Gegenteil an, auch wenn ich sie verstehe und Mitleid mit ihr habe, antwortete Tara.

Das Klingeln seines Handys riss ihn aus dem Tiefschlaf. Als er sich endlich hingelegt hatte, war er so müde gewesen, dass er vergessen hatte, das Telefon auf lautlos zu stellen oder es wenigstens nicht neben sich auf den Nachttisch zu legen. Mist.

Sie war ihnen entwischt. Ihre Wohnung hatten sie verlassen vorgefunden, als sie dort eingetroffen waren. Das Auto war weg. Die Fahndung nach Stefanie Johannmeier lief auf Hochtouren. Aber Florian war nach Hause gefahren, denn es ging nicht mehr anders: Er musste schlafen.

Er ließ das Handy klingeln. Wer jetzt etwas von ihm wollte, musste warten. Er brauchte erst einmal fünf Stunden Schlaf. Oder wenigstens drei. Danach würde es mit viel Koffein weitergehen. Aber erst dann.

Endlich hörte das Klingeln auf und die Mailbox ging dran.

Florian hatte noch nicht einmal stöhnend zu Ende ausgeatmet, als es erneut klingelte.

Menschnochmal. Das gab es ja wohl nicht. Er öffnete ein schlafverklebtes Auge und sah auf dem Display, dass Tara die Anruferin war. Na gut.

»Hallo, Tara«, krächzte Florian. Dann räusperte er sich.

»Hallo, Florian. Tut mir leid, dass ich um diese Zeit anrufe, aber ich müsste was mit dir besprechen.«

Florian stieß laut den Atem aus, ließ sich auf das Kopfkissen zurücksinken und schloss die Augen mit dem Handy am Ohr. »Ich höre.«

»Entschuldige, aber das geht nicht am Telefon.«

»Jetzt?«

»Ja. Jetzt!«

»Gut. Komm vorbei.«

»Ähm, nee, Florian. Könntest du zu mir kommen?«

»Tara, was ist los?« Jetzt war Florian langsam wach.

»Kann ich dir leider erst sagen, wenn du hier bist.«

Er schaffte es, »Die Geheimnisse der Tara Wolf!« zu sagen. »20 Minuten.« Florian überlegte kurz. »Oder 30.« Dann legte er auf.

Florian war bis eben noch davon ausgegangen, dass es

nach ihrem gestrigen Alleingang erst einmal reichen würde. Sowohl ihm als auch ihr. Nun fragte er sich, was Tara wohl jetzt schon wieder angestellt hatte.

»So«, sagte Tara. »Florian ist unterwegs.«

»Gut, aber das reicht noch nicht. Ich erzähle es nur, wenn neben dem Kommissar auch ein Journalist dabei ist.«

»Kennst du einen?« Bei Gericht kümmerte sich die Pressestelle um den Kontakt mit den Medien. Damit hatte Tara nichts zu tun.

»Nein, aber du!«

»Wen meinst du?«

Vor zwei Jahren hatte ihr Angus ein Wochenende an der Nordsee geschenkt. Sie waren bei der Premierenlesung ihres Namensverwandten, dem Bestsellerautor Klaus-Peter Wolf, in Aurich gewesen und hatten an den beiden darauffolgenden Tagen eine großartige Zeit in Ostfriesland gehabt. In der Veranstaltungspause war Tara mit dem Chefredakteur des Ostfriesland Magazins ins Gespräch gekommen. Holger Bloem war ein netter Kerl und hatte den Abend souverän moderiert. Sie hatte sich auf Anhieb mit ihm verstanden. Aber Holger Bloem würde Steffi sicherlich nicht meinen.

»Till Brand.«

»Von der Lippischen Landeszeitung? Okay. Gute Wahl. Woher weißt du, dass ich ihn kenne?«

»Man kann deine gesamte Freundesliste auf Facebook sehen, wenn man mit dir befreundet ist.«

Tara nickte. Diese Einstellung würde sie ändern müssen, wenn das hier vorbei war und sie es überlebte. Ihre Privatsphäre auf Facebook war allerdings für den Moment ihre geringste Sorge.

»Ruf ihn an«, sagte Steffi und schob Tara mit der Linken einen Zettel hin, den sie aus der hinteren Tasche ihrer Jeans gezerrt hatte. Das Papier war noch warm. Mit der Rechten hielt Steffi die Pistole.

»Respekt.« Tara nahm ihr Handy und begann, die Zahlen einzugeben. »Die Mobilnummer hat sicherlich nicht jeder.«

Steffi schüttelte den Kopf. »Kein Ding. Stell bitte auf Lautsprecher.«

»Und was soll ich ihm bitteschön sagen, damit er mitten in der Nacht hier anrückt?«

»Exklusivstory. Er ist Journalist. Der kommt.«

»Wenn du meinst.« Tara hatte ihre Zweifel. »Du kannst die Pistole runternehmen.«

»Ist nichts Persönliches.«

»Wenn jemand eine Waffe auf mich richtet, fühlt sich das sehr persönlich an.«

»Tut mir leid. Ich weiß ja, was dir für eine Scheiße passiert ist. Aber ich brauch dich jetzt. Und ich muss das zu Ende bringen.«

Merkwürdigerweise war Tara ganz ruhig.

»Bis Florian und Till da sind, könntest du eigentlich noch ein paar Fragen beantworten.« Tara und Steffi waren in der Küche geblieben. Es war praktischer so und Tara wollte auch nicht, dass der Journalist ihr Wohnzimmer sah.

»Frag.« Steffi nippte an einem Wasserglas. Sie trank wirklich keinen Kaffee.

»Warum hast du die Hütte hochgejagt?«

»Kannst du dir das nicht vorstellen?«

»Sag du es mir.«

»Gehört mit zur Traumaverarbeitung.«

»Das verstehe ich. Du hast in der Hütte erst deine Peiniger hingerichtet und dann den Ort des Grauens zerstört.«

»Richtig.«

»Und wie passen die Toten in Wien, Oldenburg und Dresden dazu?«

»Rate mal.«

»Warum bist du so zickig?«

»Ich werde gleich sterben.«

»Quatsch. Wirst du nicht.«

»Doch, sicher. Oder glaubst du vielleicht, dass es hiernach noch einen Sinn hat, weiterzumachen?«

»Tja, so ganz kann ich deiner Logik nicht folgen. Deiner Aussage nach hast du sieben Vergewaltiger zur Strecke gebracht, die der Justiz durch die Lappen gegangen sind. Warum hörst du jetzt auf? Wirkt auf mich wie ein erfolgreiches Geschäftsmodell. Gnadenlos illegal natürlich. Aber effektiv.«

»Warum ich jetzt aufhöre? Ganz einfach. Ich habe meine Peiniger ihrer gerechten Strafe zugeführt und dadurch der Welt gezeigt, was schiefläuft. Jetzt ist die Welt selbst dran, etwas zu ändern. Ich kann sie nicht retten. Meine Aufgabe ist erfüllt.«

»Sich selbst zu töten ist aber auch keine Lösung.«

Steffi lachte hart auf. »Nein, vermutlich nicht. Aber lebenslänglich in den Frauenknast und die Sicherungsverwahrung zu wandern, ist es auch nicht. Denn im Gegensatz zu diesen Arschlöchern, die durch die Gegend ziehen, Frauen und Kinder missbrauchen und dann – wenn überhaupt – ein paar Monate irgendwo einsitzen, bevor so ein Psychoquacksalber ihnen Resozialisierungspotenzial bescheinigt, werde ich wahrscheinlich siebenmal lebenslänglich kriegen.«

»Du könntest deine Geschichte noch oft erzählen und so mehr Aufmerksamkeit auf das Problem lenken. Vielleicht ein Buch schreiben. Meinst du nicht, es ist glaubwürdiger, wenn du am Leben bleibst?«

»Glaubwürdiger? Willst du mich verarschen? Glaubst du mir etwa nicht?«

»Doch. Natürlich. Aber was ist mit den Menschen dort draußen?«

»Ah, ich verstehe, was du vorhast. Du spielst den Advocatus Diaboli. Wenigstens hast du das Problem verstanden. Vergewaltigungen und Missbrauch finden ja meist hinter verschlossenen Türen statt. Die Opfer kennen die Täter. Vertrauen ihnen …«

»Lass uns einen Moment überlegen, ob du nicht vielleicht doch einen Fehler gemacht hast.«

»Habe ich nicht!«

»Also, stellen wir uns einmal vor, du würdest weitermachen. Plötzlich stirbt ein bisher unbescholtener Familienvater, ein anderes Mal ein prominenter Unternehmer. Und immer mit deiner Handschrift. Könnte es nicht sein, dass andere Angst bekämen?«

»Es wird Nachahmungstäter geben, die meine Handschrift, wie du es nennst, missbrauchen, um sie für ihre Zwecke einzusetzen. Außerdem: Kranke Hirne sind kranke Hirne. Die hören nicht auf, nur weil sie Angst haben, sie könnten die nächsten auf meiner Abschussliste sein. Die machen weiter. Säen Angst und Schmerz und produzieren damit die nächste Generation Arschlöcher.«

»Interessanter Ansatz.«

»Beweis mir das Gegenteil.«

»Kann ich leider nicht.«

Tara Wolf konnte sich nicht mehr bewegen. Steffi Johannmeier hatte sie mit Panzer-Tape auf einem Küchenstuhl fixiert. So war es Steffi möglich, die Neuankömmlinge ins Haus zu lassen und in die Küche zu bringen, ohne die Kontrolle über Tara zu verlieren.

Wie Tara war es auch Till Brand ergangen, der als Erster eingetroffen war. Er hatte allerdings noch einen Arm frei, um sein iPad zu bedienen, weil er damit Steffis Bericht mitschnitt und sich hin und wieder Notizen machte. Steffi hatte allerdings die SIM-Karte entfernt.

Angus war verschwunden, kurz bevor Florian ankam. Steffi hatte den Kommissar mit vorgehaltener Waffe durchsucht, ihm das Handy abgenommen und es ausgeschaltet. Florian war der Einzige, dem sie die Hände auf den Rücken gefesselt hatte.

Es war still im Raum, nachdem Steffi geendet hatte. Till fuhr sich zum wiederholten Mal mit der freien Hand durch die Bartstoppeln.

»Danke, dass ihr zugehört habt. Es tut mir leid, dass ihr jetzt die Verantwortung dafür habt, die Welt von ähnlichen Arschlöchern zu befreien, aber ich kann einfach nicht mehr. Ich bin müde. Meine Seele ist wund. Mein Körper schon lange.«

»Sie haben uns wohl kaum eine Wahl gelassen, Frau Johannmeier«, sagte Florian.

Steffi nickte und sagte bitter: »Ja, genau so ist das manchmal im Leben. Da wird einem keine Wahl gelassen.«

Florian nickte ebenfalls: »Das tut mir alles furchtbar leid. Es ist grauenhaft, was Sie alles durchmachen mussten. Ich glaube, dass alle hier im Raum Sie mehr als gut verstehen können.« Tara schüttelte den Kopf, aber Florian fuhr fort: »Trotzdem muss ich Sie jetzt festnehmen.«

»Flo!«, sagte Tara. »Das ist jetzt wirklich unnötig.«

»Mir ist auch nicht ganz klar, wie er das überhaupt machen will«, meldete sich Till Brand zu Wort. »Immerhin sind wir gefesselt, und sie ist die Frau mit der Waffe.«

»Nein, nein.« Steffi sah Florian freundlich an. »Du hast schon recht. Trotz allem musst du mich jetzt aus dem Verkehr ziehen. Allein daran sieht man, wie krank das System ist, in dem wir uns bewegen. Aber ich werde nicht mitkommen. Ich bin bereits gefangen … in einer Welt aus Schmerz, Trauer und Hoffnungslosigkeit. Was soll mit mir passieren? Mauern aus Stahl und Beton können kaum schlimmer sein als Mauern aus schmerzhaften Gedanken. Und die Sicherungsverwahrung, die auf eine Serienkillerin garantiert wartet, in Verbindung mit endlosen Gesprächen mit irgendwelchen Seelenklempnern, die nur deshalb Psychologie studiert haben, weil sie ihren eigenen Problemen auf den Grund gehen wollten … Das ist die wahre Hölle auf Erden.«

Steffi fixierte Florian, schaute ihn durchdringend an: »Im Übrigen werde ich nicht freiwillig mitgehen, und du bist, wie Till richtig bemerkte, ein – sorry – gefesselter Bulle ohne Knarre. Mit der Siezerei hast du versucht, professionelle Distanz zwischen uns zu schaffen. Hast du gedacht, du kommst irgendwie an mich heran? Was also willst du tun? An meine Vernunft appellieren, mich zu stellen? Mach dich nicht lächerlich!«

»Hör bitte zu«, sagte Tara, aber Steffi schüttelte den Kopf.

»Es ist alles gesagt. Und du kannst mich auch nicht umstimmen. Ihr könnt nicht anders, als mich einzubuchten. Und ich werde das nicht mit mir machen lassen.« Dann sah Steffi Till Brand an, den Redakteur der Lippischen Landeszeitung: »Till! Danke, dass du da warst, alles mitgeschnitten hast und hoffentlich verantwortungsbewusst damit umgehen und es veröffentlichen wirst!« Ihr Blick ging zu Florian: »Florian. Keine Verhaftung heute Abend. Und Tara …«

Steffi schaute Tara an, nahm die Pistole und setzte sie sich an die Schläfe. »… sorry für die Sauerei! Die Cleaner kriegen das schon wieder hin.«

»Jetzt!«, schrie Florian, kippte sich mit seinem Stuhl gegen Tara, riss sie zu Boden und befahl »Runter!« in Richtung Till Brand. Der schaltete zwar schnell, brachte seinen Stuhl jedoch nicht zum Umkippen. Immerhin duckte er sich aber.

Im selben Moment splitterte das Glas des Küchenfensters, durch das eine schwarz gekleidete Person im Hechtsprung hereingeflogen kam, sich abrollte und auf Steffi zielte. Ähnliche Geräusche kamen aus den angrenzenden Zimmern und von der Haustür.

Gleichzeitig erschien ein roter Laserpunkt auf Steffis rechter Schulter. Sie war die Einzige, die in dem Chaos ruhig blieb. Lächelnd stand sie aufrecht inmitten des Durcheinanders.

Tara schrie auf und versuchte zu Steffi zu gelangen, indem sie sich von Florian befreite, der halb auf ihr lag. Sie nahm alles wie in Zeitlupe wahr.

Es war zu spät.

Steffi hatte sich entschieden. Innerhalb von Sekundenbruchteilen fielen hintereinander drei Schüsse. Der Scharfschütze traf sie in die Schulter, der Mann des Mobilen Einsatzkommandos in den linken Oberschenkel. Aber Steffi war schneller gewesen. Sie hatten sie nicht retten können.

20 Jahre nach ihrem seelischen Tod war jetzt auch ihr Körper gestorben.

Tara saß, eingewickelt in eine Decke, mit Florian und Till in Peters Wohnzimmer. Er hatte für alle heißen Tee gemacht und nun seinen langen Arm um sie gelegt. Tara hielt sich an der Tasse jedoch nur fest. Trinken konnte sie noch nichts. Alles tat ihr weh. Sie war am Stuhl festgeklebt ungebremst auf die Schulter gefallen. Ihre Augen waren rot, weil sie sich immer wieder die Tränen mit der Hand weggerieben hatte.

»Du hast es gemerkt«, schniefte sie.

»Ja, natürlich. Aber es hat einen Moment gedauert. Ich war einfach zu müde, um es sofort zu kapieren. Es tut mir alles so furchtbar leid. Ich habe außerdem erst gestern Abend herausgefunden, dass Stefanie Johannmeier die Täterin sein könnte, aber sie war ausgeflogen, als wir zu ihrer Wohnung kamen.«

»Klärt uns vielleicht auch mal jemand auf?«, sagte Peter. Till nickte zustimmend.

Tara nickte ebenfalls, verzog aber schmerzhaft das Gesicht dabei. »Uh. Jetzt tut mir schon so eine einfache Bewegung wie Nicken weh. Also, ich habe schon ewig nicht mehr ›Florian‹ zu Florian gesagt. Ich nenne ihn immer nur Flo. Zumindest, wenn ich mit ihm und nicht über ihn spreche. Und wenn ich nicht sauer auf ihn bin.« Tara versuchte ein Lächeln, aber sie spürte, dass es misslang. »Als Steffi wollte, dass ich ihn anrufe, habe ich … warte mal … ich glaube, zweimal ›Florian‹ gesagt. Da hat er als Kommissar und guter Freund verstanden, dass etwas nicht stimmt. Und richtig reagiert.«

»Hm«, brummte Peter, wie eben nur Peter brummen konnte. »Und was ist unser Zeichen, wenn's mal kritisch ist?«

»Ich fürchte, wir haben keins.« Tara reckte sich, um zu gähnen, zuckte aber sofort schmerzhaft zusammen. »Mist. Ich muss mich echt vorsichtig bewegen.«

»Dann«, sagte Peter Falke, »wird es aber Zeit, dass wir bei deinem Lebenswandel ein Signal vereinbaren.«

»Selbstjustiz ist stets ein Zeichen von Schwäche und durch nichts zu tolerieren oder entschuldigen. Einerseits wäre es mir lieber gewesen, wenn Sie Ihre Arbeit gemacht und Frau Johannmeier festgenommen hätten. Andererseits wissen wir aus psychologischer Erfahrung, dass man einen Suizid ohnehin nicht verhindern kann. Wenn sich jemand umbringen will, tut er das auch. Egal, wie sehr man ihn auch überwacht«, dozierte Staatsanwalt Dr. Henning Plöger, während er gockelgleich auf der Stirnseite des Besprechungsraumes auf und ab stelzte. »Dennoch halte ich die Selbsttötung – auch wenn sie im freien Entscheidungsrahmen des Einzelnen liegt – für zutiefst egoistisch und zudem völlig überflüssig. Wie auch immer: Frau Johannmeier hat uns mit ihrer Entscheidung eine Menge Arbeit abgenommen und wir sparen jahrzehntelange Unterbringungskosten in diversen Einrichtungen und sinnfreie Aufwendungen für Resozialisation. Am Ende hat sie uns allen einen großen Gefallen getan. In mehrfacher Hinsicht.«

»Und Sie, Plöger«, knurrte Florian Dreier, der an der Fensterseite des Raumes zwischen dem blassen Bernd Rohde und der verheulten Bettina Lange saß, »sind ja zum Glück als einfühlsamer und selbstloser Menschenfreund bekannt. In jeglicher Hinsicht!« Natürlich hatte Plöger mit seiner Einlassung recht, dass es nahezu unmöglich war, einen Menschen mit Todessehnsucht zu retten. Aber die Art und Weise, wie Plöger mit Menschen umging, sich über sie erhob, ging Florian einfach völlig gegen den Strich.

»Ha! Dreier!« Plöger war abrupt stehen geblieben. »Ich wusste es. Jetzt zeigen Sie Ihr wahres Gesicht. Sie müssen aufpassen …«

Ein lauter Knall unterbrach Plögers pomadige Ausführung, als Kornelius Bischoff energisch mit der flachen Hand auf den Besprechungstisch schlug. »Nein! *Herr! Doktor! Plöger! Sie* müssen aufpassen!«

Jetzt war es ganz still im Raum. Alle Augen waren auf Bischoff gerichtet, der sich kontrolliert erhob und Plöger fixierte. Dem war der Mund offen stehen geblieben. Irritiert fasste er sich an den wie immer perfekten Krawattenknoten. Keiner aus dem Ermittlungsteam hatte den Chef jemals so wütend gesehen.

Bischoff holte tief Luft und sagte dann ganz leise in die Stille hinein: »Wenn Ihnen jemand ein Kompliment macht, sollten Sie sich auch dafür bedanken!«

SONNTAG

Ein steifer Februarwind zog kalt von Westen die Elbe herauf. Die Norderelbe klatschte gelangweilt gegen die Landungsbrücken, während Tara Wolf dem gelben Boot hinterherschaute, das gerade abgelegt hatte. Später am Tag würde es fröhliche Familien und Paare für die Nachmittagsvorstellung hinüber zum Stage Theater bringen. Die Elbphilharmonie wirkte düster und bedrohlich. Auf Fotografien wurde sie meist mit Spiegelungen einer orangefarbenen Spätnachmittagssonne dargestellt. Von dieser werbewirksam suggerierten Wärme war heute weder etwas zu sehen noch zu spüren.

Sie war ein wenig zu früh dran. Darum hatte sie sich hier noch etwas die Füße vertreten und zur Stärkung eine Banane gegessen. Vorsichtshalber hatte Tara in ihre Zeitplanung lange Staus auf der A2 und der A7 einkalkuliert. Wider Erwarten war sie aber gut durchgekommen. Was vermutlich am Sonntagsfahrverbot für Lkw lag. Die 250 Kilometer von Lemgo nach Hamburg war sie wie in Trance gefahren. Zu sehr beschäftigten sie die Bilder und Gerüche des Todes.

Innerhalb eines Jahres waren zwei Menschen unmittelbar in ihrer Nähe gestorben. Schüsse. Blut. Schmerz. Tränen. Die Hilflosigkeit. Die Frage nach dem Warum.

»Fahr nicht«, hatte Peter sie gestern noch gebeten. »Für das Gespräch brauchst du einen freien Kopf, und nach dem, was hier gerade passiert ist, hast du den nicht.« Seine Analyse war natürlich richtig. Sie fühlte sich völlig zerschlagen. War tieftraurig über Steffis Tod und wegen dem, was dazu geführt hatte. Aber den Termin abzusagen oder gar zu verschieben, war für Tara keine Option gewesen. Wer konnte schon sagen, ob sie eine zweite Chance für das Gespräch bekam? Nein, es musste heute sein!

Und sie musste es allein tun. Peter hatte sie gebeten, sie wenigstens hinfahren zu dürfen, damit sie sich nicht zusätzlich den Stress des Selberfahrens antat. Aber es ging nicht.

Es hätte sich komisch angefühlt. Das hier war eine Sache, die sie allein durchziehen musste.

Langsam wanderte sie mit den Händen in den Taschen ihres Mantels zurück zum Auto, das sie auf dem Parkplatz unter der hier als Hochbahn verlaufenden S-Bahn-Trasse zurückgelassen hatte. In einer guten halben Stunde wollte sie am Gefängnis sein. Der berüchtigten Strafvollzugsanstalt Fuhlsbüttel, in der ausschließlich Straftäter einsaßen, die schwere Kapitalverbrechen begangen hatten und teilweise sogar sicherungsverwahrt wurden.

»Willkommen in Santa Fu.« Er sah überhaupt nicht furchteinflößend aus. Hatte einen leichten Bauchansatz und trug eine Brille mit kreisrunden Gläsern. Den Chef einer brutalen Rockerbande, die mit Schutzgelderpressung, synthetischen Drogen und Waffenhandel Millionen gemacht hatte, stellte man sich anders vor.

»Sie sind also Eddie Hart.« Tara Wolf hatte ihn nur auf fünf Jahre alten Überwachungsfotos gesehen. Darauf trug er keine Brille, sondern saß auf einer Harley und war mit der typischen Kutte seiner Gang, den Wheely Devils, gewandet. Sie hatten sich als Emblem einen flammenden Reifen ausgewählt, der durch einen gespaltenen Totenkopf rast. Unter dem Deckmantel eines Motorradclubs, der besser als Rockerclub bezeichnet werden sollte, waren in fünf sogenannten Chapters die Geschäftsfelder Waffenhandel, Schutzgelderpressungen und synthetische Drogen beackert worden.

Er nickte nur und sah Tara ruhig an. Fast so, als wolle er einen 3D-Scan von ihr auf seine Netzhaut und in sein Hirn brennen. »Was willst du hier?«

»Mit Ihnen reden. Und so wie es aussieht, wollen Sie das auch. Sonst hätten Sie dem Besuchsantrag nicht zugestimmt.«

»Du bist sehr stur.«

»Ach ja?«

»Das ist manchmal nicht gesund.«

»Ich bin nicht hier, um mich von Ihnen belehren zu lassen.«

»Sondern?«

»Ich denke, das wissen Sie sehr genau.«

»Was möchtest du wissen?« Er beugte sich leicht nach vorn.

»Ich möchte wissen: Warum?«

»Das liegt doch wohl mehr als auf der Hand«, sagte Eddie Hart. »Dein Mann hat eine Menge Leute verärgert. Da war es doch klar, dass es ihn früher oder später erwischen würde. Wir haben ihn aufgenommen wie einen Bruder. Er wurde einer von uns. Und er ist zum Verräter geworden. Falsch. Er ist bereits als Verräter zu uns gekommen. Es ging nicht anders.«

»Es geht immer anders«, entgegnete Tara trotzig.

Eddie Hart schüttelte den Kopf. »Was meinst du, sollte man mit Verrätern machen?«

»Nein. Das scheint nur so. Und Rache ist ja sicherlich auch ein starkes Motiv. Aber ich halte Sie für etwas weniger durchschaubar.«

»Und deshalb glaubst du, ich erzähle dir etwas von den Dingen hinter dem Vorhang?«

»Ich finde, das sind Sie mir schuldig.«

»Den Weg hättest du dir sparen können.«

»Das glaube ich nicht.«

Eddie Hart atmete tief aus. »Ich habe nichts damit zu tun.«

Tara lachte bitter auf. »Bitte! Wirke ich so dumm?«

»Klug war es jedenfalls nicht, hier aufzutauchen.«

»Mir zu drohen ist auch nicht zielführend.«

»Ich drohe dir nicht. Ich versuche, dir einen Hinweis zu geben. Dich zu warnen.«

»Wovor?«

»Ach komm, Tara.«

Tara Wolf schüttelte den Kopf. Es war ihr egal, dass er sie duzte. Und dass er tiefgründige Informationen preisgeben würde, hatte sie ebenfalls nicht erwartet. Nicht bei einem ersten Aufeinandertreffen. Sie wollte in seine Augen sehen. Nach allem, was sie über seine Verbrechen wusste, war sie überrascht, wie sanft sein Blick war. Die Augen als Spiegel der Seele funktionierten bei diesem Mann offensichtlich ganz anders. Er hatte grüne Augen. So wie Tara selbst. Das ärgerte sie ungemein. Dieses Ungeheuer tat charmant. Um die Pupille war seine Iris leicht bräunlich. Wenigstens ein Unterschied.

»Warum bin ich noch am Leben?«

»Ich hatte eine Tochter.« Seine Stimme wurde plötzlich weich, und Tara kam es vor, als hätte sie diesen Tonfall, diese Färbung schon einmal gehört. Sie wusste nicht, wo. Sie wusste nicht, wann. Vermutlich würde es ihr irgendwann einfallen, wenn sie gerade nicht darüber nachdachte. So war das immer bei solchen Erinnerungen oder Assoziationen.

Eddie Hart hielt einen Moment inne und schaute durch Tara hindurch. Fast so, als wäre die Vergangenheit nur ein Ort, den man wiedersehen konnte, wenn man lange genug nach ihm suchte.

»Sie muss stolz auf Sie sein«, sagte Tara in die gedankenverlorene Stille. Sie wollte aggressiv klingen, es gelang ihr aber nicht. Die Worte kamen zu leise. Sie wusste selber nicht, warum.

Er nahm kurz darauf den Faden wieder auf. »Sie liebte es, zu tanzen. Nicht nur im Ballettstudio. Auch draußen im Garten, auf dem Rasen. Immer. Wenn sie tanzte, war sie glücklich. Und die Welt um sie herum drehte sich. Die Welt um sie herum leuchtete, wenn sie lächelte und tanzte. Nein, sie tanzte nicht. Sie schwebte. Für alle, die sie erleben durften, war die Welt in diesem Moment ein kleines bisschen besser.«

»Hat sie Sie jemals hier besucht?«

»Einmal.«

»Soll mir das jetzt leidtun? Ich glaube nicht, denn Sie sind ein Verbrecher und genau da, wo Sie hingehören.«

»Wenn du meinst.«

»Natürlich!«

»Ja, ich hörte davon, dass du die Dinge gern selbst in die Hand nimmst.«

»Darum bin ich heute hier.«

»Das meinte ich nicht.«

»Ich weiß. Aber *das* geht Sie wirklich nichts an.«

Tara ärgerte sich. Woher wusste Eddie Hart, dass sie mit Lou und Peter privat ermittelte und manchmal Florians Arbeit damit unterstützte? Hatte Hart vielleicht nur geblufft und sie sich verraten?

»Alles hängt mit allem zusammen«, sagte Eddie Hart langsam und mit Nachdruck.

»Wenn Sie so schlau sind, warum sind Sie dann im Gefängnis?«

»Alles hat einen Grund.«

»Ich bin zu Ihnen gekommen, um Antworten zu kriegen. Nicht noch mehr Fragen. Und Kalenderweisheiten helfen mir auch nicht weiter.«

»Wenn du die richtigen Fragen stellst oder die Fragen richtig formulierst, ergeben sich die Antworten meist von ganz alleine.«

»Wenn es wirklich so sein sollte, dass Sie mir nichts tun wollen, verstehe ich nicht, dass Angus sterben musste. Er war unfassbar wichtig für mich.«

»Wenn du alles Mögliche ausgeschlossen hast, kann die Antwort nur im Unmöglichen liegen.«

»Sherlock Holmes … zumindest im weiteren Sinne?«

Eddie Hart lächelte und schüttelte gleichzeitig den Kopf. Nahm sich Zeit, bevor er antwortete. »Nein, nicht Sherlock Holmes. Weder im weiteren und schon gar nicht im engeren Sinn. Holmes ist schlussendlich nur eine Romanfigur. Nein, Sir Athur Conan Doyle. Denn er hat sich das ausgedacht. Die Adaption ist von mir.«

»Danke für den Unterricht.«

»Du musst lernen, deine Gefühle zu kontrollieren.«

»Ich will Antworten.«

»Sie sind direkt vor deiner Nase, du musst nur genau hinschauen. Beherrsche deine Wut, denn deine Wut versperrt dir die Sicht auf Dinge, wie sie wirklich sind.«

War es tatsächlich so einfach, wie Eddie Hart behauptete? Angus hatte sich als verdeckter Ermittler bei den Wheely Devils eingeschlichen und sie hochgehen lassen. Und um zu beweisen, dass er nichts damit zu tun gehabt hatte, war der Gärtner losgezogen, hatte erst Angus erschossen, dann versucht, Florian zu töten, und nun war Tara dran.

»Das ist doch jetzt wohl nicht Ihr Ernst. Sie wollen mir weismachen, dass der Gärtner, wie sich Ihre saubere rechte Hand Constantin ›Conny‹ Consigliere so gerne nennt, auf eigenen Deckel gehandelt hat, als er Angus bei unserer Hochzeit erschossen und dann die Anschläge auf Florian Dreier und mich verübt hat?«

Eddie Hart nickte. »Das ist zwar nur ein kleiner Ausschnitt aus dem gesamten Bild. Aber genau so ist es.«

»Wer soll das glauben? Für wie blöd halten Sie mich?«

»Für ein sehr intelligentes, wenngleich ungeduldiges und manchmal impulsives Mädchen.«

»Es tut mir sehr leid«, sagte Peter Falke.

Sie saßen wieder in seinem Wohnzimmer. Tara Wolf würde noch einige Nächte bei ihm schlafen. Die Tatortreiniger hatten zwar schnell und gründlich gearbeitet, aber Tara brachte es noch nicht übers Herz, in ihrem Heim zu übernachten. Nach ihrer Rückkehr aus Hamburg war sie kurz drüben gewesen, aber es roch noch sehr stark nach Reinigungs- und Desinfektionsmitteln. Außerdem mussten in der nächsten Woche erst einmal die Haustür und einige Fenster ersetzt werden.

»Guck mich nicht mit deinem Ich-hab's-dir-doch-gesagt-Blick an.«

»Tu ich gar nicht.«

»Haha. Peter. Als Paläontologe bist du erste Sahne. Als Freund: der Allerbeste! Aber müsstest du als Lügner dein Geld verdienen, wärst du längst verhungert.«

»Dankeschön!« Peter lächelte Tara an. »Und du bist dir sicher, dass es wirklich Eddie Hart war?«

»Du meinst …?«

»Ja, so mächtig wie er ist, hätte er dir jeden in den Besucherraum schicken können.«

»Er sah aus wie auf den Fotos.«

»Das sind Fotos, die jemand einem Namen zugeordnet hat.«

»Aber Lou hat sie gefunden. Und sie passen zu den Fotos in der Ermittlungsakte.«

»Wo hast du eine Ermittlungsakte her?«

»Ach, hab ich dir das noch gar nicht erzählt?« Tara wurde ein wenig kleinlaut. »Hab ich letzte Woche beim Räumen in der Garage gefunden. Eine Kopie, die in einer Pappkiste zwischen Schrauberkram von Angus lag.«

»Er hatte eine Kopie von dem Vorgang?«

»Nur ein paar Auszüge.«

MONTAG

Tara Wolf war das Gespräch mit Eddie Hart immer und immer wieder in Gedanken durchgegangen. Seitdem kaute sie auf den wenigen Informationen, die Hart ihr vordergründig gegeben hatte, herum wie auf einem alten Kaugummi. Und hinterfragte alles, was sie zwischen den Zeilen vermutete. Wegen einer dieser Fragen war sie heute hier.

»Mama, kennst du diesen Mann?«

Ihre Mutter schaute kurz auf das Foto, das Tara Wolf vor ihr auf den Tisch gelegt hatte. Blickte auf und sah ihre Tochter lange und durchdringend an. Den Mund zu einer geraden Linie zusammen gekniffen.

Dann schüttelte Gudrun Wolf langsam den Kopf.

Sie hatte sich entschieden. Das war ein gutes Gefühl. Dennoch hatte sie Angst. Große Angst. Aber sie sah einfach keinen anderen Ausweg.

Helene Löwen wusste, dass Jevgenij Wojtschak ein gefährlicher Mann war. Für mächtige Leute arbeitete. Sie wusste aber auch, dass sie unglücklich sein würde, wenn sie den Rest ihres Lebens tat, was er an illegalen Geschäften von ihr verlangte. Das war sie nicht, und dieser innere Konflikt würde sie nach und nach auffressen. Wie ein bösartiges Geschwür, das sich langsam in ihrem Körper ausbreitete, alle Organe befiel und auffraß.

Ihr war klar, welches Risiko sie einging. Sie wollte den beiden Kommissaren vertrauen. Zunächst wären nur Harry Hellmann und Florian Dreier ihre Ansprechpartner. Das war ihre Bedingung. Dann konnte man weitersehen. Ein Schritt nach dem anderen.

Sie hatten ihr zugesagt, dass zunächst keine anderen Personen über die Ermittlungen informiert würden. Dass sie mit Helenes Aussagen sorgfältig alles untersuchen wollten, das mit den Geschäften zusammenhing. Dann, irgendwann, wenn alles auf festen Füßen stand, sollten eine groß angelegte Razzia und Verhaftungen erfolgen. Immer in Absprache mit ihr.

Niemand sollte erfahren, dass Helene Löwen mit der Polizei zusammenarbeitete. Bis die Zeit dafür reif war. Und dann, so hatten die Kommissare ihr versprochen, würden sie besonders gut auf sie aufpassen.

Der Gedanke, dass Florian Dreier auf sie aufpassen würde, gefiel Helene Löwen.

»Ja?«

»Ich bin's.«

»Schon wieder ein neues Wegwerfhandy?«

»Natürlich! Sicher ist sicher.«

»Und … Wo bist du?«

»Vor ihrem Haus. Ich beobachte sie.«

»Selbstverständlich. Dafür bezahle ich dich.«

»Nur fürs Beobachten?«

»Wir werden sehen.«

DANKE!

Ein afrikanisches Sprichwort besagt, dass es ein ganzes Dorf brauche, um ein Kind großzuziehen. So ähnlich verhält es sich aus meiner Sicht auch mit dem Bücherschreiben.

Ich verbringe viel Zeit damit, alleine zu arbeiten, zu recherchieren, relevante Informationen zu notieren, in einen Gesamtzusammenhang einzubetten, Textstrukturen zu entwerfen und schlussendlich aufzuschreiben. Gleichzeitig entstehen viele Fragen zu sachlichen Gegebenheiten und Situationen, in denen sich meine Figuren bewegen. Dann habe ich nur eine Chance, damit ich nicht steckenbleibe oder zu große Fehler mache – ich muss mit Menschen reden, die sich in dem jeweiligen Fachgebiet auskennen und mit denen ich Geplantes oder bereits Geschriebenes überprüfen, verändern, korrigieren und hoffentlich verbessern kann.

Danke, dass ihr mit mir diesen Weg gegangen seid und großzügig und geduldig euer Wissen mit mir geteilt, mich unterstützt oder mir Mut gemacht habt. Ohne euch hätte ich oft nicht weitergewusst: Andreas Edelhoff, Christiane Franke, Gerald Hagemann, Elke, David und Naomi Jaschinski, Sabrina Köhne, Merten Kunisch, Norbert Meier, Detlev Niehaus, Jasmin Pampel, Joachim H. Peters, Eugenia Scharton, Volker Timm, Heidi Westerheide, Bettina Hofacker vom Serviceteam des Ravensburger Spieleverlags, Guido Keller vom Angkor Verlag und natürlich meine geduldige Lektorin Christine Braun & das großartige Gmeiner-Team!

Tausend Dank – jeder von euch weiß, wofür!

Alle Fehler, die sich noch im Text befinden, gehen voll auf meine Kappe.

Ganz besonders möchte ich auch Ihnen danken, liebe Leserin, lieber Leser. Für Ihr Lob, Ihre Kritik und Ihre Unterstützung. Manche von Ihnen treffe ich auf Facebook, Instagram oder bei den Veranstaltungen, auf denen ich Ihnen vorlesen und mit Ihnen ins Gespräch kommen darf. Das motiviert mich und macht einfach einen Riesenspaß. Danke dafür!

Und ohne Sie geht für uns Schreibende ohnehin nicht viel: Ein großes Dankeschön allen engagierten Buchhändlerinnen und Buchhändlern, Mitarbeiterinnen und Mitarbeitern in Büchereien und Bibliotheken sowie den großartigen Menschen, die wunderbare Veranstaltungen organisieren!

Und falls es Sie interessiert, wie die gemeinsame Geschichte um Tara, Peter, Lou und Florian angefangen hat, werden Sie in »Mörderisches Lipperland« fündig.

Wenn Sie mir schreiben möchten, freue ich mich auf Feedback unter info@christianjaschinski.de. Oder Sie besuchen mich auf meiner Homepage www.christianjaschinski.de, bei Facebook oder Instagram. Vielleicht – und das wäre ein ganz besonderes Highlight für mich – lernen wir uns bei einer Lesung kennen.

Herzlich

Ihr und Euer Christian Jaschinski